FEUER
WERKE
VERLAG

Das Buch

Jessies Leben verläuft so gar nicht wie geplant. Statt beruflich an der Seite ihres Freundes durchzustarten und die Familienplanung voranzutreiben, arbeitet sie als schlecht bezahlte Praktikantin in einer Werbeagentur, wohnt in einem winzigen Loch und wird auch noch von ihrem Freund betrogen.

Was tun, wenn man sich von der Familie und den Freunden ein *„Das hab ich dir doch gleich gesagt!“* nicht anhören will? Genau! Man wählt nachts betrunken einfach irgendeine Nummer und heult sich aus. Dumm nur, wenn die erhoffte "Telefonseelsorge" nicht wirkt, und man wieder und wieder diese Nummer anrufen muss...

Die Autorin

Die Autorin Emma Lots wurde 1979 in München geboren und mit zwei wesentlichen Merkmalen ausgestattet: einem großen Herzen und einem gewissen Maß an Verrücktheit. Um beispielsweise den Wunsch nach der eigenen Wohnung während des Grafik-Studiums zu realisieren, nahm sie an einem Radio-Gewinnspiel teil und lebte 16 Tage in einem Spielzeughaus im Schaufenster eines bekannten Möbelhauses. Voller Ideen gilt ihre Liebe dem Schreiben und Malen. Sie ist Autorin von diversen Kinderbüchern und begeisterte Illustratorin.

Der humorvolle Liebesroman „Telefonseelsorge“ ist ihr Debüt in diesem Genre.

Telefonseelsorge

Liebe hat eine lange Leitung

Emma Lots

Mehr zur Autorin finden Sie auf
www.facebook.com/lots.emma/ und www.feuerwerkeverlag.de/lots/

Abonnieren Sie auch unseren Verlags- und Autoren-Newsletter und erfahren Sie so als Erster von unseren **Neuerscheinungen**, **Autorennews** und exklusiven **Buch-Gewinnspielen**:
www.feuerwerkeverlag.de/newsletter/

Originalausgabe Juni 2015

Maracuja GmbH, Laerheider Weg 13, 47669 Wachtendonk
Herstellung: Books on Demand GmbH
Umschlaggestaltung: Sina Elbrecht
Lektorat: Corinna Rindlisbacher
ISBN: 978-3-945362-09-9
Printed in Europe

Für das Beste in meinem Leben – meinen Sohn:

Du kannst alles schaffen! Ich hab dich lieb.

Deine Mama.

Kapitelübersicht

Willkommen in der Realität

„Willst du ...“

Na endlich.

Ringring ... Ringring ...

Welcher Idiot hat in der Kirche sein Handy an? Wahrscheinlich meine Mutter.

Ringring ... Ringring ...

Bestimmt meine Mutter. Ich werde sie persönlich mit dem Kuchenmesser vierteilen.

Ringring ... Ring ...

Das Telefon!

Mit einem Schlag ist Jessie wach. Panisch betastet sie ihren Körper. Kein Kleid. Keine Kirche. Keine Hochzeit. Sie war doch eben noch vor dem Altar gestanden! In einem wunderschönen, weißen Kleid, mit einem Mann, der gerade „Ja“ sagen wollte. Verdammt! Mit Schwung lässt sie sich zurück in ihr Kissen fallen. Keine Hochzeit und auch keine ekstatische Hochzeitsnacht. Wäre ja auch zu schön gewesen.

Ringring ... Das Telefon! Hektisch wirft sie sich über den Bettrand und wühlt in dem Klamottenhaufen auf dem Boden. *Irgendwo muss es doch ...* Da. Im Dunkeln leuchtet auf dem Display SEIN Name auf. Ein nächtlicher Anruf. Das kann nur eines bedeuten, und sofort beginnt ihr Bauch, freudig zu kribbeln. Endlich. Wurde aber auch Zeit.

„Hallo?“, krächzt Jessie in den Hörer. *Mist.* Es hatte ein gehauchtes, erotisches „Hallo“ werden sollen, aber für Raucher kurz nach dem Aufwachen gibt es Regeln: Erst einmal räuspern, dann reden.

„Hey, alles klar bei dir?“

Beim Klang seiner Stimme rieselt ihr ein warmer Schauer über den Rücken. Er ist es. Er ruft sie an. Nach VIER beschissenen Wochen des Wartens. Egal. Im Hintergrund ertönt laute Musik, er ist also unterwegs. Wahrscheinlich angetrunken. Nun ja, er ruft nach mehreren Wochen Funkstille zum ersten Mal an, mitten in der Nacht, also: bestimmt angetrunken. Männer reden ja meistens erst, wenn sie einen sitzen haben.

„Klar! Ich hab grad …“ *Ja, was hab ich denn grad? Geschlafen und von meiner Hochzeit mit Mister Perfekt geträumt? Es ist Samstagabend! Ich bin nicht einsam.* „… ich hab mich grad fertig gemacht. Ich werde gleich von jemandem abgeholt. Kennst du nicht“, schiebt Jessie schnell hinterher. Verlegen fährt sie sich durch das zerstrubbelte Haar und verheddert sich prompt mit ihren Fingern in einem Knoten. *Autsch.*

„Um drei ziehst du erst los?“

Drei ist es schon? Sie zieht sich den LED-Wecker vom Nachttisch herüber und sieht ungläubig auf das Display: 2:58 Uhr. „Ähh …“

„Egal. Ich wollte nur mal hören, wie's dir so geht.“

Seine Worte klingen schwammig, aber das ist Jessie egal. Er macht sich Gedanken um sie. Nur das zählt. *Süüüüüüß.* Nach ZEHN BESCHISSENEN Wochen. Nur nicht zu schnell einknicken. Erst muss er sich entschuldigen. Mindestens. Vielleicht sogar ein bisschen in Demut kriechen und betteln.

„Passt schon. Wo bist du denn?“

„Ich bin im *Karma.* Mit Jo. Aber der ist irgendwie weg und na ja …“ Sie hört, wie er einen Schluck trinkt. Der Arme. Betrunken und allein irgendwo in einer Bar. Sie sieht ihn vor sich, mit Augenringen und völlig einsam. Verzweifelt. Und er ruft SIE an. Der kleine Oliver sucht seine Eltern.

„Jo hat so 'ne Tussi aufgegabelt. Ich denke, er ist mit ihr abgerauscht.“

Diese Information ist jetzt nicht mehr so rührselig. Mit einem Mal verpufft das Bild vom kleinen Oliver. Jetzt steht da ein angetrunkener Kerl, der leider keine zum „Abrauschen“ gefunden hat und deswegen seine „EX“ anruft. *Mpfh.*

„Und was kann ich da für dich tun?“ *Sag jetzt nichts Falsches.* Jessie kneift sich in die Nasenwurzel.

„Na, ich dachte, ich ruf mir jetzt ein Taxi und komm zu dir. Wir könnten doch ein bisschen … Du weißt schon …“ Er kichert nervös.

Langsam kriecht die aufgestaute Wut aus Jessies Bauch hoch und entlädt sich in ihrer Hand. Die Handyhülle knackt bedrohlich. *Er meldet sich EIN JAHR nicht und dann ruft er einfach so an, weil er keine andere aufgabeln konnte?* „Und da dachtest du was? Du könntest auf einen kleinen Fick vorbeikommen? Hallo? Meinst du nicht, wir sollten erst mal REDEN????“ Jessies Stimme überschlägt sich fast. *So ein Idiot!*

„Mann, Jessie, komm mal runter. Ich wollte doch bloß …“

„Wolltest was? Du hast mit einer ANDEREN geknutscht, OBWOHL du mit MIR zusammen warst. Und dann redest du nicht mehr mit mir, ignorierst mich auf der Arbeit und jetzt denkst du, du könntest einfach mal kurz zum Vögeln vorbeikommen?“ Jessie schnauft wie ein Hochleistungssportler auf der Zielgeraden.

„DU hast mit MIR Schluss gemacht, falls ich dich dran erinnern darf. Und das, obwohl ich mich doch entschuldigt hab, verdammt.“

„Mit einer Entschuldigung ist es aber nicht getan, Oli. Du hast mich verletzt.“ Die 3.000 Meter sind gelaufen und Jessie ist kurz vor dem Ziel gestolpert. Scheiß Schuhe. Die Tränen laufen ihr links und rechts über die Wangen.

„Du machst aus ’ner Mücke ’nen Elefanten. Ich hab doch nicht mit ihr geschlafen! Das war EINMAL. Krieg dich wieder ein. – Ich hätte nicht anrufen sollen.“ Oli schnauft hörbar genervt ins Telefon.

Jessie schließt die Augen. „Es hat geklingelt. Ich muss los.“ Mit letzter Kraft drückt sie auf den Aus-Knopf und lässt die Hand sinken. Eine Zeit lang starrt sie ihr leuchtendes Handy an, bis es in den Stand-by-Modus schaltet und den Raum wieder in vollkommene Dunkelheit taucht. Wenigstens muss sie jetzt das Loch nicht mehr sehen, in dem sie wohnt. *Schnuckeliges Ein-Zimmer-Appartement. Ha. Hamsterkäfig für Versuchstiere wäre eine passendere Beschreibung gewesen.* Schniefend wischt sie sich mit dem Handrücken die Nase ab.

Dieser Mistkerl. Er hatte es von Anfang an nicht ernst gemeint, und sie war so blind und taub gewesen – es gab ja durchaus Warnungen seitens ihrer Familie – und sie hatte es nicht wahrhaben wollen. Alles hatte sie für ihn getan. Alles. Das Jobangebot in München ausgeschlagen. Sich mit ihren Eltern zerstritten. Alles hatte sie zurückgelassen, nur um mit ihm zusammen zu sein. ALLES.

„Du ziehst einfach zu mir, und ich besorg dir einen Job als AD bei LAP", hatte er ihr gesagt. *Hmm.* Und was war passiert? Als sie – Hals über Kopf – ihre Sachen gepackt und zu ihm nach Hamburg gefahren war („Überraschung, Schatz!"), hatte er nicht so reagiert wie erwartet. „Was machst du denn hier?" ist vielleicht nicht die optimale Begrüßung für jemanden, der alle Zelte abgebrochen hat, um mit der Liebe seines Lebens neu anzufangen.

Er hatte gleich am nächsten Tag die Zeitung nach Wohnungen durchforstet („Wir müssen das langsam angehen. Nur so machen wir alles richtig. Das verstehst du doch, Schatz?" *Klar ... Hä?)*, und ihr dieses „Loch" besorgt. „Mit ein bisschen Farbe", hatte er bei der Besichtigung gesagt und ihre Bedenken (Magenkrämpfe, gepaart mit Übelkeit) weggezwinkert (gestrichen hatte sie das Appartement übrigens alleine). Und aus dem versprochenen Job als Art Director bei LAP war ein schlecht bezahltes Praktikum geworden. „Denk doch mal nach. Wenn du hier gleich als AD einsteigst, nur weil du mit mir zusammen bist, werden dich die anderen nicht akzeptieren. Aber du bist großartig. Es wird nicht lange dauern, dann erkennen auch die anderen dein Talent. Und dann rocken wir die Agentur. Wir beide." Dann Sex. Gute Verhandlungsstrategie. So kann man einem einen beschissenen Job als riesen Chance verkaufen.

Schluchzend rollt sich Jessie in ihr Bett und zieht sich die Decke über den Kopf. Was war sie doch nur für ein dummes Huhn.

Die Erkenntnis

Am nächsten Morgen fühlt sich Jessie wie verkatert. Die Augen geschwollen und verklebt, die Nase mit vertrocknetem Rotz überzogen. *Oh Gott. Oli, dieser Arsch.* Jessie steckt den Kopf unter ihr Kissen. *Müffelt. Hm, vielleicht doch mal frisch beziehen.* Angewidert schmeißt sie das Kissen neben ihr Bett und starrt an die Decke. Sonnenstrahlen fallen durch das nicht geputzte Fenster und beleuchten die Staubpartikel über ihr wie kleine Stars auf der Bühne. *Ja ja, tanzt ihr nur, von mir kriegt ihr keinen Applaus. Es hilft doch alles nichts. Die Welt dreht sich weiter, mit oder ohne mir ... Wo Oli wohl gerade ist? Vielleicht kann er sich an gestern gar nicht erinnern? Ob ich ihn anrufen soll? Ahhhh! Gehirnvermerk: Gedanken an Oli, das Arschloch, verbieten. Höchststrafe.* Gefrustet pustet sie Luft aus und schiebt sich aus dem Bett.

So ein schöner Sonntag, denkt Jessie und verzieht das Gesicht. Sie lässt Wasser aufs Klopapier laufen und versucht damit, ihre verkrustete Nase zu säubern. *Autsch, das ziept. Hat doch auch was für sich, wenn das Bad nicht größer als eine Besenkammer ist. Pinkeln und gleichzeitig Gesicht waschen. Wer kann das schon?* Mit dem Fuß schiebt sie die am Boden liegende Wäsche zusammen, beugt sich nach vorn und stopft sie in die Waschmaschine. Auch das ist möglich. Sie zupft sich den letzten Rest Klopapier von der Rolle und zieht die Spülung. Das Rauschen ist so laut, dass Jessie automatisch die Augen zusammenkneift. *In diesem Klo könnte man eine Leiche verschwinden lassen. Eine männliche. Hm.*

Jessie schnappt sich ihre Zahnbürste und fängt an zu schrubben. *Sonntag. Der Tag der Zweisamkeit. Gemeinsames Frühstück auf dem*

Balkon, danach der Spaziergang durch den Park. Vielleicht ein Eis. Hach. Wie nett. Jessie streckt ihrem Spiegelbild die Zunge raus und spuckt den Schaum ins Waschbecken. Durch die Kalkreste hindurch schlingert der Schaum dem Ausguss entgegen, um dann an Jessies Haarknäuel im Abfluss kläglich zu scheitern. *Okay. Also sauber machen statt Eis essen gehen. Als ob das eine Option gewesen wäre.*

Sechs Stunden später sinkt Jessie erschöpft auf ihr Bett und betrachtet zufrieden ihr Werk. Die Staubwusel haben sich auf ein erträgliches Minimum reduziert, die Wäsche liegt im Schrank (sogar ordentlich gefaltet), die Küche wäre theoretisch benutzbar und das Waschbecken ist wieder glatt wie eine Rutschbahn. *Komisch, dass eine aufgeräumte Wohnung auch das Gefühl von einem „aufgeräumten Leben" vermittelt. Wenn's nur so einfach wäre.* Jessie seufzt. *Aber irgendwas müffelt hier noch.* Prüfend wackelt Jessie mit den Nasenflügeln. Kein Zweifel. Irgendwas hat sie beim Saubermachen übersehen. Dem Geruch nach etwas Totes. *Hm. Hatte ich ein Haustier?* Irritiert beugt sie sich über den Rand und schielt unters Bett. Vielleicht doch irgendwo eine Socke übersehen? Doch außer ein paar entkommenen Wollmäusen ist der Boden blank. *Oh, kann das, kann das sein?* Vorsichtig hebt sie den Arm und schnüffelt. *Örgh.*

Eine weitere Stunde später: Frisch geduscht, nackt, nur mit arabisch anmutender Handtuchfrisur sitzt Jessie an ihrem Zwergentisch und schiebt sich zufrieden ein Stück Pizza in den Mund. Ihr grummelnder Magen bedankt sich für die ersten Bissen des Tages. *Wer braucht schon ein Fitnessstudio? Liebeskummer und versiffte Wohnungen lassen automatisch die Pfunde purzeln.* Jessie schielt auf ihren Bauch. *Ganz schön ordentlich. Hm. Vielleicht sollte ich öfter meine Wohnung putzen.*

Missmutig quetscht Jessie den Bauchspeck mit Daumen und Zeigefinger zusammen. *Eine mittlere Katastrophe. Red's dir nicht schön, Jessie. Ein Supergau. Kein Wunder, dass Oli mit einer anderen geknutscht hat. Ich habe weder meinen Haushalt noch meine Speckrollen im Griff.*

Ihr Hals schnürt sich zu. Langsam legt sie das angeknabberte Stück Pizza zurück auf den Teller. *ICH bin schuld. ICH habe alles versaut. Ich habe ihn ja regelrecht zu einer anderen hingetrieben.* Und schon kullern die Tränen, tropfen auf ihren Bauch und laufen in die Speckfalte unter ihrem Busen. Aber keine kommt mehr heraus. Weg! Irritiert beobachtet sie die nachfallenden Tränen, die allesamt in der Falte verschwinden. *Jessies Bermudadreieck.* Unter heftigen Schluchzern versucht Jessie ihren Bauch so weit einzuziehen, dass die Tränen ihren Lauf fortsetzen können, aber die Falte lässt sich nicht wegatmen. Selbst als Jessie mit den Fingern nachhilft, will es nicht klappen. Wütend zieht Jessie an ihrem Bauch, quetscht und drückt und lässt ihn dann frustriert in seine ursprüngliche Form zurückschnalzen. *Toll. Jetzt kann ich nicht mal mehr weinen.*

Sie kippt die Pizza in den Müll und stellt sich vor den Spiegel. Schocktherapie. Langsam dreht sie sich hin und her. An ihrem Bauch sind immer noch rote Quetschspuren zu sehen. *Mannmannmann, Jessie, in diesem Zustand nimmt dich wirklich keiner. Nicht mal die Weight Watchers. Wann um Himmels willen ist denn das passiert? Du warst doch gestern noch der heiße Feger mit der roten Wallemähne. Und was bist du jetzt? Der explodierte Besen mit Rettungsringen für eine ganze Bootsmannschaft. Und das hast du ganz alleine in sieben Wochen geschafft (gut, mithilfe der Fertiggerichte-Industrie). Toll gemacht.*

Jessie stemmt die Fäuste in die Hüften und wirft ihrem Spiegelbild einen kämpferischen Blick zu. *Jetzt ist Schluss damit. Schluss mit „gehen lassen“.* Jessie zieht die Speckfalten am Oberschenkel nach hinten. Ja, so sieht es gut aus (wenn man mit den Knubbeln auf der Rückseite leben kann). Auch der Bauch lässt sich nach hinten schieben. *Wenigstens ist Speck weiches, formbares Gewebe. Damit lässt sich doch was anstellen.*

Jessie angelt sich eine Zigarette aus der Schachtel und steht nackt, rauchend vor dem Spiegel. *Es gibt zwei Möglichkeiten. A) Speck nach hinten verschieben und den ganzen Tag mit dem Rücken zur Wand stehen oder B) dem Werbefernsehen Glauben schenken und sich*

„Formhöschen" und „Bauch-Weg-Oberteile" bestellen. A) wäre nicht so alltagstauglich. Jessie nimmt einen tiefen Zug und benebelt ihr Spiegelbild. *B) klingt prima, ist allerdings nicht bis morgen zu bewerkstelligen.*

Zigaretten auf fast nüchternen Magen sind keine gute Idee. Es kribbelt langsam von den Füßen nach oben und die Sicht verdunkelt sich. *Huiuiui.* Sie setzt sich auf's Bett und wartet, bis das Schwindelgefühl nachlässt. Vorsichtig nimmt sie einen weiteren Zug und wartet. *Okay. Rauchen im Sitzen. Klappt.*

„Also, wie packen wir's an?", fragt Jessie laut, den Blick auf ihren Bauch gerichtet. „Du musst bis morgen verschwunden sein, also husch." Nichts passiert. „KKKKscchhhhhhh", zischt Jessie und wedelt mit der Hand. Seufzend drückt sie die Zigarette aus und erstarrt. *Ja ja ja! Das ist es!* Klebeband! Erst letztens bei PROMINENT hatte sich wieder ein Star geoutet und zugegeben, die Brüste mit Klebeband getaped zu haben.

Das gute, alte Klebeband. Jessie ist plötzlich ganz aufgeregt. *Wenn man Brüste tapen kann, dann geht der Rest auch.* Fieberhaft durchforstet Jessie ihr Gehirn. *Besitze ich ein Klebeband und wenn ja, wo? Grrrr. Zu jedem guten Haushalt gehört doch ein Klebeband! Und heute ist SONNTAG! Nicht mal eins kaufen kann ich. Zefix.*

Jessie schnappt sich ihren Bademantel und rast aus der Wohnung.

Klebende Nachbarschaftshilfe

„Ja, bitte?“

Die Tür hat sich nur einen Minispalt geöffnet, so dass Jessie ihren Kopf schräg halten muss, um überhaupt den Menschen dahinter erahnen zu können.

„Entschuldigen Sie die Störung, ich, äh …“ Jessie gerät ins Stottern. *Ich würde mir gern meine Fettwülste wegbinden? Gehirnvermerk: Immer erst eine Ausrede zurechtlegen, dann reden.* „… ich bräuchte Klebeband, weil, ja, ähm, der Schlauch von der Waschmaschine ist gebrochen.“ *Das ist doch mal ein ordentlicher Grund, Jessie, gut gemacht.*

„Läuft Wasser aus? Dann müssen Sie den Klempner rufen. Das wird teuer am Sonntag.“

Der Mann hinter der Tür stößt ein schadenfrohes Kichern aus. Es geht doch nichts über gute Nachbarschaft.

„Nein, nein. Ich hab selbstverständlich den Haupthahn zugedreht. Ich müsste den Schlauch nur provisorisch abdichten, morgen kaufe ich einen neuen.“ *Das hört sich doch nach einer selbstbewussten Frau an, die sich im Leben selbst zu behaupten weiß. Jawohl. Es macht sich bezahlt, die ein oder andere Handwerkersendung zu gucken.*

Der Mann scheint enttäuscht zu sein. „Warten Sie hier“, brummt er und schließt die Tür. *Gute Wohngegend. Vertrauen wird hier großgeschrieben.* Es rumpelt in der Wohnung und nach fünf Minuten öffnet sich die Tür erneut und eine behaarte Hand streckt Jessie eine Klebebandrolle entgegen. „Sie kaufen mir aber schon ’ne neue“, spricht die Tür und fällt ins Schloss.

„Klar, ist doch Ehrensache. Und danke noch mal!“ Jessies Stimme hallt laut über den Flur.

Zurück in ihrem Wohn-/Schlafzimmer stellt sich Jessie wieder nackt vor den Spiegel. *Wie oder besser gesagt wo fängt man denn an? Zuerst die Oberschenkel.*

Jessie wickelt ein Stück ab und beginnt, den linken Oberschenkel zu umkleben. *Das sieht ja gut aus! Spieglein, Spieglein ...* Man kann den Unterschied zwischen linkem und rechtem Oberschenkel deutlich erkennen.

Als sich Jessie umdreht, quietscht sie entsetzt auf. *Aaaahhh!* Da ist der Speck also hin! Ihre linke Pobacke hat sich verdoppelt und hängt wellig über die Schnittkante des Klebebands. *Nicht gut, Jessie, gar nicht gut.* Panisch durchwühlt sie ihre Schublade. *Autsch!* Das Klebeband zieht an den Härchen, Jessie spreizt das Bein ab. *Besser. Ha. Da ist es.* Triumphierend schwenkt Jessie das Relikt aus vergangenen Zeiten. Ein formstabiles Miederhöschen. *Und drüber damit.* In die Unterhose zu steigen, erweist sich als schwierig, aber das Ergebnis rechtfertigt die Mühen. Erleichtert begutachtet Jessie ihr Hinterteil im Spiegel, das wieder einigermaßen nach Po und nicht nach „verrutschten Erdmassen“ aussieht. Also, der Nächste bitte.

Laut schnaufend und eine viertel Stunde später sind die Beine geschafft. *Puh. Das ist vielleicht anstrengend.* Jessie wischt sich über die Stirn und beugt sich, steif wie ein Pantomime, übers Bett und zieht sich eine weitere Zigarette aus der Schachtel. Beine und Po sind verpackt, allerdings muss sie sich erst noch an die ungelenken Puppenbewegungen gewöhnen. *Gut, kein Star hatte was von „Ganzkörperverklebung“ gesagt, aber einer muss es doch mal probieren. Vorreiter Jessie auf dem Gebiet der Klebetechnik.* Genüsslich zieht sie an der Zigarette.

Bestandsaufnahme: Oberschenkelgebiet – gesichert. Bauch und Brustbereich – Katastrophe. Misstrauisch beäugt sie das Klebeband und dann ihren Bauch. *Könnte knapp werden.* Jessie stakst in ihre

Küche und holt sich ein Beck's aus dem Kühlschrank. Während sie einen großen Schluck nimmt, fällt ihr Blick auf die Küchenuhr. 20:22 Uhr. Zeit für Phase zwei.

Die Stirn gerunzelt, die Zunge konzentriert im linken Mundwinkel abgelegt, biegt sich Jessie mit kreisenden Hula-Hoop-Bewegungen vor und zurück, um das Klebeband in Position zu bringen. Stück für Stück verschwinden die weichen, rosafarbenen Hautfalten unter braun glänzendem Plastikklebeband. Ihre Hände arbeiten mittlerweile im Team zusammen, übergeben die Rolle mal vor, mal hinter ihrem Körper. Profi eben. Unter ihrer Brust schneidet Jessie das Band ab, und streicht zufrieden das Endstück fest. *Ha. Geschafft. Wer braucht schon eine Korsage?*

Als sie den Blick zum Spiegel wendet, entfährt ihr ein Fiepen. Ihre Brüste baumeln über das glänzende Plastik, völlig lebensmüde, die Hoffnung auf Schwerelosigkeit längst verloren. Wieder flitzt Jessie zu ihrem Schrank. Dieses Mal gestaltet sich die Suche akrobatischer, schließlich lassen sich weder die Beine noch der Rumpf schmerzfrei knicken. Sie fällt auf die Knie und robbt die letzten Zentimeter zur Schublade. *Wäre doch gelacht ...* Der alte Teppich scheuert an ihren Knien. *Das Leben ist kein Ponyhof. Grmpf.* Sie zieht einen BH aus der Schublade und dreht sich auf den Rücken. *Puh. Jetzt nur noch wieder hoch.* Die Arme wie ein Untoter nach oben gestreckt, versucht Jessie sich aufzurichten, aber die Bauchmuskeln (falls da welche waren) sind durch den Plastikpanzer nicht benutzbar. Ächzend wippt sie ein paar Zentimeter nach oben und wieder zurück. *So also nicht.* Sie rollt sich wieder auf den Bauch und hebt den Oberkörper an. *Geht doch.* Auf allen vieren krabbelt Jessie zum Bett. *Toll, jetzt brennen die Knie.*

Sich auf dem Bett abstützend schafft sie es endlich, sich aufzurichten. Der Schweiß tropft von der Stirn. Mit letzter Kraft zieht Jessie den BH über ihre Brüste, die sich dankbar für diese Stütze in die Körbchen mummeln. *Geschafft.* Aber der Blick in den Spiegel entschädigt sie nicht gerade für die Mühen. Da steht ein rot geflecktes, schwitzendes Etwas mit rotgescheuerten Knubbelknien, verpackt in eine kackbraune Presswursthülle. *Öhm.* Kurz flackert das Bild von der strahlend schönen Schauspielerin vor ihr auf, die lächelnd den Ansatz des Klebebandes unter ihrer 10.000-Euro-Robe zeigt und verschwörerisch in die Kamera zwinkert. Könnte man vergleichen, muss man aber nicht. Jessie starrt ihr Spiegelbild böse an, doch das Spiegelbild starrt nur böse zurück. Jessie gibt auf. Sie mochte es noch nie, wenn jemand sauer auf sie ist.

Desillusioniert schlurft Jessie zum Kühlschrank und holt sich ein zweites Bier. *Na, Jessie, wieder mal ein paar Stunden deines Lebens verplempert, mit lustigen Bondage-Spielchen.* Frustriert setzt sie die Flasche an. Das Bier tut der geschundenen Seele gut, aber nicht dem Kreislauf. Zigaretten und Bier auf fast nüchternen Magen, gepaart mit bundeswehrähnlichen Übungen fordern ihren Tribut. Jessie schafft es gerade noch, die Flasche abzustellen, ehe ihr die Knie nachgeben. Schwankend, mit kribbelnder Kopfhaut sinkt Jessie auf den Küchenboden. *Na toll,* denkt sie noch, *wenn dich so jemand findet. Halb nackt. Ein misshandeltes UPS-Paket.* Dann wird ihr schwarz vor Augen.

Das Resultat

Jessie öffnet die Augen und blinzelt ein paar Mal irritiert. *Wo bin ich?* Bei dem Versuch sich aufzurichten, löst sich ihr nackter Arm mit einem Rrrratschhh vom PVC-Boden. Aber nach ein paar Zentimetern ist Schluss mit bewegen. Jessie keucht auf und betrachtet ihren Bauch. *Oh Gott.* Sie hat die ganze Nacht SO in ihrer Küche gelegen. *Nacht. Tag. Wie viel Uhr ist es?* Panisch dreht sie sich auf die Seite und schielt auf die Zeitanzeige am Ofen. *8:14 Uhr. Neeeeeiiin!* Jessie zieht sich an ihrem Stuhl nach oben und hinkt in ihr Schlaf-/Wohnzimmer. *Ich muss zur Arbeit, oh Mist. Verdammter Mist. Ich komm zu spät!*

Hastig wühlt sie sich durch den Kleiderschrank. Ein Kleiderstück nach dem anderen fliegt hinter ihr auf das Bett. *Ich muss gut aussehen, umwerfend!* Ein Blick in den Spiegel genügt und Jessie beginnt zu wimmern. *Oh nein, oh nein, gar nicht gut. GAR NICHT GUT!* Ihre Haare stehen in alle Richtungen ab wie Antennenmasten. Die Waden haben mittlerweile – dank der Wickel-Würge-Behandlung – eine besorgniserregende Violett-Färbung angenommen. Keine Zeit, um sich aus der Klebefalle zu befreien. *Mist.* Hastig stülpt sie sich ein T-Shirt über den Kopf, darüber den schwarzen Pulli (ein Geschenk von ihrer Mutter letztes Weihnachten, dem Fest der Liebe. „Schwarz macht schlank", hatte ihre Mutter ihr trocken zugeprostet). Gut, vielleicht war sie schon früher etwas pummelig gewesen. In Rekordgeschwindigkeit schlüpft Jessie in ihre Jeans. Die passt – dank der rutschigen Klebeoberfläche – perfekt.

Noch ein prüfender Blick zum Spiegel: Entwarnung. Durch alle Kleidungsschichten hindurch sieht man nicht einen Fitzel vom Klebeband. Im Gegenteil, ihre Figur sieht tatsächlich gut aus.

Wohlgeformt. *Zurechtgeklebt. Hmpf.* Jessie springt (okay, stelzt) ins Bad, verliert auf der Toilette wegen eingeschränkter Bewegungsfreiheit wertvolle Minuten, die sie aber beim Zähneputzen mit parallelem Make-up-Auftragen wieder reinholt. Die Haare allerdings wehren sich gegen die ruppige Behandlung. Jessie gibt auf. Mit einer Haarspange zwickt sie alle Probleme einfach am Hinterkopf zusammen. *Passt doch.*

Kurzer Blick auf die Uhr: 8:42 Uhr. *Der Bus. AAhhhhhh!*

Im Flur verliert sie weitere Minuten. *Welche Schuhe???* Jessie springt von einem Fuß auf den anderen. Normalerweise hätte sie sich ihre Sneakers gegriffen, aber extreme Situationen erfordern extreme Maßnahmen. Hastig schnappt sie sich die schwarzen High Heels aus dem Schrank. *Du willst gut aussehen, Jessie, und mit diesen Schuhen wachsen deine (verklebten) Beine gleich um zehn Zentimeter.* Jessie atmet tief durch. *Keine Zeit zum Üben. Das muss einfach klappen.* Sie schlüpft in die Schuhe, steckt die Schlüssel ein und stakst wackelig auf den Gang hinaus. *Na, das kann ja heiter werden.*

Kaum tritt Jessie auf die Straße, sieht sie auch schon den Bus auf die Haltestelle zufahren. Das wird eng. Ungelenk setzt sich Jessie in Bewegung, hoppelt wie ein junges Fohlen, die Hände zur Balance links und rechts abgespreizt, zur Haltestelle. Der Bus hält, öffnet zischend seine Türen. Menschen steigen ein. Noch zehn Meter. Als sich die Türen unbarmherzig schließen und der Fahrer den Blinker setzt, wirft Jessie die Arme wild hin und her, wie ein Gestrandeter, der nach zwanzig Jahren auf einer einsamen Insel endlich ein Schiff am Horizont entdeckt. „Haaaaaaalt!!!"

Unter dem Pullover knistert es verdächtig. Jessie japst auf. Wieder ein paar Härchen weniger. *Auuuuhh.*

Ihr panisches Gehampel zeigt Wirkung, denn der Blinker erlischt und der Bus macht keine Anstalten mehr, auf die Straße auszuscheren. Zischend öffnet sich die hintere Tür und Jessie zieht sich erschöpft die Treppenstufen nach oben. *Geschafft. Jawohl.* Laut röchelnd bleibt

Jessie auf der oberen Stufe stehen und hält sich die stechende Seite. Alle Insassen starren sie an. Jessie versucht ein Lächeln, aber es wird ein schmerzverzerrtes Keuchen mit gebleckten Zähnen.

Da steht ein Herr auf und bietet ihr galant seinen Sitzplatz an. *Oho! Hat es sich also doch gelohnt!* Sie strafft den Rücken und tapst unsicher schwankend zu dem freigewordenen Platz. Der Mann tritt zur Seite und nickt ihr höflich zu. *Vielleicht ein bisschen schüchtern, der Gute.* In leichter Schräglage lässt sich Jessie auf den Platz sinken. *Hoffentlich komm ich da wieder hoch. Hm, na ja, der Herr hilft mir bestimmt.* Sie schickt ihrem Verehrer ein verführerisches Grinsen. Der Mann zieht die Augenbrauen hoch und dreht sich um. *Scheint wohl doch nicht in Flirtlaune. Na gut, dann eben nicht. Und da heißt es immer, Frauen wüssten nicht, was sie wollen. Pffff.*

Jessie dreht den Kopf und schaut aus dem Fenster, bis sie das Schild entdeckt, das über ihrem Sitz prangt. Ein Rollstuhl. *Oh Gott.* Jessie rutscht auf ihrem Sitz so weit nach unten, bis ihre Knie am Vordersitz anstoßen. Schlimmer kann der Tag nicht werden.

Als der Bus an ihrer Haltestelle hält, bleibt Jessie in geduckter Position sitzen. Erst als alle anderen ausgestiegen sind, schiebt sie sich aus der Bankreihe. Im Gang beschleunigt Jessie, denn die Türen gleiten bereits wieder zu. Aber sie ist nicht schnell genug. Mit einem Fuß noch auf der Treppe wird sie mitten im Schritt von den Türen an den Schultern eingequetscht. *Aaauuuuu.* Zischend und ruckend öffnen sich Flügel wieder und Jessie ploppt wie ein Korken ins Freie. Draußen hört sie die Flüche des Busfahrers, bis sich die Türen seufzend schließen, als hätten sie das alles schon tausend Mal erlebt. *Netter Mensch. Nicht gerade behindertenfreundlich. Vermerk ans Großhirn: Beschwerde an den Bürgermeister.*

Unsicher steht Jessie an der Bushaltestelle, wie bestellt und nicht abgeholt. Irgendein inneres Stimmchen rät ihr, einfach die Straßenseite zu wechseln und mit dem nächsten Bus wieder heimzufahren. Aber so leicht kriegen sie ein Oli und eine Rolle Klebeband nicht klein. *Wäre doch gelacht! Du hast noch 100 Meter, um deinen Gang zu perfektionieren, Jessie. Umstellung von Quasimodo auf Germany's Next Topmodel.* Der kleine Bruce schreit ihr ins Ohr: „Drama, Baby, Drama!“ Und Jessie läuft los.

Blick in die Fensterfront: *Aaaarghhhh.* Bruce auf ihrer Schulter ist sprachlos vor Entsetzen. *Oh Gott.* Ihr Herz schlägt einen unkontrollierten Samba-Rhythmus. *Vielleicht erste Anzeichen für einen Herzinfarkt? Dann wär das hier wenigstens vorbei. Sie würden aus der Agentur strömen, die Hände vor den Mund schlagen. Weinen. Kreischen. Alle würden um mich rumstehen – natürlich auch ein am Boden zerstörter Oli – und sagen, dass ich so gut aussehe. Bis auf die Haare. Oh, und das „unten-drunter“. Nicht dass was verrutscht, wenn ich stürze. Peinlich. Das wär nix. Zerrupfte Haare und freier Blick auf geklebte Fettschwarten. Die kreischende Menge löst sich auf und da stehen die Arbeitskollegen und kichern. „Guck mal, mit Klebeband. Das passt zu ihr. Die hatte noch nie Stil.“ Hm. Vielleicht doch kein guter Tag, um zu sterben.* Jessie horcht in sich hinein. Kein Herzflimmern, kein Stechen. Nur nervöses Herzrasen. *Also kein frühzeitiger Herzstillstand. War ja auch nicht wirklich eine Option. Schade eigentlich.* Jessie strafft den Rücken. *Kann losgehen.* Sie nimmt noch einen tiefen Atemzug, dann stößt sie die Tür auf und betritt das Gebäude.

Stocksteif durchschreitet Jessie die Empfangshalle, den Blick geradeaus – auf die Glastür der Agentur – gerichtet. *Warum fällt einem eigentlich immer in solchen Momenten auf, wie viele Extremitäten man besitzt?* Wie Schiffschaukeln baumeln Jessies Arme vor und zurück. Verkrampft versucht sie, den Schwung der Arme zu bremsen, elegant zu laufen. Bruce sitzt auf ihrer Schulter und weint. *Ich hätte meine Sneakers anziehen sollen,* flucht Jessie innerlich, während sie unsicher die Halle entlang stakst. Jeder Schritt kündigt sie an. Tam. Tam. Tam. Bei den anderen Frauen macht es „Klack, klack“ oder „Tipp, tipp“.

Tam. Tam. *Ich muss unbedingt abnehmen.* Sie spürt den Blick der Empfangsdame in ihrem Nacken. Oder bildet sie sich das nur ein? Laufen und gleichzeitig mit einem Schulterblick die Empfangsdame überprüfen ist nicht drin. Lauflernschule Stufe 1 lässt so ein Manöver nicht zu. *Glück für dich, du neugierige Schnepfe.*

Mit Schwung öffnet sie die Tür zur Agentur. Selbstbewusst. *Okay, nicht selbstbewusst. Panisch. Du hast nur ein paar Meter bis zu deinem Schreibtisch, Jessie, du schaffst es.* Mechanisch setzt sie einen Fuß vor den anderen, vorbei an den „netten" Kollegen, die ihr hinterherstarren. Neugierig. Tuschelnd.

Männer bemerken eine Veränderung erst, wenn man sich über Nacht zwanzig Kilogramm Fett absaugen und die Brüste von A auf D aufblasen lässt. Frauen hingegen wittern jeden Zentimeter. *Such, Hasso, such. Wo ist er hin?*

Wie in Zeitlupe geht Jessie den Flur entlang. *Nur die paar Meter noch.* Artig nickt sie „Hallos" nach links und rechts. Der Weg scheint nicht enden zu wollen.

Als sie endlich ihren rettenden Schreibtisch erreicht, ist sie schweißgebadet. Erleichtert plumpst sie auf ihren Stuhl. *Rrraaaatsch.* Wieder ein paar Haare weniger. *Autsch. Geschafft. Weder hingefallen, noch Fragen nach einem eventuellen Unfall gestellt bekommen. Mission erfolgreich.*

Die lieben Kollegen/innen

Während sie ihren Computer startet, fällt ihr Blick auf das Bild direkt neben ihrem Bildschirm. Sie und Oli, Arm in Arm, lachend mit Jessies Kommilitonen. Da hatten sie sich gerade kennengelernt. Er war von der Uni als Gastdozent für ein Projekt geholt worden und alle Studentinnen lagen ihm zu Füßen. Alle wollten ihn haben. Alle. Aber er wollte nur sie. Ein paar Tage später hatte er sie gefragt, ob sie mit ihm ausgehen wolle. Und prompt war sie mit ihm in der Kiste gelandet. So etwas hatte sie noch nie davor getan (das hatte sie ihm in dieser Nacht in der Endlosschleife vorgespult). Sie hatten die ganze Nacht geredet. Fast. Zwischendrin gab's guten Sex. Sie hatte es da schon gespürt. Er war es. Der Richtige. Der Eine.

Und jetzt? Keine Heirat in Sicht. Noch nicht mal eine Beziehung! Pfffft. Jessie schnaubt. Sie ist allein in einer fremden Stadt, zwischengeparkt in einer Zwergenwohnung – in der noch nicht mal ein Hobbit Platz hätte –, hat kein Auto und das lächerliche Praktikumsgehalt reicht kaum, um ihre Rechnungen zu bezahlen. Wütend nimmt sie einen Edding und malt Oli zwei Teufelshörner an den Kopf. Er sieht immer noch süß aus. *Mist.* Sie klappt das Bild einfach um. *Was tue ich hier eigentlich*?

Diese Frage hatte sie sich schon bei ihrem ersten Besuch in der Agentur gestellt. Oli hatte ihr von seiner Arbeit bei LAP vorgeschwärmt. LAP war eine der führenden Werbeagenturen und jeder Student würde für einen Job dort töten. Oli war Creative Director und wollte, dass auch Jessie nach dem Studium dort anfing. Bei ihm. „Sie werden dich alle lieben, Baby …“, hatte er gesagt, „… dich und deine Ideen. Du musst mir nicht mal deine Mappe zeigen, ich weiß ja, was du kannst.“ Kein offizielles Vorstellungsgespräch. Dann hatte er sie angegrinst und ausgezogen. Tja. Auch eine Art Vorstellungsgespräch. Ein inoffizielles. Sie hatte eben sehr viele Talente. *Seufz.*

Die Erinnerung daran treibt Jessie die Röte ins Gesicht. Sie hatte sich ihren Job „erschlafen“! *So viel zur Emanzipierung. Wenn das Alice Schwarzer wüsste. Die würde sich im Grab umdrehen. Lebt die noch? Hm.*

Und dann kam ihr Einstand bei LAP. Auf dem Weg durch die Halle hatte Oli ihr erklärt, dass aus ihrer versprochenen Festanstellung als AD doch nur ein Praktikum geworden war. Taktisch klug, denn kaum hatte er ihr das offenbart, stand sie schon vor versammelter Mannschaft mit einem Sektglas in der Hand.

Die Männer starrten lüstern, die Frauen feindselig. Keiner sagte etwas. Oli brabbelte was von „sie wird uns unterstützen“, „tolle Ideen“, „sicher bald eingelebt haben“, „bla bla bla“. *Stößchen. Ha. Pustekuchen. Nix mit Einleben.* Trotz aller Bemühungen hatte sie sich mit niemandem anfreunden können (und sie war VERDAMMT nett gewesen). So hart hatte sie sich den Neuanfang nicht vorgestellt. In den drei Monaten, in denen sie nun hier war, hatte man sie als Kopiererin, Kaffeemädchen und Laufburschen missbraucht. Nicht einmal hatte man sie zu einem Meeting mitgenommen, geschweige denn nach ihrer Meinung gefragt. Nur Oli. Und nur dann, wenn es keiner mitbekam. Und plötzlich war wieder eine ihrer Ideen an den Kunden verkauft worden und Oli wurde gratuliert. *Grrrrr.*

„Schlecht drauf heute?“

Erschrocken fährt Jessie herum. Birgit hat sich auf ihren Schreibtisch gesetzt, mit zwei Tassen Kaffee in der Hand. Eine hält sie Jessie entgegen. Das ist neu. Es hat ihr noch nie jemand einen Kaffee mitgebracht. Vielleicht gibt es endlich einen „Mitleidsbonus“, jetzt wo sie doch nicht mehr seine Freundin war? „Danke.“ Zögerlich nimmt sie die Tasse entgegen und nippt daran. *Bah. Schwarz, ohne Zucker.* Normalerweise pimpt Jessie ihren Kaffee mit drei Stücken Zucker und einem ordentlichen Schuss Milch. Aber das weiß hier natürlich niemand. *Woher auch? Hat sich ja niemand für mich interessiert! Langsam, Jessie, gib ihr eine Chance. Jetzt bloß nicht zicken und das zarte Bändchen einer beginnenden Freundschaft kappen.* Schnell stellt sie die Tasse ab.

„Und? Was hast du so am Wochenende gemacht?" Zuckersüß lächelt Birgit über ihren Tassenrand hinweg.

Jessie ändert ihre Sitzposition, das Klebeband ziept unangenehm. Ein Alarmglöckchen schrillt leise in ihrem Ohr. „Ach, nichts Besonderes. Ich war mit Freunden unterwegs."

„Mit Freunden also. So so." Birgit nimmt einen weiteren Schluck. „Wo wart ihr denn? Im *Peaches*? Da war doch diese Hammerparty, hab ich gehört."

„Ja, ja, genau. Da waren wir." Jessie windet sich unbehaglich auf ihrem Stuhl. Das Alarmglöckchen läuft zur Hochform auf und Bruce hält sich die Ohren zu.

„Oh, warte mal. Das *Peaches* ist doch geschlossen! Wegen Umbauten. Ach, da hab ich mich wohl vertan. Ich Dummerchen." Kichern. „Wo warst du noch mal?"

„Ich weiß nicht mehr, wie der Laden hieß. Ist doch auch egal." *Miststück.* Das Band der Freundschaft flattert zerfetzt im Wind. Jessie wendet sich ab und starrt auf den Bildschirm.

„War Oli dabei?" Die Schlange rührt sich nicht. Sie lauert. Auf ihr Opfer.

Jessie spürt, wie ihr die Röte ins Gesicht schießt. *Bleib ruhig, ganz ruhig. Das will sie doch nur.* Zitternd klickt Jessie eine Datei an. *Tu beschäftigt, dann geht sie vielleicht wieder.*

„Ach nein, das kann ja auch nicht sein. Den hab ich ja getroffen. Mit wem war er da unterwegs? Diese Blonde, äh, wie heißt sie noch mal?" Gespielt verzweifelt schnippt Birgit mit den Fingern. „Die aus dem zweiten Stock. Akquise. Na, du weißt schon, die mit den riesen …" Mit beiden Händen formt Birgit einen Monstervorbau.

„Keine Ahnung“, presst Jessie zwischen ihren Zähnen hervor, den Blick weiter auf den Bildschirm gerichtet.

„Suse, genau. Suse. Ich hab so ein schlechtes Namensgedächtnis.“ Birgit wippt locker mit den Beinen. „Sind die eigentlich zusammen? Das sah nämlich so aus. Die konnten ja die Finger gar nicht voneinander lassen. Dabei dachte ich, du und Oli …“

Jessies Kieferknochen malmen bedenklich laut. Langsam dreht sie sich um und blickt Birgit an, die ihr unschuldigstes Lächeln zeigt. „Hör mal, das weiß ich nicht und es geht mich auch nichts an. Oli und ich sind schon lange getrennt!“ *Und es ist meeeeine Schuld. Ich bin so dumm, so dumm, so dumm*! „Er kann machen, was er will. Und ich würde jetzt gerne arbeiten. Manche hier tun nämlich so was, stell dir vor.“ Demonstrativ hält sie Birgit die Kaffeetasse hin.

„Dann eben nicht.“ Birgit zieht eine Schnute und gleitet vom Schreibtisch. Beleidigt stöckelt sie davon, die hingehaltene Tasse würdigt sie keines Blickes. Bruce sieht ihr hinterher und applaudiert. *So geht das, Baby. DAS ist Drama.*

So eine blöde Kuh. Jessie hätte es besser wissen müssen. Keiner würde nett zu ihr sein, nur weil sie nicht mehr mit Oli zusammen ist. Im Gegenteil. Jetzt ist sie Freiwild und zum Abschuss freigegeben. *Willkommen in der Hölle.* Natürlich könnte sie einfach kündigen und auf allen vieren in den Schoß ihrer Mutter zurückkriechen, um Verzeihung bittend, im Büßergewand. Pleite. *Nein. Die kriegen mich nicht klein.*

Technik, die begeistert

Resigniert stellt Jessie die Tasse ab und sichtet ihre Ablage. Ablenken. Genügend Idiotenjobs, um den Tag zu füllen, haben ihr die lieben, einfühlsamen Kollegen zumindest gegeben. Ganz oben auf ihrem Stapel liegt ein Packen Blätter und darauf prangt ein neongelbes Post-it. Dringend also. *Wie immer.* „22 Kopien. Und am Empfang liegt Post für mich. Mitbringen. Benedikt.“ *Ein „Bitte“ wäre nett gewesen.* Schnell zählt Jessie den Stapel durch. Achtzehn Seiten. *Wie gesagt, das Leben ist kein Ponyhof.*

Seufzend macht sich Jessie auf zum Kopierer. Langsam scheuert das Klebeband an ihrem Bauch. Es fühlt sich an, als hätte es sich zu Würsten zusammengerollt. *Toll. Wahrscheinlich blute ich schon.*

Während sie den Stapel einlegt und 22 eintippt, hört sie Birgits Stimme in ihrem Ohr: „Suse … Gar nicht voneinander lassen …“ *Ob das stimmt? Stopp, Jessie. Diese Schlampe erzählt doch nur Mist.* Wütend drückt sie die „Starttaste“ und surrend setzt sich der Scanner in Bewegung. 396 Kopien. Das kann dauern.

Gerade als Jessie zu ihrem Schreibtisch zurückkehren will, fängt der Kopierer an zu piepen. Sie wirft einen verzweifelten Blick auf das Display. *Papierstau. Auch das noch.* Wütend funkelt sie den Kopierer an. „Auch du, mein Sohn Brutus“, zischt sie leise. Blick nach links, Blick nach rechts. Die Luft ist rein. Sie fällt wie ein Büßer auf die Knie, spürt, wie die letzten Härchen an den Oberschenkeln nachgeben. Sie öffnet das Seitenfach und zieht die zerknitterten Blätter zwischen den Rollen heraus. Das Klebeband am Bauch schneidet sich erbarmungslos ins wunde Fleisch.

Mit Schwung schließt sie die Klappe und zieht sich am Kopierer hoch. Sie hämmert mit der Faust auf *Fortsetzen.* Quietschend und brummend setzt sich der Kopierer erneut in Bewegung. *Geht doch.* Aber irgendwie muss sie die Rollen berührt haben, denn ihre Fingerspitzen sind voller Druckerschwärze. *Shit.* In ihrer Schublade hat sie noch Taschentücher und Vaseline, damit müsste sie es eigentlich abkriegen.

Doch kaum sitzt Jessie an ihrem Schreibtisch mit der Vaseline und den Taschentüchern in der Hand, steht auch schon ein genervter Benedikt vor ihr. „Hör mal. Ich brauch die Kopien in 20 Minuten. Jeder muss Viertel vor zehn das Briefing auf seinem Schreibtisch haben. Und der Kopierer druckt nicht mehr."

Schon wieder? Schrotthaufen. Als ob das meine Schuld wäre. Warum hat sich denn nicht Benedikt um das Problem gekümmert, wenn er es schon entdeckt hat? Tja, weil es ja Jessie gibt. Das Mädchen für alles. Viertel vor zehn. Noch 19 Minuten.

Wütend kniet sie zum zweiten Mal vor dem Kopierer und reißt die zerknüllten Blätter heraus. *Jetzt mach aber. Fortsetzen.* Lauernd bleibt sie dieses Mal neben dem Kopierer stehen. Tatsächlich. Nach ein paar Sekunden verstummt der Kopierer und es piept wieder. „Mistding", schimpft Jessie leise. Als sie erneut in die Hocke geht, verliert sie das Gleichgewicht und kippt nach vorn auf alle viere. Das war die „Kinder spielen Pferd"-Stellung oder „Erwachsene spielen …" äh … was anderes. *Der Boden könnte auch mal wieder geputzt werden. Nur Staub und Dreck. Ähhhh. Widerlich.* Sie wirft einen ärgerlichen Blick auf den Kopierer, der ihr das ganze Schlamassel eingebrockt hat. „Fuck you!"

„Das ist ja eine nette Begrüßung."

Jessie gefriert das Blut in den Adern. Langsam dreht sie den Kopf und starrt Oli aus der Vierfüßlerstellung an, der vergnügt ihren Hintern mustert.

„Ich meinte nicht dich, ich wollte nur, ich meine …", stottert Jessie und krabbelt auf allen vieren zum Drucker. „Ich, äh, hab einen Ohrring verloren. Äh, da.“ Völlig bescheuert zeigt sie unter den Kopierer und zum Beweis steckt sie den ganzen Arm darunter. *Dreck. Spinnen. Iiiihhhhhh!*

„Spinnt er wieder?“ Oli steigt breitbeinig über Jessie hinweg und öffnet das Seitenfach. „Da haben wir ja das Problem!“ Er zieht zwei zerfledderte Blätter aus dem Kopierer und hält sie Jessie triumphierend entgegen. „Jetzt müsste er wieder gehen.“ Er wirft noch einen Blick auf Jessies Hintern und schon ist er wieder verschwunden. „Du bist übrigens schwarz an der Backe“, tönt es noch vom Gang.

Jessie liegt wie bedeppert neben dem Kopierer und starrt ihm nach. Kein Wort über seinen Anruf. Kein Wort zu dieser „Suse“. Nichts. Sie hätte ihn gleich mit dem Kopf voran in den Kopierer stecken sollen. *Verdammt.* Stattdessen hatte sie mit ihrem Hintern gewedelt und rumgestottert. Glanzleistung. Und was hatte er gesagt? Sie war schwarz an der Backe? Hastig zieht sie ihren Arm unter dem Drucker hervor. Alles voller Staub. *Ähhh.* Mit dem noch sauberen Handrücken reibt sie an ihrer Wange und … tatsächlich! Alles voller Druckerschwärze. *Verflucht. Keine Zeit. Blick auf die Uhr: noch sechs Minuten.* Sie spuckt sich auf die Handfläche und rubbelt über die Wange. Das muss reichen.

„Sie sind schwarz an der Wange.“ Die Empfangsdame zieht die Augenbrauen hoch, als sie Jessie mehrere Umschläge und ein Päckchen auf den Tisch legt.

„Äh, ja, ich weiß.“ *Das macht es nicht besser.* „Druckerschwärze.“ *Immer noch nicht besser.* Ungelenk versucht Jessie, die ganze Post mit den Kopien auf einem Arm abzulegen, um mit der anderen Hand den Stapel abzustützen.

Noch zwei Minuten. Panisch hinkt sie zu Benedikts Büro. Der Stapel auf Jessies Arm ist so schwer und unhandlich, dass sie ihn nicht gleichzeitig mit einer Hand halten und die Tür öffnen kann. Bücken und ablegen? Ihr geschundener Bauch wimmert und fleht um Gnade. Benedikt blickt von seinem Schreibtisch auf und beobachtet Jessie, die nun versucht, die Türklinke mit dem Ellenbogen herunterzudrücken.

Der Stapel neigt sich bedrohlich, doch es gelingt ihr rechtzeitig, die Tür mit dem Fuß aufzustupsen und die rutschenden Papiere mit einem Ausfallschritt aufzuhalten. *Rrrraaaatsch. Dass es überhaupt noch Härchen gibt!*

Benedikt zieht genervt die Augenbrauen hoch. „Warum bringst du die zu mir? Ich sagte:

V E R T E I L E N. Aber egal, hat sich was geändert. Ich brauch sie doch nicht. Kannst sie in den Papierkorb schmeißen. Die Post kannst du hier lassen.“ Er hebt entschuldigend die Hände.

Doch nicht? Wutentbrannt knallt Jessie den Stapel auf den Tisch.

„Hat dich jemand angemalt?“ Belustigt mustert Benedikt Jessies Gesicht.

Unbewusst schießt ihre Hand nach oben und befühlt die Wange. „Ich hatte da einen Fleck …“, versucht sie sich stotternd zu verteidigen.

„Ja, ja. Schon gut. Geht mich auch nichts an.“ Er lehnt sich in seinem Ledersessel zurück und verschränkt die Hände hinter seinem Kopf. Langsam gleitet sein Blick über Jessies Körper. „Wir könnten uns doch mal treffen, jetzt wo du und Oli …?“ Sein Blick bleibt an ihren Brüsten haften.

„Ich, ich glaube nicht …“, würgt Jessie hervor, ehe sie mit hochrotem Kopf aus seinem Büro stürmt. *So ein widerlicher Arsch!* Freiwild. Die Jagdsaison ist eröffnet.

Ein Ort der Ruhe und Sicherheit. Das Damenklo. Jessie verschließt die Tür und atmet tief durch. *Puh.* So sollte die „Oli-Rückholaktion“ nicht laufen. *Wenn man den Vormittag zusammenfasst, dann ... Na ja – jetzt wo ich schon mal hier bin, kann ich auch gleich pinkeln.* Sie reißt zwei Blätter Klopapier ab und drapiert sie auf dem Sitz. Dann noch zwei links und zwei rechts. *Die meisten Geschlechtskrankheiten holt man sich auf öffentlichen Toiletten, nicht beim Sex. Ja ja.* Zufrieden betrachtet sie ihr Werk, dann dreht sie sich um und spreizt ihre ausgestreckten Armen an den Wänden ein. Langsam lässt sie sich nach unten gleiten. Kurz vor dem Ziel sieht Jessie, wie die

Schutzblätter neben dem Klo zu Boden segeln. *Neeeeein!* Krampfhaft versucht sie, sich an den Wänden wieder hochzuziehen, aber sie findet keinen Halt. Ruckelnd schwebt ihr nackter Hintern über der Keimschüssel.

„Alles in Ordnung da drin?“, tönt plötzlich eine Stimme durch die Tür und Jessie erstarrt. Mit quietschenden Handflächen plumpst sie auf die Schüssel. *Verseucht. Kontaminiert. Mist.* „Alles klar!“ *Bitte lass sie frisch geputzt sein.*

„Na dann …“

Jessie wartet, bis sie die Spülung, das Händewaschen und dann das Einschnappen der Tür hört. *So. Wieder allein. Ab jetzt machst du alles richtig, Jessie. Du wirst sexy sein, wirst ihm den Kopf verdrehen. Dann kommt er zurück. Bestimmt.* Mühsam quält sie sich hoch und zieht sich an. Dann horcht sie vorsichtshalber noch ein paar Sekunden, erst dann verlässt sie die Toilette.

Beim Händewaschen fällt ihr Blick auf ihr Spiegelbild. *Oh. So viel zum Thema „sexy sein“. In dem Zustand fände mich höchstens ein Soldat, der auf Tarnspielchen steht, attraktiv.* Sie schnappt sich ein Papier, gibt ordentlich Flüssigseife drauf und rubbelt an der Wange. *Schön, dass Druckerschwärze so leicht abgeht*! Wütend reibt sie hoch und runter. Das Schwarz verteilt sich und färbt die Wange grau. *Geh ab!* Nach ein paar Minuten und zahlreichen Flüchen ist das Grau verschwunden und die Wange leuchtet knallrot. *Wer braucht denn Peelings? Wer braucht Rouge? Wer braucht Make-up? Iiiiiich.* Langsam dreht sie ihr Gesicht hin und her. *Schöne Seite, misshandelte Seite. Schöne Seite ... Au Mann.* Mit gesenktem Kopf verlässt sie die Damentoilette.

Frustriert tippt Jessie die Texte ab, die sie von Bernd bekommen hat. Bernd ist der Einzige, der sich weigert, mit einem Computer zu arbeiten. „Sonst verliere ich den Kontakt zum Wort. Die Tastatur ist so anonym, so kalt. Das schreckt mich.“ *Pfffffhhh.* Sie kräuselt die Nase, kneift die Augen zusammen und versucht, den nächsten Satz zu entziffern. Der schreibt doch mit Absicht so scheußlich. „Kann"? „Kamm"? „Komm"? Ihre Nase berührt fast das Papier.

„Brauchst du eine Brille?" Birgit steht neben ihrem Tisch, dieses Mal mit neckischer Weihnachtsmannmütze auf dem Kopf.

„Nein, brauche ich nicht." Genervt legt Jessie das Papier ab. „Was willst du?"

Birgit starrt kurz auf Jessies Wange, ihr Mund schnappt auf und zu, aber sie sagt nichts. *Danke.* „Mittwochabend auf der Weihnachtsfeier wird gewichtelt." Birgit wedelt grinsend mit einem kleinen Sack hin und her. „Das ist so lustig, findest du nicht?"

Oh ja. Jessie kann sich nichts Schöneres vorstellen, als einen ihrer netten Arbeitskollegen zu beschenken. Mit einer Krankheit. Ausschlag. Cholera. Pest. Seufzend greift sie in das Säckchen und zieht einen Zettel. Vielleicht erwischt sie ja Oli? Schnell faltet sie den Zettel auseinander. „Benedikt". *Shit.* Birgit dehnt ihren Hals auf Giraffenlänge, um einen Blick auf den Namen zu erhaschen, aber Jessie knüllt das Papier zusammen. Wie bei einer Schildkröte zieht sich der Kopf zurück. „Falls du mich hast, ich bräuchte einen neuen Nagellack. Rouge extreme. Von Avlon." Birgit stöckelt zum nächsten Tisch.

Jessie zerreißt den Zettel in kleine Einzelteile und wirft ihn in den Müll. *Warum? Warum Benedikt? Willst du mir was sagen, Gott? Ist das deine Art, mir zu helfen?*

Whammm! Jessies Ablage knackst.

„Das muss alles noch heute erledigt werden, aber du schaffst das schon." Benedikt zwinkert ihr zu und dreht sich um. „Mittagspause, Leute, wer geht mit zu Luigis?"

Danke. Gott, wir müssen reden. Dringend.

Um zehn nach acht schaltet Jessie ihren Computer ab und reibt sich die brennenden Augen. In der Agentur sitzen nur noch zwei Grafiker, der Rest ist schon nach Hause gegangen. Sie wirft einen Blick auf die

Uhr. *Na prima. Das heißt wieder „Einkaufen in der Tankstelle“*. Als ob sie sich das leisten könnte. Frustriert schnappt sie sich ihre Jacke.

Entfesselung / Bondage für Anfänger

Erst um kurz nach neun steckt Jessie den Schlüssel in ihre Haustür. *Home, sweet home.* Die Schuhe pfeffert sie mit Schwung in die Ecke. *Nie wieder!* Ihr Magen grummelt, aber der muss warten. Schnurstracks geht sie in ihr Schlaf-/Wohnzimmer und stellt sich vor den Spiegel. Sich der Hose zu entledigen, ist einfach. Knopf auf, Hose runter. Das Oberteil auszuziehen, schafft Jessie allerdings nur mit zusammengebissenen Zähnen. Es ziept und brennt so stark, dass sie die aufsteigenden Tränen wegblinzeln muss.

Endlich steht sie nackt – bis auf das Plastikklebeband – vor dem Spiegel. *Zuerst oben.* Fieberhaft sucht sie nach dem Anfang. *Wo zum ... Örgh.* Jessie ertastet die Kante vom Klebeband auf ihrem Rücken. *Neeeeeiiiiiin. Wie blöd kann man sein?* Mit verdrehtem Arm versucht sie, das Band mit ihrem Fingernagel zu lösen. Der Arm schmerzt. Der Bauch schmerzt. Jessie keucht. *Verdammt, dann zuerst die Beine.* Der Anfang am Bein ist gleich gefunden, aber das Abziehen weiht Jessie in die Sphären des Waxings ein. Langsam ziehen bedeutet lang anhaltender Dauerschmerz. Lieber kurz und knackig. Sie kneift die Augen zusammen. *1 ... 2 ... 3 ...* Mit Schwung zieht sie am Band, das sich mit einem hässlichen Rrraatschhh von ihrem Oberschenkel löst. Jessies Augen füllen sich mit Tränen. Hand wechseln. Umgreifen. *1 ... 2 ... 3 ... 4 ... Mist. 1 ... 2 ... 3 ...* Rrrrattscchhh. *Auuuuuh!* Aus Jessies Nase tropft es.

Nach zehn Minuten hat sie ihr linkes Bein befreit. Der Oberschenkel leuchtet ihr rot entgegen, mit unzähligen weißen Quetschlinien überzogen. Jessie massiert vorsichtig die malträtierte Stelle und atmet tief durch. *Okay. Zweites Bein.*

Nach weiteren zehn Minuten ist auch das rechte Bein klebestreifenfrei. Jessies Stirn ist mit Schweißperlen übersät, die Haut an den Oberschenkeln brennt und pocht. *Pause.* Vor ihr am Boden liegt ein verdrehter Haufen Klebeband, mit feinen Härchen bespickt. *Das mit dem Leiden hab ich jetzt verstanden, Gott, jetzt ist aber auch gut, findest du nicht?* Keine Antwort. Nichts passiert. Das Klebeband um ihren Bauch zerfällt nicht zu Staub. *Hm. Gott hat heute wohl einen schlechten Tag. Also gut, ich bin bereit. Letzte Etappe: Oberkörper. Mann.* Mit den Fingern versucht Jessie, das Klebeband nach unten zu schieben, aber es wurstelt sich lediglich der obere Rand zusammen. *Gehirnvermerk: NIE. WIEDER. KLEBEBAND! Ha!*

Jessie flitzt in die Küche und reißt die oberste Schublade auf. *Tata!* Eine Schere. Wie den heiligen Gral hält Jessie triumphierend die Schere vor sich und schreitet zurück zum Spiegel. *Jetzt krieg ich dich, Mistding!* Mit einem Finger versucht sie, das Klebeband ein Stück anzuheben, um die Schere anzusetzen. Kaum berührt der kalte Stahl die Haut zwischen den Brüsten, zieht sich eine Gänsehaut über ihren Rücken. *Jetzt bloß nicht ins Fleisch schneiden. Ruhig, Brauner.* Millimeter für Millimeter kämpft sich Jessie vorwärts.

Auf Höhe des Bauchnabels angekommen, klopft es plötzlich an ihrer Tür. Wie zur Salzsäule erstarrt steht Jessie – eine Hand mit der Schere zwischen ihren Brüsten – nackt in ihrem Wohnzimmer. *Wer kann das …? Ich kann nicht … Äh, keiner da.*

Es klopft erneut. Auf Zehenspitzen schleicht Jessie zur Tür und schielt durch den Spion. Da steht ein dicker, glatzköpfiger Mann im Flur. Vielleicht ein Zeuge Jehovas? *Du hast ja tolle Ideen, Gott.* Der dicke Mann beugt sich plötzlich nach vorn und sein verzerrtes Gesicht kommt Jessie so nah, dass sie automatisch einen Schritt zurückweicht.

„Ich weiß, dass Sie da sind. Ich hab Sie schreien hören!"

Toll. Ein Retter. Wie erkläre ich denn, dass ich keine Hilfe brauche? Ich schrei nur so zum Spaß, oder: Ich probiere gerade „Sadomaso für den Heimgebrauch"? Ähm … Jessie guckt wieder durch den Spion. Der dicke Mann bohrt in der Nase. *Iiiihhh.*

„Haben Sie mein Klebeband besorgt?"

Kein Zeuge. Kein Retter. Einfach nur der liebenswerte Nachbar, der sein Klebeband wiederhaben will. Jessie brüllt durch die geschlossene Tür. „Noch nicht. Ich bin heut erst spät von der Arbeit gekommen, aber sobald ich kann, bring ich es Ihnen vorbei."

Der Nachbar steckt den Finger in den Mund und lutscht. „Aber nicht, dass Sie's vergessen!"

„Nein, nein. Ich vergesse es nicht!" Jessie streckt angewidert die Zunge raus. *Was für ein Ekel.* Sie guckt an sich hinunter. Wer im Glashaus sitzt …

Um zehn Uhr löst Jessie das aufgeschnittene Korsett mit einem Urschrei von ihrem Oberkörper. *Auuuuaaahhhhh. Verflucht. Das brennt!* Wie Rumpelstilzchen springt sie auf und ab, keuchend, wedelnd und fluchend. Breitbeinig, die Arme weit vom Oberkörper abgespreizt, wankt sie in die Küche und greift ins Gefrierfach. Spinat und Erbsen für die Oberschenkel, der großflächige Pizzakarton für den großflächig leidenden Bauch. Jessie sitzt auf dem Stuhl in der Küche und sieht an sich hinunter. Ein geschwollenes Häufchen Elend. Bedeckt von Tiefkühlkost. *Wie tief kann man sinken?* Vorsichtig berührt sie mit den Fingerspitzen die wunden Hautstellen. *Wenigstens blute ich nicht.*

Die Pizza auf dem Kartondeckel lacht sie an. *Iss mich. Du taust mich doch eh gerade auf! Grrrrr. Na gut.* Irgendwas muss sie ja essen. Seufzend öffnet sie die Schachtel, entfernt das Plastik und schiebt die Pizza in den Ofen. Aber das schlechte Gewissen rührt sich. *Du musst abnehmen. Mit Pizza funktioniert das nicht.* Den Kopf auf die Hände gestützt beobachtet Jessie den Käse, der langsam schmilzt. *Hmmmm.* Der Duft dringt durch die geschlossene Tür und ihr Magen antwortet mit lautem Gebrüll. Sie will diese Pizza. Diese Pizza will sie. Nur will diese Pizza noch mehr, nämlich sich in Form von fiesen Ringen an ihrem Körper verewigen. Da muss es doch eine Lösung geben!

Als Jessie fünfzehn Minuten später die Ofentür öffnet, weiß sie, was sie zu tun hat. Penibel schneidet sie die Pizza in mundgerechte

Stückchen und legt eine Gabel auf den Teller. Dann legt sie sich – nackt (gut, das gehört nicht unbedingt zum Plan) – auf den Fußboden und verkeilt ihre Füße an den Tischbeinen. *Gehirnvermerk: Nächste Marktlücke entdeckt. Unbedingt ein Video drehen (angezogen) und bei YouTube einstellen.* Mit Schwung hebt sie ihren Oberkörper bis zum Tisch, schnappt sich mit der Gabel ein Stück Pizza, steckt es in den Mund, kaut, schluckt und lässt sich wieder zu Boden sinken. *Hui, anstrengend. Aber bestimmt effektiv!*

Beim siebten Anlauf schlingert sie schon schwerfälliger nach oben, die noch nicht wirklich vorhandenen Bauchmuskeln ächzen. Jessie kaut mittlerweile so schnell wie ein Eichhörnchen, um sich wieder hinlegen zu können. *Das tut weh!* Noch nicht mal die Hälfte der Pizza ist in ihrem Bauch. Schnaufend starrt sie an die Decke. *Toll, so werd ich verhungern. Schlagzeile: „Frau, nackt und misshandelt, vor Pizza verhungert. Polizei geht von einem Verbrechen aus." Nein, nein, nein. Du isst nur so viel, wie du auch erjagen kannst. Gab ja schließlich auch keine dicken Höhlenbewohner. Hoch mit dir!*

Nach drei Viertel der Pizza liegt Jessie schwer atmend auf dem Küchenboden und drückt ihren Bauch. Ob sie satt ist, kann sie gar nicht beurteilen, die Schmerzen sind zu stark. *Morgen ess ich Salat. Ich will gar keine Pizza mehr.* Langsam rappelt sie sich auf. Sie spürt, wie sich ihr Po – dank des Schweißfilms – am PVC geradezu festsaugt. *Äääährrg. Duschen. Und den Küchenboden wischen.*

Unter der Dusche wimmert Jessie auf. Duschgel auf wunden Hautstellen brennt wie Hölle. Behutsam wäscht sie sich ab und auch beim Abtrocknen tupft sie eher als zu reiben. Vorsichtig schmiert sie die Oberschenkel und den Bauch mit Vaseline ein. Der Rücken muss – wegen Ungelenkigkeit – auf eine Sonderbehandlung verzichten. Nur leider zieht Vaseline erst nach Stunden ein. Während des Zähneputzens gleitet Jessies Blick an ihr hinunter. *Glänzt. Wie die mit Fett bepinselte Weihnachtsgans.* Eine Fingerprobe bestätigt die Aussicht. *Glitschig. Also kein Nachthemd. Pfff.* Jessie zuckt mit den Schultern. Für angehende FKK-Profis ist das wohl das geringste Problem.

Bevor sie sich ins Bett legt, breitet sie ein Handtuch auf das Laken. *Ölsardinen sind auch ordentlich verpackt, sonst gibt's böse Flecken.* Den Wecker stellt sie eine Stunde früher. Schließlich will sie morgen atemberaubend aussehen. Sexy. Verführerisch. Sie beugt sich zum Nachttisch, um das Licht zu löschen. Ihr Bauch klappt rot glänzend mit zur Seite. *Mist.* Dankbar für die Dunkelheit fällt sie zurück auf ihr Kissen. *Morgen krieg ich dich. Du wirst noch darum betteln, mit mir zusammen zu sein.*

Nie wieder Joghurt

Jessie erwacht, als der Wecker schon auf Duracell-Turbo-Geklingel geschaltet hat. *Bibibibib.* Gähnend reibt sie sich die verschlafenen Augen und gibt dem Wecker einen gekonnten Schlag. *Ruhe.* Genüsslich streckt sie sich unter der warmen, kuschligen Decke. *Neuer Tag, neues Glück. Oh, erst mal die Schäden von gestern begutachten.* Vorsichtig lüftet sie die Decke ein Stück und betastet ihren Bauch. Bis auf ein paar gerötete Stellen hat sie das Abenteuer „Klebeband für Anfänger" gut überstanden. Oberschenkel sehen auch gut aus. Okay: relativ gut. Zumindest nicht mehr geschwollen. *Damit kann ich leben.* Seufzend schiebt sie sich aus dem Bett und verschwindet im Bad.

Das muss heute ... Auuuuuuuh ... Verflixt. Komm schon. Verzweifelt setzt Jessie wieder und wieder die Haarbürste an, scheitert aber immer an derselben Stelle. Seitlich, über dem linken Ohr, haben die Haare letzte Nacht ein Bondage-Happening veranstaltet. Jessie hält mit einer Hand die Strähne fest, mit der anderen zieht sie mit aller Kraft. *Das wird so nix.* Mit den Fingern pult sie einzelne Haarsträhnen aus dem Knotenmanifest, bis sie nur noch den harten Kern zwischen den Fingerspitzen hält. *So. Mehr seid ihr nicht? Die anderen haben schon kapituliert.* Sie schnappt sich ihre Nagelschere. *Du hast noch eine Chance,* knurrt sie, aber der Knoten weigert sich. *Gut, du hast es nicht anders gewollt.* Schnipp. Das Haarknäuel landet im Waschbecken und Jessie spült es mit Wasser den Abfluss hinunter. Kurzer Blick in den Spiegel: Das abgeschnittene Stück fällt gar nicht auf. Das ist der Vorteil, wenn der Kopf nur aus gelockten Haaren besteht. Jessie legt dezentes Make-up auf und zupft die Haare in Form. *Gut siehst du aus. Jetzt noch die Verpackung.*

Jessie wühlt sich durch ihren Kleiderschrank. *Mann, das hätte ich auch gestern raussuchen können.* Ein Blick auf den Nachttischwecker bringt sie ganz aus der Fassung. *Soooo spät? Ich bin doch gerade erst aufgestanden! Das kann gar nicht ...* Auch die Armbanduhr kennt kein Erbarmen. *Ihr steckt doch alle unter einer Decke, ihr Zeitansager.* Sie schnappt sich ihre Lieblingsjeans und den cremefarbenen Rollkragenpulli (der verdeckt prima den kleinen Schwabbelsack am Kinn). Dann schlüpft sie in ihre Sneakers – Bruce spricht nicht mehr mit ihr – und verlässt hastig die Wohnung.

Jessie betritt selbstbewusst die Halle. Was mit dem richtigen Schuhwerk und ohne Bandagen alles machbar ist! Die Schiffschaukelarme hat sie tief in den Manteltaschen vergraben. Sie nickt der Empfangsdame höflich zu, die nickt desinteressiert zurück. *Gut, nicht jeder applaudiert gleich, nur weil jemand ohne Auffälligkeiten die Halle durchquert.* Mit Schwung öffnet sie die Tür zur Agentur. *Tata, da bin ich. Und ich sehe gut aus!* Leider scheint das keinen zu kümmern. *Ich habe mich GESCHMIIHHHHNKT! Hallo?* Bruce kichert schadenfroh.

Langsam geht sie Richtung Schreibtisch, nach Oli Ausschau haltend. Gut, den ersten Auftritt hat er verpasst. Frustriert lässt sie sich auf ihren Stuhl plumpsen und bückt sich, um den Computer anzuschalten. Da stöckeln zwei Schuhe neben ihr Gesicht. Prada. Bruce sabbert. Jessies Blick wandert nach oben, bis zum schadenfrohen Grinsen von Birgit, die einen Stapel Fotos in den Händen hält.

„Die musst du heute alle einscannen. Müssten so um die ... 100 Stück sein. Wenn du mit denen fertig bist, musst du Joghurtbecher basteln. Weißt schon, für den Werbespot am Donnerstag. Sie wissen noch nicht ganz, ob der Gabelstapler eine ganze Palette in den Laden fährt oder nur einen Karton." Birgit winkt ab und verdreht die Augen. „Immer das Gleiche. Egal. Mach nur 20. Das reicht locker. Der Dummy steht bei Benedikt. Die Becher musst du auch erst morgen fertig haben, wenn Oli wiederkommt."

„Wiederkommt?“, entfährt es Jessie.

„Ach, wusstest du das nicht?“ Birgit lächelt unschuldig. „Oli ist bis morgen Nachmittag in Berlin, versucht einen neuen Kunden an Land zu ziehen. Hat er dir das gar nicht gesagt?“

„Äh, doch, doch, ich hab’s nur wieder vergessen.“ Jessie schluckt und wendet sich ab.

„Na ja, dann viel Spaß beim Scannen.“ Sie legt den Stapel in Jessies Ablage. „Gut siehst du aus. So ungewohnt!“

Jessie starrt ihr fassungslos hinterher. *So ein Miststück. So eine dumme Kuh! Und so ein dummer Idiot. Haut ab, und sagt mir nicht mal Bescheid.* Wütend packt sie den Stapel Bilder. *Was soll das denn werden?* Alle Bilder zeigen verliebte Paare, küssend, Händchen haltend, kitschige Sonnenuntergänge, Paare auf Bänken. Und es wird nicht besser. Immer schneller blättert sich Jessie durch den Fotostapel. Das Motiv bleibt gleich. Paare, Paare, Paare. Glückliche Paare. *Na toll, was das wohl für eine Schmalzkampagne werden soll? Für eine Heiratsagentur? Versicherung? Eheberatung?* Seufzend schiebt Jessie das erste Bild in den Scanner. Hübsche, schlanke Frau küsst attraktiven Mann. Surrend schiebt sich der Lichtstreifen über das Bild, beleuchtet das gestellte Glück. Jessie legt einen Ordner „Schmalz“ auf ihrem Schreibtisch an und speichert tapfer Bild für Bild.

Kurz vor Mittag erscheint ein genervter Benedikt an ihrem Schreibtisch. „Wo bleibst du denn? Hat dir Birgit nicht gesagt, dass du Joghurtbecher basteln sollst?“

„Doch, aber ich bin mit dem hier noch nicht fertig.“ Müde zeigt sie auf den Bildschirm. Alte Frau geht mit altem Mann lächelnd im herbstlichen Wald spazieren. Die weißen Zähne blitzen richtig. *Wahrscheinlich die Dritten.*

Benedikt starrt entrüstet auf den Monitor. „Sag mal, geht’s dir zu gut? Private Scheiße kannst du nach der Arbeit machen, aber nicht jetzt! Wir brauchen bis morgen 500 Joghurtbecher. Der Dummy und das Material stehen bei mir im Büro, ich mach jetzt Mittag. Schau, dass du das hinbekommst."

Verdattert blinzelt Jessie ihm hinterher. *500 Stück?* Birgit lächelt ihr zuckersüß zu, bevor sie sich bei Benedikt einhakt und zum Mittagessen verschwindet. *Diese ... Oh!* In Jessies Bauch brodelt es heiß.

Der Rücken schmerzt. Jessie sitzt im Schneidersitz auf dem Boden, um sie herum Papier, Kleber und Plastikbecher. Frustriert zählt sie die magere Ausbeute. 168 Stück. *Au Mann.* Sie reibt sich den Rücken und streckt sich. *Noch 332. Ich ess nie wieder einen Joghurt. Höchstens im Glas. 18:44 Uhr. Das wird ein langer Abend.*

Um 22:20 Uhr steckt Jessie den Schlüssel ins Schloss. Gerade als sie in den Flur tritt, hört sie hinter sich schnelle Schritte im Gang. *Aaaahhhh! Ein Überfall!* Panisch versucht sie die Tür hinter sich zu zuschlagen, als sich ein Fuß dazwischenschiebt. Jessie quiekt auf. Mit aller Kraft wirft sie sich gegen die Tür. Der Angreifer jault auf, der Fuß zieht sich zurück. Mit pochendem Herzen linst sie durch den Spion. Vor der Tür krümmt sich der Nachbar, flucht und hüpft auf einem Bein. *Hups. Man schleicht sich aber auch nicht einfach so an jemanden an.* „Ähm, ich habe das Klebeband noch nicht, aber Sie kriegen es wieder. Ehrlich!", schreit Jessie durch die Tür.

Unverständliche – bestimmt nicht nette – Sachen murmelnd, humpelt der Nachbar davon. *Okay, ich kauf ihm zwei Klebebänder. Oder drei.*

Jessie entledigt sich aller Klamotten und stellt sich unter die Dusche. Das warme Wasser rieselt wohltuend ihren Rücken hinunter. *Noch 100 Becher.* Jessie schließt die Augen und hält ihr Gesicht unter den Strahl. *Noch 100 verdammte Plastikbecher. Das schaff ich locker.* Entsetzt reißt sie die Augen auf. *Ahhhh! Morgen ist die Weihnachtsfeier!* In Windeseile trocknet sie sich ab und schlüpft in ihren Jogginganzug. *Huh, sieht eher nach Halloween-Party als nach Weihnachtsfeier aus.*

Schnell wischt sie die verlaufene Schminke von ihren Augen und schmiert sich eine Meersalzmaske aufs Gesicht. *Die Haut ist der Spiegel der Seele. Oder war's der Darm? Egal.*

Jessie schiebt eine Nudelsuppe in die Mikrowelle und kontrolliert ihr Telefon. Kein Anruf. Keine SMS. Volles Netz. *Grmpf. Mistkerl.* Die Maske trocknet und beginnt zu ziepen. Sie befühlt vorsichtig ihr Gesicht. Hart, nix mehr klebrig. Gerade, als sie ins Bad gehen will, ertönt ein Bling. *Essen fertig! Erst abwaschen und kalt essen, oder ...* Ihr Magen grummelt böse.

Alter Plan – neue Umsetzung

Vorsichtig schlürft Jessie die heiße Nudelsuppe. Den Mund öffnet sie dabei nur einen Spalt breit (mehr geht nicht, ohne die halbe Maske mitzuessen). Der Staub rieselt von Jessies Wangen auf ihren grauen Jogginganzug, die Haut brennt. *Wer schön sein will, muss leiden.*

Mehr oder weniger satt wirft sie den leeren Becher in den Müll und wäscht den Löffel ab. Als sie das Gesicht über die Spüle beugt, verstärkt sich das Brennen im Gesicht. „Aua"! Prompt lösen sich Teile der Maske und bröckeln ins Becken. Wie bei einem Erdrutsch. „Auuuuaaaaaaaahhhh". Fasziniert beobachtet Jessie, wie ganze Staubwolken in die Spüle rieseln. *Gut, die Maske kann wohl ab.*

Mit einem nassen Waschlappen rubbelt Jessie über ihre Wangen. Statt sich zu lösen, saugt sich die trockene Maske wieder mit Wasser voll. *Täglich grüßt das Murmeltier?* Sie reibt den Matsch von links nach rechts, von oben nach unten. *Hoffentlich rechtfertigt das Ergebnis diese Tortur. Gut, war ein bisschen länger als zehn Minuten, aber die hätten ja auch auf die Packung schreiben können, dass sich die Maske – bei Zeitüberschreitung – in Beton verwandelt.* Fluchend wäscht Jessie den Waschlappen wieder und wieder aus, bis endlich der letzte Rest aus ihrem Gesicht verschwunden ist. Zart rosa, weich wie ein Babypopo, das hatte sie sich erhofft, nicht rot leuchtend wie ein wunder Babypopo. Missmutig betrachtet Jessie ihr geschundenes Gesicht im Spiegel. *Vielleicht lindern Gurkenscheiben den Hautreiz? Irgendwo im Kühlschrank müsste doch noch ...*

Mit spitzen Fingern zieht Jessie das verschrumpelte Etwas aus dem Gemüsefach. Die Gurke hat ihr Haltbarkeitsdatum deutlich überschritten. Aber der hintere Teil sieht noch brauchbar aus. *Tapferes*

Kerlchen. Den schneidet Jessie in kleine Scheibchen, der Rest verschwindet im Mülleimer. Sie legt die Scheiben auf einen Teller und trägt ihn ins Schlafzimmer. *Morgen musst du umwerfend aussehen, Jessie.* Sorgfältig legt sie den schwarzen Minirock, die Seidenstrumpfhose, den Push-up-BH und das weit ausgeschnittene Oberteil über den Stuhl. Seufzend stellt sie die schwarzen Pumps daneben. Bruce jubelt. Erschöpft legt sie sich ins Bett und verteilt die Gurkenscheiben auf ihrem Gesicht. *Letzte Amtshandlung für heute. Nur kurz ein bisschen Ausruhen. Nur kurz ... Chrrrr ... Chrrrrrrrrrr ...*

Jessie blinzelt. Die ersten Sonnenstrahlen fallen ins Zimmer und beleuchten ein seltsames Etwas auf ihrem Kopfkissen. *Was ist denn das?* Vorsichtig rückt sie näher und untersucht das verschrumpelte Ding. *Weich. Grünlich. Ahhhh! Entwarnung: ein Gurkenscheibchen. Naja, manche haben einen attraktiven Mann neben sich liegen, ich ein schrumpeliges Gürkchen. Hm.* Seufzend schielt sie auf den Wecker. *Noch zehn Minuten.* Sie schließt die Augen und streckt sich. *Moment. Wenn das Scheibchen neben mir liegt und nicht ...* Hastig befühlt sie ihr Gesicht. Leer. Bis auf ein paar getrocknete Gurkenkerne. *Mann.*

Zehn Minuten später pult Jessie das letzte Gurkenscheibchen aus der Ritze zwischen den Matratzen. Der Wecker klingelt. *Kann losgehen.*

Unter der Dusche verschwinden die letzten Gurkenreste im Abfluss. Jessie schrubbt sich von oben bis unten, schließlich will sie heute perfekt sein. Optisch sowie auch „nasenmäßig“. *Wann bekommt man schon die Möglichkeit, sich offiziell aufzubrezeln?* Sie legt ein dezentes Make-up auf, bindet sich einen Pferdeschwanz und schickt eine grimmige Kampfansage an ihr Spiegelbild. „Schnapp ihn dir!“ Penibel faltet Jessie die Kleidung und packt sie in den Trolley. *Danke, Birgit. Miststück! Dein Pradastöckel soll abbrechen. Das wäre eine Möglichkeit für dich, Gott. Hm? Hättest was gut bei mir.* In ihrem Hinterkopf meldet sich ein leises Stimmchen. *Da war doch noch was? Birgit. Weihnachtsfeier.* Die Kopfhaut beginnt zu britzeln. *Wichteln! Shit. Ich hab das Geschenk vergessen!*

Panisch durchwühlt Jessie alle Schubladen. *Was schenkt man einem Arschloch? Einen Knigge?* Verzweifelt nimmt sie einen Gegenstand nach dem anderen in die Hand, um ihn dann doch wieder zurückzuwerfen. *Was? Was?* Suchend gleitet ihr Blick durch den kleinen Raum und bleibt an ihrem DVD-Regal neben dem Fernseher hängen. Unscheinbar, zwischen den ganzen Blockbustern, steckt eine graue DVD. Ein Lächeln huscht über ihr Gesicht. *Na also.*

Die Wichtelparty

Um 14 Uhr stellt Jessie den letzten Becher auf den Tisch. Alles schmerzt. Die Knie sind steif, der Rücken ächzt. *Du wirst alt.* Nach ein paar kleinen Dehnübungen betrachtet sie zufrieden ihr Werk. Ein Berg von Joghurtbechern türmt sich auf dem Tisch vor ihr auf. *Ha! Rechtzeitig geschafft. Das hättest du wohl nicht gedacht, blöde Kuh. Aber du hast die Rechnung ohne die Bastelqueen gemacht. Vielleicht komm ich ja ins Guiness-Buch? Hm.* Vorsichtig öffnet sie die Tür und lugt auf den Flur. Wie ausgestorben. Alle sind mittags heimgegangen, um sich für die Weihnachtsfeier herzurichten. *Na dann?* Jessie schnappt sich ihren Trolley und rollt ihn Richtung Damentoilette.

Wer zum Teufel ist eigentlich für die Beleuchtung in Damentoiletten zuständig? Männer? Frustrierte Frauen? Aschfahl, mit einem leichten Grünstich starrt sie ihr Spiegelbild an. Perfekter Look, um als Zombie in einem Horrorfilm mitzuspielen. Verärgert schnappt sie sich das Rouge und versucht, ihrem Gesicht etwas Leben einzuhauchen. *Besser.* Sie zieht den Lidstrich nach und deckt die Augenringe ab. *Ja ja ja, langsam wird's.* Ein letzter Kontrollblick in den Gang, dann steigt sie aus ihrer Jeans und wickelt die Seidenstrumpfhose auf. *Jetzt bloß nicht hängen bleiben.* Mit abgespreizten Fingern zieht sie die Strumpfhose vorsichtig, Zentimeter für Zentimeter, nach oben. *Juhuuuu! Keine Laufmasche!* Schnell zieht sie den engen Minirock darüber und betrachtet ihren Hintern im Spiegel. *Sieht knackig aus. Gut.* Sie gleitet in ihre Pumps und schiebt den BH zurecht. Der Push-up macht seinem Namen alle Ehre. Jessies Dekolleté sieht atemberaubend aus. *Ein Vorteil, wenn man ein paar Kilos zu viel hat: ordentlich Holz vor der Hütten.* Sie öffnet ihren Pferdeschwanz und zupft sich die Locken in Form. Zufrieden betrachtet sie das Ergebnis im Spiegel und wirft ihrem Spiegelbild eine Kusshand zu. *Lasset die Spiele beginnen!*

Warme Luft schlägt ihr entgegen, als sie die Tür zum Restaurant öffnet. Alle Tische sind besetzt. Verunsichert hängt sie ihren Mantel an die Garderobe. *Wo sind denn alle?* Suchend schweift ihr Blick durch das Restaurant, bis sie – ganz hinten – einen voll bepackten Geschenketisch entdeckt. Daneben, in der geöffneten Tür eines Séparées, steht Oli und unterhält sich mit Birgit. *Oh Gott.* Gerade wirft er den Kopf in den Nacken und lacht laut auf. *Was kann dieses Flittchen schon erzählen, was ihn derart erheitert? Grrrr. Vielleicht einen schlüpfrigen Witz?* Auf keinen Fall soll sie Oli jetzt sehen. Erst muss „Birgit, das Miststück" weg. Dieser Moment gehört ihnen beiden allein.

Umständlich bahnt sich Jessie den Weg durch die Tischreihen an der Wand, tippelnd, das Wichtelgeschenk in ihrer Hand hochhaltend. „Äh, Entschuldigung?" – „Könnte ich mal bitte?" – „Vielen Dank." Genervt rutschen die Gäste mit ihren Stühlen hin und her, um ihr Platz zu machen. Kurz vor dem Geschenketisch bleibt Jessie an einem Stuhl hängen. Kkkkrrrrrrkk. *Neeeiiiiin!* Das Mistding saust in Lichtgeschwindigkeit von der Wade bis unter ihren Rock. Highway to hell. Entgeistert hebt sie ihr Bein ein Stück an und starrt ungläubig auf die Laufmasche. *Warum jetzt?* Die Frau am Tisch kichert hinter vorgehaltener Hand. *So viel zur weiblichen Solidarität.* Mit hochrotem Kopf stopft sie die DVD hinter die anderen Geschenke und schielt vorsichtig um die Ecke. *Oli unterhält sich immer noch mit dieser Schnepfe.* Unsicher knetet Jessie ihre Hände. *Wann haut die denn endlich ...* Da öffnet sich die Tür zum Restaurant und Suse kommt herein. *Wer hat die denn eingeladen? Die gehört doch gar nicht zu unserer Abteilung!* Suse fährt sich durch das blonde Haar und schält sich verführerisch aus ihrem Jäckchen. *Mann, hat die riesige ...* Mit offenem Mund starrt Jessie ihr hinterher, wie sie – mit dem Arsch wackelnd – durch den Mittelgang direkt auf Oli zusteuert. *He! Nein! Geh weg! Kkkschhh!*

„Schön, dass du's einrichten konntest!" Olis Stimme dringt an ihr Ohr. *ER hat sie eingeladen?* Das letzte Fünkchen Selbstvertrauen erlischt mit einem *Pfffffft.* Unschlüssig lehnt Jessie am Geschenketisch. *Vielleicht sollte ich besser nach Hause gehen?*

„Möchten Sie etwas trinken?" Ein Kellner beäugt sie misstrauisch.

Da kommt Peter – ein Texter – von der Herrentoilette und winkt ihr zu. „Wir sitzen da drin!"

Danke für die Information. Ich dachte, wir sitzen alle auf dem Geschenketisch. Aber das ist die Gelegenheit. Sie lächelt dem Kellner verneinend zu, stößt sich vom Tisch ab und hakt sich bei dem verdutzten Peter ein. Laufmasche nach außen zeigend. Sofort übernimmt sie die Führung und schleift den armen Peter regelrecht quer durch den Raum. Peter versucht die Richtung zu ändern, aber gegen Jessie hat er keine Chance. Sie zieht ihn bis zum Tisch mit, erst dann löst sie den Haltegriff. Erleichtert lässt sie sich auf den erstbesten freien Platz sinken, während sich Peter – kopfschüttelnd – vom Acker macht.

Oli steht nun zwischen Suse und Birgit an der Tür. Er hat sie tatsächlich nicht gesehen! *Gut. Und schlecht.* Sie hatte die Bühne für sich nutzen wollen. Aber stattdessen war sie, wie im Zeugenschutzprogramm, zum Tisch geschlichen. *Nur wegen diesen beiden Hohlbirnen.* Suse und Birgit kämpfen nun beide um Olis Aufmerksamkeit. Dekolletés werden nach oben gestreckt, Haare geschüttelt, Lippen befeuchtet. Und dieses Gekicher! Wütend vergräbt Jessie ihr Gesicht hinter der Speisekarte. *Welches Menü kann ich – ohne mich zu blamieren – essen? Menü 1: Forelle mit Folienkartoffeln. Nein. Menü 2: …*

„Bist du in den Farbtopf gefallen?"

„Bitte was?" Irritiert hebt Jessie den Kopf.

„Arbeitest du nebenbei im Zirkus?" Birgit kichert.

„Ob ich wwwas …?", stottert Jessie unbeholfen.

„Du siehst ja aus wie ein Clown!“ Birgit setzt sich neben sie und studiert gelangweilt die Speisekarte. „Hast du dich schon entschieden? Klingt ja alles so lecker. Ich glaube, ich nehme den Fisch.“

„Lässt du mich kurz raus?“, murmelt Jessie, schiebt sich an der grinsenden Birgit vorbei und rennt mit gesenktem Kopf zur Toilette.

„Jessie?“ Oli versucht nach ihrem Arm zu greifen, aber sie ist schneller. Jetzt bloß nicht stehen bleiben! Mit japanischen Tippelschrittchen stöckelt sie zur Toilette.

Verzweifelt biegt sie sich über das Waschbecken und überprüft ihr Spiegelbild. Im Neonschein sieht das alles gar nicht schlimm aus. Das Augen-Make-up ist nicht verlaufen, die Wangen leicht rosa gefärbt. *Die verarscht mich doch*! Die Toilettentür öffnet sich und mit dem Lichtschein, der aus dem Restaurant hereinfällt, wechselt Jessies Wangenfarbe – wie bei einem Chamäleon – von „leicht rosa“ auf „knallrot“. *Oh nein.*

Gefühlte 100 Trockentücher später hat sie sich alles Make-up und Rouge von den Wangen gewischt. *Besser. Zurück oder heim? Nein, nein, Jessie. Jetzt nicht den Schwanz einziehen.*

Den Blick starr auf ihren Platz gerichtet, durchquert Jessie den Raum und schiebt sich auf die Bank. Wenigstens sitzt Birgit nicht mehr da. Jessie schnappt sich die Speisekarte und schielt über den Rand. *Wo ist er denn hin?* Sie kann Oli nirgends entdecken. *Komisch.*

„Wohin bist du denn vorhin verschwunden?“

Jessie fährt so erschrocken herum, dass sie mit der Speisekarte den Wein ihres Nachbarn vom Tisch fegt. „Oh, das, das tut mir leid, äh …“, stottert sie verlegen und beugt sich unter den Tisch, um die Scherben aufzusammeln. *So ein Mist. Hier ist's aber auch eng. Überall Füße und iiiihhhh – Dreck! Und oben steht irgendwo Oli! Aaaahhhh!*

Da erscheint Olis amüsiertes Gesicht im Dunkeln zwischen den Tischbeinen. „Du richtest aber auch überall Chaos an!“ Er lacht und schnappt sich ein paar Glassplitter. „Warum bist du denn vor mir weggelaufen?“

Jessie steigt das Blut in den Kopf. „Ich, ich bin nicht … ich meine, mein Telefon hat geklingelt.“ *Raus hier.* Sie windet sich unter dem Tisch hervor und steckt die Glasscherben in ein leeres Glas am Tisch.

Oli richtet sich auf und setzt sich neben sie. „Du siehst großartig aus.“ Er sieht sie nicht an, sondern fegt beiläufig die kleinen Glassplitter von seiner Handfläche in das Glas.

„Danke“, murmelt sie verlegen und pfriemelt an der Tischdecke. Sein Oberschenkel berührt ihr Bein und sie bekommt Gänsehaut.

„Soll ich dir was zu trinken holen?“

Geh bloß nicht weg! „Nein, danke, ich warte noch.“ Beide sitzen schweigend nebeneinander.

Du bist doch sonst nicht auf den Mund gefallen, komm schon! Bring ihn zum Lachen, so wie diese Tussis. „Wie war’s beim Kunden?“ *Klasse, spannende Konversation. Ja, Jessie, rede mit ihm über die Arbeit. Sag ihm doch gleich, dass er sich verpissen soll.*

„Ganz okay. Ich glaube, wir kriegen den Job.“

„Oh, hm. Das ist gut.“ Jessie hat die Tischdecke mittlerweile zu einem Röllchen aufgedreht.

„Jessie, ich …“ Oli dreht sich zu ihr und nimmt ihre Hand.

Ja, sag’s. Jessies Herzschlag hat ausgesetzt. Alle Körperteile versagen den Dienst (außer der Blase, die tut’s noch).

„Ich …“

Da springt plötzlich Birgit mit ihrer Weihnachtsmannmütze an den Tisch. „Zeit zum Wichteln! Es gibt Geschenke!“

Mit einem *Puff* verabschiedet sich der Zauber, der gerade in der Luft gelegen hat.

„Wollen wir doch mal gucken, was der liebe Oli so bekommt?“ Birgit setzt sich auf die Tischkante und schlägt die Beine übereinander. Sie wackelt mit einem kleinen Geschenk direkt vor Olis Nase, als wäre er ein Hund. *Wo ist das Stöckchen, hol's dir! Vielleicht einmal mit dem Schwanz wedeln? Grrrr.*

Oli reißt die Verpackung auf. „Oho!", tönt es von allen Seiten. Oli zieht einen roten Slip aus der Schachtel und hält ihn in die Höhe.

„Das sieht doch nach einem Versprechen aus!", grölt Benedikt.

Birgit starrt irritiert auf das kleine Stückchen Stoff. „Sehr originell, Jessie. Na ja, wer's mag?" Beleidigt hopst sie vom Tisch.

Jessie blinzelt.

„Ist der von dir?", raunt Oli ihr ins Ohr, aber Jessie kann nicht antworten. Oli schiebt eine Hand auf ihren Schenkel und fährt auf und ab. „Darauf hab ich so lange gewartet."

Mit einem Ruck steht Jessie auf. „Ich brauch jetzt was zu trinken, du auch?"

Überrascht sieht Oli an ihr hoch, nickt aber und macht Platz.

Jessie schiebt sich auf den Barhocker. Ihr Bauch ist ganz heiß vor Wut. *Wer schenkt MEINEM Freund, okay, noch Ex- aber bald wieder Freund, einen String? Oder war's nur ein Witz?* Jessie trommelt mit den Fingerspitzen auf den Tresen. *Nachmittag. Zeit für einen Drink.* Sie wirft einen Blick auf die Getränkekarte. *Whisky Sour. Klingt doch filmreif.*

Der Barkeeper schlurft gelangweilt zu ihr rüber. „Was kann ich Ihnen bringen?"

Dieser Kerl hasst die Weihnachtszeit, das sieht man. Sehr sympathisch.

„Einen Whisky Sor, bitte."

„Einen was?" Der Kellner guckt sie an, als hätte sie soeben ein Glas Milch bestellt.

„Einen Whisky Soooor." *Männer.*

„Einen Whisky Sour?"

Saua spricht man das also aus. Jessie spürt, wie sich ihre Wangen röten. *Gehirnvermerk: Nur bekannte Getränke bestellen.*

„Ja, den mein ich.“ *Nimm ein großes Glas. Einen Eimer.*

„Noch einen Wunsch?“ Der Barkeeper stellt das Glas vor ihr ab und wartet.

Jessie kneift die Augen zusammen und kippt das Glas auf ex hinunter. „Noch einen.“

Der Mann zieht die Augenbrauen nach oben, schnappt sich aber das Glas und zieht kommentarlos ab.

Das Zeug brennt vielleicht. Uuuhhhh. Jessies Augen füllen sich mit Tränen, aber der Schnaps zeigt Wirkung. Der heiße Bauch wird schwammig warm. Liebe macht sich breit und das schon nach einem Getränk! Teufelszeug. Beim zweiten Schnaps lässt sich Jessie mehr Zeit. Es kostet sie einige Überwindung, immer wieder zu nippen, schließlich schmeckt diese Brühe widerlich. Jessie schüttelt sich. *Bah. Wie viel ich wohl trinken muss, bis die Geschmacksnerven taub sind? Aber dieser Slip ist schon gar nicht mehr schlimm. War bestimmt ein Scherz. Wenn ich noch einen trinke, finde ich das Höschen vielleicht auch witzig? Hihi. Ja ja, runter damit.*

Warum hab ich mich überhaupt aufgeregt? Du bist vielleicht ein Spießer, Jessie. Tststs. Wird Zeit, dass du das Leben lockerer nimmst. Sie zeigt auf ihr Glas und der Kellner springt. *Ja, so einfach ist das. Hast du Geld, hast du Macht. Apropos Geld ...* „Die Rechnung geht auf LÄP“, nuschelt sie leicht undeutlich, als sie den dritten Schnaps bekommt.

Der Kellner überlegt kurz, dann zuckt er mit den Schultern und strichelt Jessies Getränke auf die Agenturrechnung.

Jessie fühlt sich gut. Leicht wackelig, aber vollkommen zufrieden. Sie lächelt dem Kellner zu. *Hach, auch der bräuchte Liebe. Jeder hat Liebe verdient.* Sie stützt ihren Kopf in ihre Hände und seufzt.

Der Barkeeper sieht seine Chance gekommen und lehnt sich lässig an die Bar. „Und?“ Er nickt Richtung Weihnachtsfeier. „Langweilige

Party? Um 18 Uhr hätte ich Feierabend.“ Er wippt mit den Augenbrauen.

Seh ich aus, als ob ich so was nötig hätte? Nur, weil ich mich nachmittags allein an der Bar betrinke? Hä? Hä? Grrrr. Sie senkt langsam den Kopf und streicht über den Rand des Glases. „Das würde meinem Freund gar nicht gefallen.“ Jessie nippt an ihrem Getränk. *Ganz cool. Absolut Hollywood. Ein Bondgirl.*

„Da bist du!“ Genervt klatscht Birgit ein lieblos eingewickeltes Päckchen vor Jessie auf den Tresen. Mit einer kompletten Rolle Tesafilm umwickelt. *Hat bestimmt ein Mann verpackt.* „Sag mal …?“, sie schnüffelt an Jessies Glas, „… ist das Schnaps?“ Angewidert verzieht sie das Gesicht.

„Whisky SAUA.“ Stolz grinst sie den Barkeeper an, aber der steht – nach dieser Abfuhr – nicht mehr auf ihrer Seite. Eingeschnappt dreht er sich ab und poliert Gläser.

„Öaaahh, egal. Weißt du, was Benedikt gekriegt hat?“ Birgit lacht spitz auf. „Du hast wirklich was verpasst. Sein Gesicht war einmalig!“ Pause. „Willst du’s gar nicht wissen?“

Ich weiß es doch. Wie versteinert sitzt sie auf dem Barhocker und wartet. Ihre Kopfhaut britzelt. *Sie weiß es. Sie weiß es bestimmt. Oh nein. Was hab ich da gemacht?*

„Du kannst Benedikt nicht leiden, schon klar. Aber gerade deshalb hättest du dabei sein müssen!“ Sie blickt kurz über die Schulter und kichert. „Irgendwer hat ihm einen Porno geschenkt und draufgeschrieben: *Wenn’s mal wieder ansteht, mach’s dir selbst.* War bestimmt einer der Texter! Der hat vielleicht blöd geglotzt! Und dann hat er stinksauer die DVD eingesteckt. Ich wette, die guckt er sich heute Abend noch an.“ Birgit wirft den Kopf in den Nacken und lacht. Jessie lacht nicht. Birgit sieht Jessie prüfend an und runzelt die Stirn. „Na ja, egal. Viel Spaß dir noch.“ Sie klopft auf die Bar und stolziert zur Weihnachtsfeier zurück.

Das war knapp. Jessies Herzschlag ist bei 300. Erst jetzt wagt sie es, die Luft, die sie angehalten hat, wieder auszustoßen. *Ha. Mission*

„Benedikt bloßstellen" geglückt. Nummer eins auf der Liste abgehakt. Darauf trink ich doch einen. Prost!

Soll ich, soll ich nicht?

„Hier hast du dich versteckt!“ Oliver setzt sich direkt neben sie und lächelt. Und wie er lächelt. *Süüüüüß.* Er wirft einen Blick auf ihr Getränk. „Hm, bist mir wohl schon etwas voraus.“ Er winkt dem Barkeeper. „Das Gleiche, was die Dame bekommen hat, bitte.“ Er nickt Richtung Tresen. „Du hast ja dein Geschenk noch gar nicht aufgemacht. Bist du nicht neugierig?“

Jessie klammert sich an ihrem Glas fest. Sie kann ihn riechen, sein Parfum. Sie spürt sogar die Wärme, die von seinem Körper ausgeht. *Bleib standhaft!* Der Kellner stellt den Drink ab und macht, dass er verschwindet. *Ja, gegen diesen Mann kannst du nicht anstinken!*

Oli greift sein Glas und hält es Jessie hin. „Auf die Zukunft?“

Das Restaurant verschwindet. Sie sieht nur noch ihn. Seine sanften Augen, der sinnliche Mund, das männliche, markante Kinn mit den Bartstoppeln, die immer so piksen, wenn er …

„Jessie?“ Seine Stimme klingt rau. Fast flüsternd. Langsam neigt sich sein Kopf. Seine Lippen kommen immer näher.

Sie schließt die Augen. In ihrem Kopf dreht sich alles. Sein Atem liebkost ihren Mund. *Ja. Ja!* Dann kippt sie vom Stuhl. Oli greift noch nach ihrem Arm, aber der Rest ihres Körpers gleitet unaufhaltsam Richtung Erde. Verzweifelt versucht sie, mit ihren Füßen Halt zu finden, aber die Pumps glitschen nur so über den Fußboden. Da gelingt es Oli, sie unter den Achseln zu packen und nach oben zu ziehen. „Wo willst du denn jetzt schon wieder hin?“, murmelt er leise, bevor er sie noch enger an sich zieht und küsst.

Jessie schmilzt dahin. Fordernd legen sich seine Lippen auf die ihren. Ihre Knie zittern und in ihrem Bauch feiern die Schmetterlinge eine Party. *Gehirnvermerk: Singlestatus auf Vergeben abändern. Guck hin, Barkeeper. DAS ist mein Freund. Ha.* Langsam lösen sich ihre Lippen voneinander und Oli küsst liebevoll ihre Nasenspitze. *Der Kandidat hat 1.000 Punkte.* Zufrieden schnurrend kuschelt sie sich an ihn. *Meins. Um in Zukunft Missverständnisse zu vermeiden, sollte ich ihn vielleicht kennzeichnen. Ein kleines Branding auf der Pobacke? Oder einen Chip im Ohr. Oder einen ISBN-Code auf der Stirn.* Sie kichert an seiner Brust.

„Was ist denn so lustig?“, murmelt Oli in ihr Haar.

Sie schüttelt nur den Kopf. *Bitte die Zeit anhalten. Gott, könntest du das für mich tun? Nur kurz. Bitte!*

Oli hebt ihr Kinn an und küsst sie erneut. Jessies Körper besteht nun zu 100 Prozent aus Pudding. Zärtlich beißt er in ihre Unterlippe.

Oh ja, beiß mich. Mach mich unsterblich. Trink mein Blut. Die ewige Liebe. Hach, ich hab eh keine Altersvorsorge, kannst also loslegen. Ich bin ganz dein. Aber könnte ich bitte einen bunten Sarg haben? Immer dieses Schwarz. Das steht mir irgendwie nicht ...

Oli rückt ein Stück ab und mustert sie kritisch. „Wo warst du denn jetzt schon wieder? Mal läufst du davon, mal hab ich das Gefühl, du lässt deinen Körper hier bei mir und der Rest haut ab.“ Er schüttelt den Kopf. „Meine kleine Traumtänzerin.“ Er drückt sie fest an sich und flüstert in ihr Ohr. „Das Geschenk ist wirklich der Hammer. Hast du ihn schon getragen?“ Olis Hand wandert ihren Rücken hinunter und verweilt auf ihrem Po. *Ähm. Zurückspulen, Gott!* „Was hältst du davon, wenn wir die Party verlegen? Zu dir?“ Seine Hand packt kräftig zu und ihr entfährt ein Quietschen. „Du könntest den Slip anziehen …“ Seine Atmung hat sich verändert und er schnauft nun heftig in ihr Haar. „Oh Jessie …“, stöhnt er leise auf.

Moooment. Jessie befreit sich mühsam aus seiner Umarmung und richtet sich auf. „Ich, ich hab ja mein Wichtelgeschenk noch gar nicht aufgemacht!“, stottert sie unbeholfen und greift sich mit zittrigen Fingern das hässliche Päckchen.

Oli lehnt sich schnaufend zurück. „Ich versteh dich nicht, Jessie!“ Er schüttelt enttäuscht den Kopf. „Erst machst du mich heiß und dann willst du doch wieder nicht. WAS willst du?“ Hilflos hebt er beide Hände.

Ja, was will ich denn? Ähm. Sie nestelt verlegen am Geschenkpapier. „Lassen wir's langsam angehen“, flüstert sie bittend.

„Wenn du meinst?“ Oli schnappt sich sein Getränk und steht auf. „Ich geh dann mal zu den anderen.“ Ironisch prostet er ihr zu und verschwindet.

Ganz bedröppelt bleibt Jessie zurück. *Oh, toll. Ein Duschgel. Wie praktisch.* Jessie zerknüllt das Geschenkpapier und zieht die Nase hoch. Wortlos stellt ihr der Barkeeper ein Getränk vor die Nase. Auf dem Untersetzer steht seine Handynummer. *Prost.*

Wackelig stakst Jessie durch die dunklen Gassen zur Bushaltestelle. *Welcher gemeine Mensch pflastert denn Wege? Teer. Glatt. Fertig. Aber das hier?* Wieder bleibt sie mit ihrem Stöckel in einer Fuge hängen und knickt zur Seite. *Auuuu! Gott sei Dank haben die gemeinen Menschen auch Laternen als Stützpfeiler aufgestellt.* Mühsam rappelt sie sich auf. Die rettende Bank an der Bushaltestelle scheint Kilometer entfernt. Seufzend hebt Jessie das Bein und streift den Schuh ab. Andere Seite. *Schadensbegrenzung.* Bruce singt YMCA. Mit den Pumps in der Hand eiert sie auf die Bank zu. *Geschafft.* Die Mühe, den Plan zu studieren, macht sie sich erst gar nicht. *Irgendwann kommt schon einer.* Ihre Füße sind eiskalt. Sie winkelt ein Bein ab und rubbelt kräftig. *Ab wann holt man sich denn Erfrierungen? Gehirnvermerk: Im Internet nach Reinhold Messners Füßen googeln. Ploppen bestimmt Fetisch-Seiten auf. Hihi.* Die Strumpfhose hat mittlerweile aufgegeben. Nur noch in Fetzen klammert sie sich an ihre Fußsohle. *War ja eh schon kaputt.*

Oli ist den ganzen Abend nicht mehr aufgetaucht. Und sie hatte nicht den Mumm gehabt, wieder zur Weihnachtsfeier zurückzukehren. Also war sie an der Bar sitzen geblieben. *Wir lassen es langsam angehen. Grmpf.*

Der Bus fährt langsam in die Haltestelle ein und Jessie steht schwankend auf. Der Fahrer wirft einen kurzen Blick auf ihre Füße, scheint aber nicht sonderlich beeindruckt. *Hat bestimmt schon Schlimmeres gesehen.* Erschöpft lässt sie sich auf einen Sitz plumpsen. Der Bus ist – Gott sei Dank – vollkommen leer. Jessie lehnt ihre Stirn an das kühle Glas und starrt aus dem Fenster. Der Abend ist nicht optimal gelaufen. *Er hat mich geküsst. Pluspunkt. Er ist sauer abgezogen. Minuspunkt. Also ein Unentschieden. Aber ich bin standhaft geblieben. Doch ein Plus.* Aber dieses Plus fühlt sich gar nicht so gut an. Jessie seufzt laut auf. *Nur heim. Schlafen. Hm. Vielleicht noch übergeben.*

Zu Hause schafft es Jessie gerade noch, sich abzuschminken. Dann fällt sie bäuchlings ins Bett. „Wenichstns habich'n Duschgel" nuschelt sie ins Kissen, bevor sie zu schnarchen anfängt.

Brainstorming

Mit Sonnenbrille und üblen Kopfschmerzen schleicht Jessie am nächsten Tag zur Arbeit. *Waren wohl doch ein paar Drinks zu viel. Nie wieder. Ehrlich.* Mit ungutem Gefühl betritt sie die Agentur. Aber noch ist kaum jemand da. *Scheinen wohl alle gestern etwas zu tief ins Glas geschaut zu haben.* Jessie sinkt auf ihren Stuhl und reibt sich die schmerzenden Augen. *Vielleicht doch noch ein Aspirin? Oder gleich die ganze Packung.* Da fühlt sie etwas in der Jackentasche. Verdutzt zieht sie den verknickten Untersetzer mit der Telefonnummer heraus. *Ich hab ihn mitgenommen? Warum? Aaaaahh!* Schnell wirft sie ihn in den Papierkorb unter ihrem Tisch.

Zehn Minuten später fährt sie den Computer hoch. Nach und nach trudeln immer mehr Halbtote ein. Fast alle tragen Sonnenbrillen oder haben ihre Augenringe unter einer dicken Make-up-Schicht versteckt. *Wenigstens etwas. Nicht nur ich seh scheiße aus. An die Arbeit!* Seufzend nimmt sie den Packen aus ihrer Ablage.

Um zehn ist Oli immer noch nicht da. *Ob er krank ist? Ob er wegen mir nicht auftaucht?* Immer wieder schielt Jessie nervös zur Tür. *Pling.* Da blinkt ein Umschlag auf ihrem Monitor auf. *Oh, eine Mail.* Jessie klickt auf den Briefumschlag und schon öffnet sich das Fenster. Vom Verteiler. Kein Absender. „Brainstorming“ steht im Betreff, sonst nichts. Aber an die Mail ist eine jpg-Datei angefügt.

Jessie klickt mit der Maus aufgeregt auf den Anhang. Das wäre das erste Mal, dass sie zu einem Brainstorming eingeladen ist! Langsam öffnet sich das Bild. *Was ist denn das?* Jessie rückt nah an den Bildschirm. Ein Kopf wird sichtbar. *Ist das Oli?* Man kann fast nichts erkennen, denn das Gesicht wurde bearbeitet. Der Kopf auf dem Foto ist unscharf und die Augen geschwärzt, aber sie erkennt den Pulli, den Oli gestern getragen hat. Jessie rutscht noch näher. Oli hat den Kopf in den Nacken gelegt und sein Mund steht offen. Es sieht aus, als hätte er Schmerzen. *Oh Gott! Es ist ihm was passiert!* Stück für Stück öffnet sich die Datei. *Sieht wie eine Toilette aus. Von oben fotografiert. Vielleicht mit dem Handy.* Irritiert drückt sich Jessie fast die Nase an ihrem Computer platt. *Mach schneller!*

Da erscheinen auf Beckenhöhe blonde Haare. Jessie weicht ein Stück zurück und runzelt die Stirn. *Oli hat keinen blonden Hund.* Wie hypnotisiert starrt sie auf den Bildschirm. Nach den blonden Haaren erscheint ein Rücken. *Kein Hund.* Jessie schlägt sich die Hand vor den Mund. Direkt vor ihm kniet eine blonde Frau, den Kopf in seinem Schoß vergraben. *Die bläst ihm einen!*

Jessie sitzt wie versteinert vor ihrem Computer und starrt auf das Bild. Die Umgebung und die Geräusche verschwimmen zu einem unwirklichen Brei. Nur das Bild vor ihr hämmert sich gestochen scharf in ihr Gehirn. *Suse und Oli.* Gestern. Nachdem sie gegangen war. Oder währenddessen. Wie in Trance schaltet sie ihren Computer aus, schnappt sich ihren Trolley unterm Tisch und steht auf. *Raus. Nur raus.*

In Zeitlupe läuft sie den Gang entlang. Sie blickt nicht links oder rechts, hört nichts. Ihre Beine setzen roboterhaft einen Schritt vor den anderen, alle anderen Empfindungen scheinen ausgeschaltet. Sie sieht ihre Hand, wie sie die Türklinke drückt und die Tür aufstößt. Aber es ist nicht ihre Hand. Es ist nicht ihr Körper.

Da steht plötzlich Oli vor ihr und lächelt sie an. „Na, gestern gut nach Hause …“ Er bricht ab und mustert ihr Gesicht. „Geht’s dir nicht gut? Du bist ja käseweiß!“

„Geh mir aus dem Weg“, zischt sie zwischen zusammengepressten Zähnen hervor.

Oli tritt mit erhobenen Händen zur Seite. „Was ist denn jetzt schon wieder los?“, ruft er ihr genervt hinterher. Jessie dreht sich nicht mehr um. *Nur weg.*

Erst als sie zu Hause die Tür hinter sich schließt, brechen alle Gefühle auf einmal aus ihr heraus. Schluchzend sinkt sie zu Boden. *Dieser Arsch. Wie konnte er ihr das nur antun?* Weinend krümmt sie sich zusammen. Da klopft es hinter ihr.

„Haben Sie mein Klebeband?“, schallt es durch die Tür.

„Ich hab Ihr Scheißband nicht!“, schreit Jessie hysterisch schluchzend.

„Man wird ja wohl noch fragen dürfen“, brummt es und schlurfende Schritte entfernen sich.

Jessie rafft sich auf und kriecht in ihr Bett. Sie zieht sich die Decke über den Kopf. Keiner da. Nie mehr.

Die Krise

Erst als es draußen dunkel wird, schafft es Jessie aufzustehen. Die Blase drückt. Komisch, dass solche Dinge noch funktionieren, selbst wenn der ganze Körper betäubt ist. Wie ein Häufchen Elend sitzt sie zusammengesunken auf der Toilette und schnäuzt sich. *Wie konnte er nur?* Wieder kullern die Tränen. Schniefend zieht sie die Spülung. *Was soll ich denn jetzt tun?* Jessie verspürt das dringende Bedürfnis, mit jemandem zu sprechen. Aber so sehr sie auch ihr Hirn durchforstet, es will ihr keiner einfallen. Nur „Ich hab's dir doch gesagt"-Kandidaten. *Mist.* Alle hatten sie gewarnt, zu ihm zu ziehen. Alle. Aber sie hatte nicht hören wollen. Und jetzt hatte sie die Quittung bekommen. Jessie vergräbt ihr Gesicht in ihren Händen. Mit einer Flasche Bier setzt sie sich auf's Fensterbrett und starrt hinaus. Überall leuchten Lichter in den Fenstern. Blinkende Weihnachtsdeko. *Ich bin ganz allein.* Diese Erkenntnis bringt sie erneut zum Heulen. Völlig im Selbstmitleid versunken, schluchzt sie vor sich hin. Das Bier tröstet ein wenig. Jessie nimmt einen großen Schluck. Nur keinen Schmerz mehr spüren. Sie horcht in sich hinein. *Tut immer noch weh.* Was Härteres muss her. Kurz darauf sitzt sie mit einer Rotweinflasche am Fenster.

Nach der halben Flasche fühlt sie sich besser. Weinerlich, aber von innen getröstet. Sie nimmt einen tiefen Zug von ihrer Zigarette. *Was soll denn jetzt nur werden?*

Schniefend wischt sie sich mit dem Handrücken über die Nase. Da klingelt ihr Telefon. Sie schließt die Augen und hält sich die Ohren zu. Schließlich verstummt das Klingeln, nur um nach ein paar Sekunden erneut anzufangen. Jessie nimmt das Handy und starrt auf das Display. Oli. *Arschloch!* Sie schaltet das Telefon ab und wirft es auf's Bett. *Ich will ihn nie mehr wiedersehen! Nie mehr! Oh Gott. Ich kann nicht zur Arbeit gehen!* Erneut fließen die Tränenströme über ihr Gesicht. Jessie setzt die Weinflasche an, aber gerade als sie schlucken will, bahnt sich ein Schluchzer den Weg nach oben. Die Mundwinkel öffnen sich, doch statt Luft einzusaugen, läuft Jessie links und rechts der Rotwein über das Kinn. Gurgelnd und prustend setzt sie die Flasche ab und japst nach Luft. Da grummelt der Bauch und ein Rülpser wandert die Luftröhre nach oben. *Toll. Die Luft soll rein, nicht raus.*

Hustend begutachtet sie die Sauerei. Das ganze Oberteil ist mit Flecken übersät, sogar in den Hosenbund ist der Wein gelaufen. Jessie stellt die Flasche ab und läuft in die Küche. Mit einem nassen Schwamm versucht sie zu retten, was zu retten ist. *Ein armseliger Wet-T-Shirt-Contest. So wird das nix.* Sie streift alle Klamotten ab und stopft sie im Bad in die Waschmaschine. Mit Unterhose und BH setzt sie sich wieder auf's Fensterbrett. Die Flasche pappt mittlerweile fest und lässt sich nur mit Mühe lösen. *Hör mal zu, Gott. Ich leide, falls du es noch nicht bemerkt hast. Und, ich würde mich gerne betrinken. Könntest du bitte all diese Gemeinheiten jetzt lassen? Ich werde diese Flasche leeren, egal was du tust!*

Jessie wartet kurz und lauscht. Nichts passiert. *Gott hat ein Einsehen. Danke!* Jessie zieht die Nase hoch und wischt sich die Wangen trocken. *Ich schaff das. Puhhh. Wahrscheinlich wissen es alle! Ich kann da nicht mehr hingehen.* Sie versucht tief einzuatmen, aber die Nase ist immer noch dicht und Jessie klingt wie ein ertrinkender Taucher. *Dann eben durch den Mund.*

Nach ein paar Runden fühlt sie sich stark genug für den Anruf. Sie setzt sich auf's Bett und wählt die Nummer von Ralf, dem Personalchef. *Tut, tut. Tut, tut. Mailbox. Gott sei Dank.* Sie faselt irgendwas von „böser Grippe" aufs Band und dazu zieht sie ein paar Mal unterstreichend die Nase hoch.

Erleichtert klettert Jessie wieder auf das Fensterbrett. *So was von krank, jawohl.* Damit hat sie sich Zeit verschafft. Zum Nachdenken. Leiden.

Jessie setzt die Flasche an und nimmt einen großen Schluck. „Jessie, reiß dich susammen. Der hat dich gar nich verdient. Pfffff." Sie nickt bekräftigend und gönnt sich einen weiteren Schluck. „Der hat dich doch bestimmt schon öfter betrogn. Aaaaaaschloch." Diese Dinge laut auszusprechen, fühlt sich gut an, also steigt Jessie wackelig vom Fensterbrett und stellt sich vor den Spiegel.

„Du hast ihm alles gegebn. Du warst so lieb und er soooooo gemein." Theatralisch unterstreicht sie jede Aussage mit ausschweifenden Gesten. „Er hat Titten über Liebe gestellt. Was für ein Mann." Sie schüttelt den Kopf. „Was würdest du tun?" Sie legt den Kopf schief und beobachtet ihr nachdenkliches Spiegelbild. Keine Antwort. Stille. *Ich bin so allein!* Jessie stolpert zwei Schritte rückwärts und sinkt auf ihr Bett. *Wie armselig ist das denn? Ich rede mit meinem Spiegelbild. Aber ich muss reden. Mit irgendwem!* Jessie zieht die Stirn kraus. *Ich brauche jemanden, der die Situation nicht kennt. Hm. Eigentlich brauch ich nur jemanden, der mir zuhört und an den richtigen Stellen ein „Oh, wie gemein" oder „Du Arme" setzt. Ein Psychiater! Aber die kosten so viel. Dass die für „Probleme von der Seele reden" überhaupt Geld nehmen, ist eine Frechheit. Jawohl.* Jessie kaut auf ihrer Unterlippe. *Ich könnte ja ...* Sie kichert. *Das wär lustig. Aber pffft. Neee.* Jessie steht auf und schnappt sich den Wein.

Da klopft es an der Tür. Jessie zuckt erschrocken zusammen und lässt fast die Flasche fallen.

„Jessie? Bist du da?"

Oli. Jessies Unterlippe bebt. „Geh weg", flüstert sie leise.

„Jessie? Hallo? Komm, mach auf." Oli tigert vor der Tür auf und ab. „Ich dachte, wir könnten was essen gehen? Oder bist du krank? Jess?"

Was essen gehen? Ihre Eingeweide krampfen sich zusammen. Zittrig schleicht Jessie zur Tür und horcht. Aber sie hört nur ihren Pulsschlag. *Er ist sich also nicht sicher, wie viel ich weiß, und versucht die Situation auszuloten. Dieses verdammte Arschloch! Wie viel andere gab es da noch? Was hab ich alles nicht mitbekommen?* Jessie sinkt zu Boden und weint lautlos vor sich hin.

Es nähern sich Schritte. „Ham Sie der auch was geliehen? Können Se vergessen. Die gibt nix zurück."

„Was?" Oli scheint irritiert.

„Na, die Frau, die hier wohnt. Zu der wollen Sie doch?"

„Äh, ja, aber …"

„Können Se echt vergessen. Die is'n *bisschen* gaga, wenn Se verstehen, was ich meine." Er schlurft davon. „Hoffentlich war's nix Teures!" Das Lachen hallt über den Flur.

Oli klopft nicht mehr. Ein paar Minuten ist es vollkommen still, dann hört sie seine Schritte im Treppenhaus verhallen.

Jessie sitzt im Schneidersitz im Flur und starrt auf die Tür. *Lügner! Beide!* Wütend setzt sie die Flasche an und nimmt gleich mehrere, große Schlucke. Der Wein rinnt die Speiseröhre hinunter und breitet sich wohlig in ihrem Bauch aus. *Liebe von innen. Mehr davon.*

Jessie sitzt immer noch im Flur und schwankt. Sie setzt die Flasche an und blinzelt irritiert, als nichts kommt. Leer? *Jetzzzst schon? Sag mal, habich was verschüttet?* Unbeholfen dreht sie sich hin und her und untersucht den Fußboden. Kein Fleck. *Also alles hia drinn.* Jessie grinst und tätschelt sich den Bauch. *Oh weija.* Bauch tätscheln nach einer Flasche Wein ist keine gute Idee. *Uiuiui. Höschte Eisnbahn. Tschtschtsch.* Kichernd taumelt Jessie ins Bad und plumpst erleichtert auf's Klo. *Erses Probleem erfolgreich erledicht.* Jessie salutiert. Sie greift nach dem Klopapier und guckt zu, wie die halbe Rolle nach unten saust. *Su viel.* Umständlich bückt sie sich und verliert fast das Gleichgewicht. *Hu, jefährlich!* Jessie kichert. Fazit bis jetzt: Sie hat seit einer Stunde nicht mehr geweint. Fortschritt. Aber der Drang, mit jemandem darüber zu sprechen, wird immer stärker. Vor dieser Nebenwirkung hat sie keiner gewarnt: Alkohol verstärkt das Redebedürfnis. *Sweites Probleeem, noch keine Löösng in Sicht. Vielleicht sollt ich das wiaklich machn. Warum nich? Kann ja nich schlimma werdn.* Trotzig schiebt Jessie die Unterlippe nach vorn, steht auf und spült. *Jawohl. Hilf dia selbst.*

Schnaps-Idee

Jessie sitzt auf ihrem Bett und fixiert das Telefon. Gar nicht so leicht, bei dem Seegang! *Soll ich? Oda nich?* Sie knabbert unsicher auf der Unterlippe. Es gibt doch überall da draußen Menschen, die sich Reality-Soaps reinziehen, um die Sorgen und Nöte der Menschen live mitzuerleben. Denen würde sie doch einen Gefallen tun! Irgendjemand hätte die Möglichkeit, sich an ihrem Leiden zu weiden (und was sich reimt …). Da haben doch beide Parteien was davon! Und sie würde den- oder diejenige nicht kennen. Keine Scham. *Ersmal Rufnumma unterdrückn.* Sie grinst stolz. *Betrunkn, aba nich blöd! So. Bereit.* Sie starrt auf ihr Telefon. *Nich bereit. Lieba noch schnell eine rauchn.*

Nach zwei Zigaretten beschließt Jessie, doch erst noch mal aufs Klo zu gehen. Vorsorge. Sie kann ja schlecht mitten im Gespräch zum Pinkeln.

Jessie beugt sich ganz nah zu ihrem Radiowecker im Bad und versucht, aus den leuchtenden Zahlen schlau zu werden. *19:55 Uhr. Gute Zeit.* Sie wirft einen Blick in den Spiegel und erschrickt. Total verquollen und blass. *Ers hübsch machn. Man muss hübsch telefoniern. Füas Ego.*

Verzweifelt zupft Jessie die ausgerissenen Haare aus ihrer Bürste. Betrunken kämmen gleicht einer Selbstverstümmlung. Wenigstens dämpft der Alkohol den Schmerz ein wenig. Zweiter Blick in den Spiegel: besser. Großzügig verteilt sie die Abdeckcreme im Gesicht. *Hm. Viiiiel besser. Prima Schpachtlmasse.* Wimperntuschen ist hingegen in angetrunkenem Zustand nicht machbar. Wackelnd diese kleinen Dinger zu treffen ist ein aussichtsloses Unterfangen. Nach zahlreichen schwarzen Indianerstreifen rund um die Augen und einigen brennenden Volltreffern gibt Jessie schließlich auf. *Muss reichn. 20:10 Uhr.*

Jessie zündet sich eine weitere Zigarette an und nimmt den Hörer in die Hand. *Jetzs aba. Kann ja imma noch auflegn.* Dieses Wissen gibt ihr ein Gefühl von Macht. Sie schließt die Augen und drückt blind irgendwelche Tasten. *Stopp! Schnell auflegn.* Nicht, dass sie eine Nummer im Ausland wählt. Single und bankrott, das fehlt noch. Also doch ein bisschen gucken. Langsam drückt sie eine Zahlenfolge ins Telefon und wartet. „Kein Anschluss unter dieser Nummer …“, ertönt eine monotone Frauenstimme. Genervt drückt Jessie den Aus-Knopf. *Ersa Versuch, fehlgeschlagn.*

Erneut tippt sie eine beliebige Zahlenreihenfolge ein. Es wählt. Tuut, tuut. *Prima. Geht doch.*

„Hallo?“, krächzt eine weibliche Stimme.

Minnestens 200 Jahre alt. Aba hat Lebnserfahrung. „Hallo. Ich bin Schessie.“

„Wer ist dran? Sie müssen lauter sprechen!“

Das kann was werden. Jessie holt tief Luft und brüllt in den Hörer: „HALLO! ICH BIN SCHESSIE!“

„Einen Moment, bitte.“ Es raschelt. Die alte Dame entfernt sich vom Telefon.

Mannmannmann. Jessie schüttelt den Kopf. Alles dreht sich. *Danach habich keine Schtimme mehr. Brauch ich auch nich. Habja dann alles gesagt.*

Es knackt im Telefon, die alte Dame ist zurück.

„Pfffüüüüüüüüüüüüüüühhhhhhhhhhhhhhh!“

Ein schriller Pfeifton scheppert durch die Leitung und Jessie lässt erschrocken das Telefon fallen. *Ahhh!* In ihrem Ohr fiept es. Jessie steckt sich den Finger in die Ohrmuschel und nackelt hin und her. Wird nicht besser. *Was warn das? Ne Trillapfeife füa Perverse? Ich will doch nua redn! Jetzs habichn Tinitus. Fein, kann ich mich nochne*

Woche krankschreibn lassn. Jessie bewegt den Kopf hin und her. Das Pfeifen bleibt. Jessie schnippst mit den Fingern neben beiden Ohren. Pfeift, funktioniert aber noch.

Alle gutn Dinge sin drrei. Jessie wählt eine Nummer und klemmt sich das Telefon an das gesunde Ohr.

Es klingelt. Noch mal. Jessie hält gespannt die Luft an.

„Ja?“, knurrt eine schlecht gelaunte Männerstimme ins Telefon.

Jessie schluckt. *Mist. N'Mann. Nich der optimale Suhöra.*

„Hallo?“

„Äh, hallo“, antwortet Jessie gedehnt. *Un jetz?* Sie hätte sich vielleicht vorher Gedanken machen sollen, wie sie das Gespräch beginnt. *Su schpät.*

„Wer ist denn dran?“ Die Stimme klingt genervt. Keine gute Grundlage für ein solches Gespräch.

Jessie schnippt nervös die Asche von ihrer Zigarette. *Danebn.* „Die Schessie.“

„Welche Schessie? Kennen wir uns?“

Was'n das für'n blödes Fraje-Antwort-Spiej? Kann ma dieses Voaspiel nich abkürzn? Ich will redn, keiin Kreuzverhöa. „Noch nich“, antwortet sie wahrheitsgemäß.

„Woher haben Sie die Nummer?“

Diese Frage bringt Jessie endgültig aus dem Konzept. „Na, tipp tipp tipp!“, lallt sie und fuchtelt mit den Fingern durch die Luft.

Pause.

„Sind Sie betrunken?“

Jessie rollt mit den Augen. Ein ganz ein Schlauer. „N'bischen.“ Sie kichert.

Tuttuttut …

Aufgelegt! Entgeistert starrt Jessie auf den Hörer. *Was war'n das für'n unhöflicha Mensch? Einfach auflejgen?* Das war ja wie im Kindergarten! Wütend drückt sie die Wahlwiederholung.

„Hallo?"

„Da wo iich herkomme, sagt man schüss bevoa ma auflegt!" Jessie macht ihrem Ärger Luft.

„Ruft man – da wo Sie herkommen – auch betrunken fremde Menschen an und belästigt sie?"

Eins zu null. *Hm. Eigentlich nich.* „Ja." Trotzreaktion.

„Aha …" Er überlegt. „Und was wollen Sie von mir?"

Ja, was will sie denn von ihm? Diese Frage wiederum ist berechtigt. „Redn."

Er seufzt laut auf. „Warum rufen Sie nicht einfach Ihre Freundin an?" Der berühmte „Ich spreche mit einem Kleinkind"-Ton.

„Ich hab keinn, den ich anrufn kann." Jessie schnieft und lässt den Kopf sinken. So war das nicht geplant. Das fühlt sich gar nicht gut an. Totale Bloßstellung. Erniedrigung.

„Hm." Immerhin kein Tut-Tut.

Pause.

„Und was erwarten Sie jetzt von mir?"

Ja ja, wenn Fraun wein'n. Die Mitleidstour. „Nua zuhörn."

Er seufzt ergeben. „Gut. Und ich soll nichts sagen, nur zuhören?"

„Jep." *Du hasses geschnallt.*

„Schießen Sie los. Aber die Kurzfassung, okay?"

Am bessn Steno, grmpf. Na, immerhin. Die Stunde beim Psychiater kann beginnen.

Jessie erzählt, wie sie sich kennengelernt haben. Den Sex beim ersten Date lässt sie aus, macht sich bestimmt nicht so gut in der Geschichte und außerdem muss er ja nicht alles wissen. Und dann erzählt sie von ihrem überstürzten Umzug.

„Sie sind nach so kurzer Zeit zu ihm gezogen?", unterbricht er Jessie.

Das ist gegen die Abmachung. Zuhören, nicht dazwischenquatschen. *Hmpf.* „Das wolltn wia beide, nich nua ich!" Trotzig fingert sich Jessie eine Zigarette aus der Schachtel.

„Aber Sie kannten ihn doch gar nicht."

Ja, Mama. Danke. „Er wa ebn die Liebe meines Lebns!" Jessie schluchzt. „Warn Sie sich noch nie sicha, dass Sie n Richtign gefundn ham?"

„Nein, DIE Richtige war noch nicht dabei. Davon halte ich auch nichts. Das ist was für verklärte Romantiker."

Na toll. Ein „Oh, Sie Arme" wird wohl nicht drin sein. Dann soll er eben den Mund halten.

„Kann ich jetzs weitamachn?" Genervt zieht Jessie an ihrer Zigarette.

„Klar. Entschuldigung. Bin schon still."

Bei der Stelle, in der Jessie in die kleine Wohnung ziehen muss, entfährt ihm ein „Aha". Bei dem geänderten Jobangebot ein „Hm" und bei dem ersten Fremdknutschen ein Schnaufen. Alles eindeutige Beweise dafür, dass er den Hörer nicht einfach beiseitegelegt hat. Das muss man ihm zugutehalten. Jessie schließt die Augen und sammelt sich für den Showdown. Der letzte Akt hat es in sich und Jessie kämpft mit den Tränen. Stockend berichtet sie von der Weihnachtsfeier, dem Kuss, dem nicht so schönen Ausgang und dem nächsten Arbeitstag. Der Mail. Dem Bild. Ihr versagt die Stimme. Tränen kullern über ihr Gesicht. Der Mann am Ende der Leitung sagt nichts. Muss er auch nicht.

„Sin Sie noch ta?", fragt Jessie nach.

„Ja."

„Gud."

Der Mann schweigt.

„Gud. Bn jetzs fertig. Gu'nacht!", schnieft sie und legt auf. *So.* Jessie wischt sich über's Gesicht und horcht in sich hinein. *Alles raus. Aba jetzs fehlt was. Jetzs is leer!* Jessie schluckt. *Ga nich so schön.*

Funktioniat nich! Vielleicht morgn ... Sie rollt sich zur Seite und weint sich in den Schlaf.

Der Tag danach

Jessie öffnet vorsichtig erst das linke, dann das rechte Auge. *Au Mann.* Schmatzend löst sie die angepappte Zunge vom Gaumen. *Ähhh.* Langsam kehren die Erinnerungen an den gestrigen Tag zurück und Jessie zieht sich die Decke über den Kopf. *Das ist nicht mein Leben! Shit.* Da fällt ihr Blick auf das Telefon neben ihrem Bett. Da war doch was? *Hab ich ...? Neeeee. Bestimmt nicht. Oder doch?* Sie runzelt die Stirn. Blitzartig schießen Erinnerungsfetzen durch ihren Kopf. *Eine Trillerpfeife. Ein Mann. Oh Gott.* Mit zitternden Fingern tastet sie nach ihrem Telefon und schließt die Augen. *Das hab ich nicht ...* Sie schaltet ihr Handy an und drückt die Wahlwiederholung. Eine unbekannte Nummer erscheint. *Verdammt.* Sofort legt sie wieder auf und lässt das Telefon sinken.

In diesem Moment gibt ihr Handy Vollgas. Unter irrem Piepsen trudeln unzählige verpasste Anrufe und SMSn ein. Allesamt von Oli. „Verschwinde aus meinem Leben! Lös dich in Luft auf.“ *Puff. Würde dich keiner vermissen. Vielleicht dein Blasehase, Suse.* Wütend löscht sie eine SMS nach der anderen. Ungelesen. *Hab heut keine Lust auf Märchen.* Sie schaltet ihr Handy ab und starrt an die Decke. Krampfhaft versucht sie, sich an gestern Abend zu erinnern. An das – anscheinend ja stattgefundene – Telefonat. Aber da ist nur furchtbar viel Nebel und eine männliche Stimme. Was allerdings genau die gesagt hat? *Pfffhh.* Frustriert bläst Jessie die angehaltene Luft aus und schnuppert. *Oh, nicht gut. Erst mal Zähneputzen.*

Sie schlurft ins Bad. Jessie steckt sich die Zahnbürste in den Mund und blickt in den Spiegel. *Alter Schwede!* Sie sieht aus, als hätte sie ein paar Runden gegen Muhammad Ali geboxt (vor dessen Erkrankung).

Dicke Augenlider, tiefe, dunkle Augenringe und dank dem vielen Geschnäuze: eine wunde, rot leuchtende Nase. *Prima. Kein Wunder, dass er lieber Suse vögelt. Wer will denn schon mit einem verprügelten Clown ins Bett?* Jessie schießen die Tränen in die Augen und sie bekommt keine Luft. Würgend spuckt sie den Schaum aus und stützt sich auf den Waschbeckenrand. Links und rechts tropfen die Tränen die Wangen hinunter und kullern Richtung Ausfluss. Sie atmet tief durch. *Das ist so armselig, Jessie, reiß dich zusammen. Du darfst dich nicht so gehen lassen!* Sie hebt den Kopf und sieht sich an. *Du kriegst das hin. Komm schon!*

In Kampflaune stapft Jessie in die Küche, doch der Anblick des leeren Kühlschranks bremst den halbherzigen Anflug von Tatendrang. Missmutig steht Jessie in der winzigen Küche und starrt ins Nichts. Gähnende Leere. Der Kühlschrank spiegelt ihre Seele wider. Leer. Resigniert wirft sie die Tür zu und setzt sich an den kleinen Küchentisch. Gut, das bedeutet: Einkaufen. Unter Menschen. Am besten unsichtbar. Also noch mal in die Restaurationskammer und retten, was zu retten ist.

Jessie trottet zurück ins Bad. Sie wirft einen vorsichtigen Blick in den Spiegel. *Oh Gott. Nicht besser*. Mit dem Finger zieht sie ein geschwollenes Augenlid nach oben. *Klasse.* DAS kann man nicht mal mit Make-up reparieren, höchstens festtackern. *Und die Haare! Kaum kämmt man die Dinger einen Tag nicht, schon verbünden sie sich und spielen „einer für alle“*. Lustlos nimmt Jessie die Bürste. Sie kommt keinen Zentimeter weit. Sie zieht und reißt, setzt erneut an, aber es hilft nichts. Kraftlos sinkt sie auf die Kloschüssel und fängt wieder an zu weinen. Es geht nicht. Sie kann nicht unter Menschen. Doch nicht so! Ein zerrupftes, verheultes Hühnchen. Reif für die Notschlachtung. Ihr Magen grummelt. *Ja ja, hab schon verstanden. Ich bin dir vollkommen egal. Tja, irgendwie kann man einkaufen auch telefonisch erledigen. Wenn man wüsste wie. Mist.*

Eine halbe Stunde später verlässt Jessie ihre Wohnung. Mit zwei Tonnen Make-up im Gesicht, die geschwollenen Augen hinter einer überdimensionalen Sonnenbrille versteckt. Eine Dolce & Gabbana. Ein Geschenk von Oli. *Argh.* Ihre Haare hat sie einfach unter die Mütze gesteckt.

Als sie auf die Straße tritt, fröstelt sie sofort. Es nieselt und ist ziemlich kalt. Sibirisch. Passend zur seelischen Verfassung. Jessie zieht den Mantel enger um ihren Körper und beschleunigt ihre Schritte. Der Bus fährt in die Haltestelle ein und öffnet die Türen. Leider sind Sonnenbrillen in geschlossenen Räumen nicht gerade von Vorteil und prompt bleibt sie an der zweiten Stufe hängen und stolpert in den Gang hinein. Gott sei Dank erwischt sie mit der Hand eine Lehne und kann den Sturz abfangen. Als sie sich aufrichtet, drehen sich alle weg. Nicht spannend genug. Schließlich hat sie sich nicht voll auf die Nase gepackt, sondern ist nur gestolpert. *Sensationsgeile Bildleser! Grrr.* Hastig drängelt sie sich bis nach ganz hinten durch und setzt sich in die letzte Reihe. *Ein Loch wär jetzt nicht schlecht, Gott. Hm? Nur bis zur nächsten Haltestelle. Hallo? Mann, ich hab ja nicht um einen Sack Gold gebeten!* Ruckelnd setzt sich der Bus in Bewegung und Jessie wird schlecht. Jessies Kreislauf rächt sich für den Raubbau der letzten Tage. Alkohol, Zigaretten, leerer Kühlschrank … schlechte Mischung. Sie wischt die schwitzigen Handflächen an dem vergilbten Sitzbezug ab. *Du schaffst das. Bloß nicht in den Bus reihern. Atmen. Pressen. Äh, nur atmen.* Der Bus fährt in die Haltestelle ein und Jessie steigt erleichtert aus. Die frische Luft und der feste Boden unter den Füßen tun Jessies Magen gut. Er brummelt, gurgelt und knurrt, aber er hat nichts ausgeworfen. *Puh.* Mit schnellen Schritten überquert sie den Supermarktparkplatz. Ihr Plan: Rein. Raus. *Wie beim Sondereinsatzkommando.* Mit dem Einkaufswagen schlingert sie durch die Reihen, greift während der Fahrt links und rechts in die Regale. Nur einmal touchiert sie einen weihnachtlichen Aufsteller (nicht mit Absicht), ansonsten meistert sie die Einkaufstour ohne Zwischenfälle in Rekordgeschwindigkeit. *Tja, Mädels haben einen Einkaufszettel im Kopf. Männer kriegen einen von der Frau/Freundin geschrieben und lassen ihn zu Hause liegen. Und dann stehen sie hilflos vor den Regalen und blockieren die Gänge. Pfü.*

„Mama, warum trägt die Frau eine Sonnenbrille?“

Jessie dreht den Kopf weg und betrachtet scheinbar interessiert die Wühltische neben der Kasse. Sonnenbrille draußen im Nieselregen war das eine, Sonnenbrille im Laden das andere. Die Mutter des Mädchens wirft einen kurzen Blick auf Jessie, dann einen missbilligenden auf ihren Einkauf und wendet sich ab. „Vielleicht denkt sie, das wäre cool.“ Sie gibt sich nicht einmal Mühe, leise zu sprechen. Jessie spürt, wie sie errötet. Unter dem abschätzigen Blick der Mutter legt sie ihren Einkauf auf's Band. Vier Schachteln Zigaretten, Saft (das wenigstens könnte ihr die Mutter ja anrechnen. Da sind doch Vitamine drin! Steht zumindest auf der Verpackung), Toast, drei Fertigpizzen, eine Familienpackung Schokoladeneis … Grundnahrungsmittel eben.

Die Mutter rümpft die Nase, wirft Jessie einen angeekelten Blick zu, bezahlt hastig und schiebt ihr Kind Richtung Ausgang. Jessie haucht vorsichtig aus und atmet ein. *Oh.* Sie greift in den Ständer und legt eine Packung Kaugummi zu ihrem Einkauf.

Was fällt dieser Frau überhaupt ein, über sie zu urteilen? Miss „Ich bin eine gute Mutter und ich stopf mein Kind mit Gemüse voll“. Wütend packt Jessie ihren Einkauf in die Tüte, klemmt sich die Pizzen unter den Arm und verlässt hastig das Geschäft. Wahrscheinlich ist sie heute das Thema der Gute-Nacht-Geschichte für die Kleine. Titel: Wie willst du mal nicht werden. *Argh.* Jessie beschleunigt. *Nicht auf der Straße heulen. Reiß dich zusammen. Komm schon, gleich bist du zu Hause.*

Erleichtert wirft sie die Tür hinter sich ins Schloss. Sie bebt am ganzen Körper. Die Pizzen gleiten unter ihrem Arm weg und klatschen auf den Boden. *Die Welt ist gemein. Gemein, gemein, gemein.* Schluchzend kniet sie sich hin und sammelt die Kartons auf. Immer noch schniefend räumt sie die Pizzen ins Gefrierfach, stellt den Saft in den Kühlschrank. Mit zitternden Händen öffnet sie eine Schachtel Zigaretten, fingert sich eine heraus und steckt sie sich in den Mund. *Wo war nur das verdammte Feuerzeug?* Sie wühlt in ihren Jacken- und

Hosentaschen. Suchend blickt sie sich um und entdeckt das Ding schließlich direkt vor ihr auf dem Tisch. Hastig zündet sie sich die Zigarette an und zieht gierig daran. Pünktchen tanzen vor ihren Augen. Tattrig setzt sie sich an ihren Miniaturküchentisch und wartet, bis der Schwindelanfall vorüber ist. *Vielleicht doch erst was essen.* Sie drückt die Zigarette aus und schiebt eine Pizza in den Ofen.

Satt patscht sich Jessie auf ihren vollen Bauch. Jetzt geht es ihr besser. Sie zieht eine weitere Zigarette aus der Schachtel und zündet sie an. Die ist besser. Sie atmet tief ein und bläst den Rauch durch ihre Nasenlöcher.

Da schießt ihr ein Gedanke durch den Kopf. Sie springt auf und läuft zu ihrem Nachttisch. Da liegt es. Mit dem Handy setzt sie sich wieder an den Küchentisch. Aufgeregt zieht sie an der Zigarette und wartet, bis das Menü hochfährt. Sie ignoriert das Summen, das weitere entgangene Nachrichten anzeigt. *Wo ist es? Wo? Wo?* Hastig fliegen ihre Finger über die Tasten. Da. Letzter Anruf – Gesprächsdauer. Gespannt klickt sie die Funktion an. *1:44:52. Das kann nicht sein.* Mit großen Augen starrt sie auf die Zahl, bis das Licht erlischt und sich das Handy in den Energiesparmodus schaltet. *Ich hab fast zwei Stunden mit dem telefoniert? Und ich kann mich an fast nichts erinnern. Uuuuhhh. Nicht gut. 1:44.* Jessie schüttelt entgeistert den Kopf. *So schlimm kann's ja nicht gewesen sein, immerhin hat er nicht aufgelegt. Hm. Was der jetzt von mir denkt?* Jessie schüttelt energisch den Kopf. *Kann mir ja wurst sein! Ich kenn ihn ja nicht. Pfff.* Traurig blickt sie sich in ihrer Küche um. *Und jetzt? Was macht man denn so allein? Im Hamsterkäfig. Ohne Hamsterrad.* So ein Tag ist verdammt lang, wenn man sich schlecht fühlt.

Leiden für Fortgeschrittene

Was machen denn die Frauen in den Filmen immer, wenn sie Liebeskummer haben? Das „mit der besten Freundin Mordpläne schmieden“ streichen wir als Option. Obwohl die Mordpläne allein machbar wären. Hm. Und sonst? Hmmmm. Jessie geht in ihr Wohnkämmerchen und wühlt sich durch die DVDs in der Kiste unter ihrem Bett. Sie hatte sie dort versteckt, weil sie vor Oli nicht uncool dastehen wollte. *Oli. Arschloch. Da gibt's im Duden sicher den passenden Eintrag. Oli: Synonym für gefühlskalter Vollidiot.* Triumphierend zieht sie „Stolz und Vorurteil“ heraus. Na, wenn das nicht der richtige Stoff ist, was dann. Sie legt den Film ein und während der Vorspann läuft, holt sie sich einen Löffel und die Eispackung aus dem Gefrierfach. Noch während des Laufens öffnet sie die Verpackung und steckt sich einen riesengroßen Löffel Schoko-Eis in den Mund. *Mmmmh, das ist so ... Auh! Auhauau. Zu viel. Zu schnell. Aua! Blöder Gehirnfrost.* Jessie kneift die Augen zusammen. Langsam lässt der stechende Schmerz im Kopf nach. *Kleine Portionen,* ermahnt sie sich selbst und steckt den Löffel zurück in die Box.

Fast zwei Stunden und acht Zigaretten später sitzt sie mit rot geheulten Augen und schokoladenverschmiertem Mund vor dem Fernseher. *Sich bei Liebeskummer eine Herz-Schmerz-Geschichte reinzuziehen, ist eine dumme Idee! Gaaanz dumm. Ist nicht besser, gar nicht.* Jessie schluchzt. Die Eispackung, mittlerweile leer, rutscht von ihrem Schoß. Jessie wischt sich den Rotz mit einem Taschentuch ab und wirft es auf den Haufen neben ihrem Bett.

Ihr Magen gibt seltsam gurgelnde Geräusche von sich. *Ohhh.* Jessie streichelt ihren Bauch. *Vielleicht ein bisschen viel, so eine*

Familienpackung für nur eine Jessie. Oh, das drückt! Jessie zieht die Stirn kraus. *Vielleicht lässt sich die „Störung“ mit einem Verdauungsschnaps beheben?*

Sie tapst in die Küche und durchsucht die Schränke. *Irgendwo hab ich doch ... Ha!* Triumphierend zieht sie aus der hintersten Ecke eine Flasche Schnaps hervor. Sie dreht den Verschluss auf und riecht vorsichtig daran. *Bah.* Angewidert dreht sie den Kopf weg. *Vieeel Saft.* Sie schnappt sich ein großes Glas aus dem Regal und schenkt es dreiviertel mit dem Saft voll, den Rest des Glases füllt sie mit Schnaps auf. Vorsichtig nippt sie daran. *Äääh. Schmeckt, wie es riecht. Aber wenigstens kann sie sich hier zu Hause die Nase zuhalten. Auf Partys kommt das immer schlecht an.* Mit zwei Fingern zwickt sie ihre Nase zu und nimmt einen zögerlichen Schluck. Sie schüttelt sich. *Uaahh. Zu früh die Nase losgelassen.* Aber ein warmes Gefühl breitet sich in ihrem Magen aus. *Drückt gar nicht mehr so.* Sie sieht das Glas an. *Vielleicht werden wir doch noch Freunde.* Sie wählt im Menü „Film starten“ und lehnt sich zurück. *Du musst härter werden, Jessie, du Heulsuse. Nur die Harten kommen in ’n Garten. Auf ein Neues!*

Ein bisschen wackelig füllt sich Jessie ihr drittes Glas. *Prima Medizin.* Das Mischverhältnis hat sich deutlich zu Gunsten des Schnapses verändert. Mittlerweile kann der Schnaps sogar durch seinen Geschmack punkten. *Seltsam. Je mehr man trinkt, desto leckerer wird das Zeug. Auch der Nasenzwicker ist nicht mehr nötig. Vielleicht ist es mit Männern das Gleiche? Die ersten sind scheußlich, aber mit der Zeit wird’s immer besser?* Jessie kichert. *Dann sollte ich aber jetzt loslegen. Kann ja nur viiiiel besser werden!* Jessie nimmt einen großzügigen Schluck und kuschelt sich in ihre Decke.

Der Film ist zu Ende und sie hat gar nicht weinen müssen. *Ha. Abgehärtet. Wer sagt’s denn. Wer braucht schon eine Freundin? Iiiiiich,* schreit es aus ihrem Inneren. „Schnauze“, nuschelt Jessie. *Dich hab ich nich gefragt.*

Die Blase drückt und Jessie tappst mit ihrem Getränk in der einen, der Zigarette in der anderen Hand ins Bad. Geübt umschifft sie alle Hindernisse und plumpst auf's Klo. Jessie stützt den Kopf auf ihre Hände. Das tut gut. Sie trinkt einen Schluck und zieht an der Zigarette. Das hat sie auch noch nie gemacht. Rauchen und trinken auf dem Klo. Fühlt sich gut an. *Irgendwie rebellisch. Oder asozial. Wie man's nimmt.* Die Toilette schwankt leicht, als Jessie versucht, das Glas wieder auf die Fensterbank zu stellen. *Lieber leermachen, bevor's runterfällt. Uiuiui. Das Zeug's hat's aba in sich.*

„An alle Mädels da draussn: Glaubt keinem Kerl." Dozierend hebt sie den Zeigefinger und spricht zu ihrem unsichtbaren Publikum. „Erst verspricht er euch die Welt. Also 'n Job und zusammenwohn' und so. Und dann …", sie schluckt, „… dann lässt er euch wegn einer vollbusign Schlampe sitz'n." Sie nickt bekräftigend mit dem Kopf. Nicken ist nicht gut.

Jessie wankt zurück zum Bett und füllt sich ihr Glas. Traurig blickt sie in den Spiegel. „Guck dich doch an …", sagt sie zu sich selbst und hebt das Glas, „… jetzt drehst du ab." Sie beobachtet, wie die Frau im Spiegel das Glas hebt und trinkt. Verloren sieht sie aus. Und einsam. Verdammt einsam.

Langsam greift sie nach ihrem Telefon und schaltet es an. *14 Anrufe in Abwesenheit. Alle von Oli. Und 2 SMS. Auch von Oli.* Zögernd öffnet sie die erste SMS. *„*Hoffe, es geht dir besser. Ruf mich an, wenn du kannst. Bussi, dein Oli." *Du elender Mistsack.* Sie will gerade die zweite SMS löschen, als das Telefon zu klingeln beginnt. Erschrocken lässt sie das Handy fallen. *MAMA. Meine Mama.* „Mama?", flüstert sie mit tränenerstickter Stimme.

„Jessielein, na endlich!", schrillt es genervt durch's Telefon. „Ich versuch dich seit Tagen zu erreichen."

„Ich, äh, mein Akku …", stammelt Jessie und schnieft.

„Egal, jetzt bist du ja dran. Ich wollte dir nur sagen, dass ich über Weihnachten nicht da bin. Das macht dir doch nichts aus, oder? Robert und ich wollen nach Ägypten fliegen. Nur 599 Euro, alles inklusive."

Jessie schluckt.

„Bist du noch dran?“

„Ja ja, das klingt toll!“

„Na ja, das wollte ich dir nur sagen. Du und Oli wollt ja wahrscheinlich eh lieber alleine sein. Hm?“

„Oh, ja. Das is beschtimmt fein.“ Jessie wischt sich über die Nase.

„Bist du erkältet? Du klingst so, so nasal?“

„N’bisschen. Nix Schlimmes.“ Eine Träne kullert einsam ihre Wange hinunter.

„Na, dann ist ja gut. Wir hören uns. Bussiiii!“ Es klickt.

„Schüss“, murmelt Jessie in die tote Leitung. *Geht doch nix über ein gutes Mutter-Tochter-Gespräch.*

Ihre Mama klang gerade ekelhaft glücklich. Und das hielt immerhin schon rekordverdächtige sieben Monate. *Mit Roooobert. Dem gefühltn hundertsten Mann an ihrer Seite.* Seit der Scheidung vor vier Jahren hopste ihre Mutter wie ein Hippie durch alle Betten. *Soll sie doch. Ich brauch euch alle nich. Ich komm auch alleine klar.*

Trotzig schnäuzt sie sich laut und wirft das Tuch auf ihren Taschentuchberg. Eins zu viel. Der Berg kippt zur Seite. *Bestimmt sitzn Männer in der Chefetage der Taschntücherindustrie. Die wissn, dass sie mit ihrem bescheurtn Verhalten immer für reißenden Absatz sorgn. Aber nich mit mir, ich hab eure Machnschaftn durchschaut.* Jessie pfeffert die Taschentücher in die Ecke und zieht die Nase hoch. *Ha.* „Ein Kunde weniger, ihr gemeinn Säcke.“ *So’n Beschluss muss man besiegln.* Sie setzt das Glas an und leert es mit einem Zug.

Wiederholungstäter

Jessie scrollt durch ihr Handy. Nicht ein verpasster Anruf von ihrer Mutter. *Typisch.* Seufzend lässt sie das Telefon sinken. *1:44. Hmmm. Muss doch'n Grund gehabt haben, warums sooolang gedauat hat. Kann ja mal fragn? Wahlwiederholung.*

„Hallo?"

An diesen unfreundlichen Klang erinnert sich Jessie sofort wieder. *Ein Grummlpiep.* „Die Schessie is dran."

„Sind Sie schon wieder betrunken?" Er klingt fassungslos.

„Ja, Menschn könn'n so was. Soga sweimal hintaeinanda. Oda dreima." Jessie prostet ins Telefon.

„Sind Sie Alkoholikerin?"

Entrüstet hebt Jessie den Hörer von sich. „He, Sie kenn'n mich ga nich. Is nich seehr nett, so was su sagen."

„Sie rufen mich zum zweiten Mal an. Und beide Male sind Sie betrunken. Was soll ich denn bitte davon halten?"

Jessie überlegt. Okay, macht vielleicht keinen guten Eindruck. „Ich hab milndernde Umschtände, weil ich leide, wissn Sie? Nomalerweise mach ich so was nich." Das war überzeugend. Die Ausnahmeregel. Das ist selbsterklärend UND entschuldigend. Jessie nippt zufrieden an ihrem Glas.

„Und was kann ich heute für Sie tun?"

Der Fachfleischverkäufer. *Eine Scheibe Gelbwurst, bitte. Ja, warum habich denn heute wieda anjerufen*? Jessie legt den Zeigefinger an die

Lippen. Es gluckert in der Leitung. „Sin Sie auf'm Klo?“ Entgeistert presst sie das Telefon ans Ohr. Das Glucksen verstummt.

„Ich habe mir gerade ein Glas Wasser eingeschenkt. Nur zu Ihrer Information.“ Er klingt belustigt. „Für jemanden, der Fremden ganze Arien vorrülpst, sind Sie erstaunlich pingelig.“

Oh, jerülpst hab ich gestan. Der erste Hinweis, was in den 1:44 alles passiert ist. Keine erfreuliche Information. „Tschuldigung“, murmelt Jessie mit rotem Kopf.

„Kein Problem. Neuigkeiten an der Oli-Front? Und jetzt? Wie gestern?“

Hm, wie gestan. Was warn gestan? „Ich kann mich nimma so gut erinnan“, räumt Jessie kleinlaut ein.

„Na toll.“ Der Mann seufzt. „Sie wollten sich alles von der Seele reden. Das haben Sie auch. Undeutlich, aber sehr detailliert.“

Oh oh, detajjjiert. Peinlich.

„Ich sollte nur zuhören. Das hab ich gemacht. Wenn Sie allerdings so betrunken waren, dass Sie sich heute an nichts mehr erinnern können, hat es wohl nicht viel genutzt.“ Stille.

Jetzs issa sauer. Jessie kaut auf ihrer Unterlippe.

„Ich mache Ihnen einen Vorschlag.“

Gespannt lehnt sich Jessie nach vorn und kippt dabei fast vom Bett.

„Da Sie sich heute nicht viel besser als gestern anhören, sparen wir uns die Psychiaterstunde. Sie legen sich jetzt ins Bett und schlafen Ihren Rausch aus. Und morgen …“, er holt tief Luft, „… morgen rufen Sie mich nüchtern an. In Ordnung?“

Son vernünftiga Mann. Priiima Kerl. Jessie nickt, bis ihr auffällt, dass er sie ja gar nicht sehen kann. „In Oadnung. So machn wia das. Bis moagn.“ Jessie drückt auf den Ausknopf und seufzt. Komisch. Obwohl sie heute gar nicht viel gesagt hat, fühlt sie sich gut. Mit einem Lächeln auf den Lippen legt sie sich ins Bett und schläft sofort ein.

In dieser Nacht schläft Jessie unruhig, wälzt sich hin und her. Im Traum steht Suse vor ihr, die Hände kämpferisch in die Hüften gestemmt. Oli kommt auf Jessie zugelaufen (wie in einem Bollywood-Film), will zu ihr, ruft ihren Namen, doch Suse reißt ihr T-Shirt hoch und Oli schwenkt wie ein Lemming herum und fällt vor ihr auf die Knie. Suse grinst sie an. „Diesen Titten konnte noch keiner widerstehen." Ihr schrilles Lachen schreckt Jessie aus dem Schlaf.

Jessie sitzt aufrecht im Bett und rubbelt sich über's Gesicht. *Nur ein Traum, nur ein Traum. Ich bin zu Hause, alles ist gut.* Sie atmet tief durch, bis Suses Lachen aus ihrem Kopf verschwunden ist. *Suse. Oli. Suse. Stopp. Nichts ist gut.* Sie sinkt zurück auf das Kissen, schließt die Augen und horcht. *Hm.* Dumpf klingen Geräusche aus der Wohnung über ihr durch die Decke. Getrappel. Wasserrauschen. *Wochenende. Samstag.* Seufzend schiebt sich Jessie aus dem Bett und bleibt auf der Kante sitzen. Alles dreht sich und ihre Schläfen pochen. *Ramadan. Ab heute. Ehrlich, Gott! Obst und Gemüse. Sport. Ich tu alles, nur mach, dass es mir besser geht!* Sie schlurft ins Bad.

Jessie kauert sich in die Dusche und lässt sich das Wasser auf den Kopf prasseln. *Oh Mann, ich trink nie wieder.* Sie senkt den Kopf und das warme Wasser fließt über ihren Rücken. Plötzlich reißt sie die Augen weit auf. *Hab ich gestern ...? Ja, verdammt!* Dieses Mal erinnert sich Jessie deutlich an das Telefonat. Sie hat mit einem Mann gesprochen. *Shit.* Und er hat sie gefragt, ob sie Alkoholikerin ist. *Wie peinlich.* Jessies Lippe bebt. *Der denkt, ich habe ein Alkoholproblem! Oh nein.* Die Tränen kullern über die Wangen und sie schluchzt heftig auf. *Ich bin doch keine Säuferin! Dieser Idiot kennt mich doch gar nicht! Ist mir doch egal, was der denkt!* Irritiert blinzelt sie ein paar Mal. *Und wieso heul ich dann?* Sie schnieft laut auf und schnäuzt sich in den Waschlappen. *Punkt 1: Ich kenn den gar nicht. Kann mir also egal sein, was der von mir denkt. Und Punkt 2: Er hat gesagt, ich soll ihn noch mal anrufen. Nüchtern. Da kann ich alles richtigstellen.* Jessie zieht die Nase hoch. *Alles halb so wild. Nichts passiert.* Jessie steigt aus der Dusche und trocknet sich ab. *Ab heute hab ich mein*

Leben wieder im Griff. Jawohl. Hallo Welt! Begrüßt alle mit mir die neue Jessie!

Der Durchmarsch

Eine Stunde später betritt Jessie den Supermarkt. Mission „Ab heute wird es anders" hat begonnen. Zielsicher steuert Jessie die Obst- und Gemüseabteilung an. *Wenn mich die doofe Mutter mit ihrem Kind jetzt sehen könnte ... Äpfel. Gaaaanz wichtig. An apple a day keeps the doctor away (und was sich reimt ...).* Nach und nach füllt sich der Wagen mit Dingen, die Jessies Küche noch nie zu Gesicht bekommen hat. Naturjoghurt. Müsli ohne Schoko. So richtiges Müsli. Also zerquetschte Körner praktisch. *Notfalls fütter ich damit die Tauben.* Stolz schiebt sie den Wagen zur Kasse und legt ihren Einkauf auf's Band. Die Kassiererin zieht eins nach dem anderen lustlos über den Scanner. Biep. Biep. Beim Naturjoghurt hebt sie den Kopf und mustert Jessie. Ihr prüfender Blick wechselt zwischen dem Einkauf und Jessies Rundungen. Hallooo! *Ich fang erst aaaaan!* Verunsichert stopft Jessie die Waren in die Tüte.

„Das macht 27 Euro 22", leiert die Frau und kaut schmatzend ihren Kaugummi.

27,22???? Für das bisschen Grünzeug? Ich hab doch nicht die ganze Plantage gekauft! Hoffentlich hab ich genügend ... Mit rotem Kopf zieht Jessie einen zerknitterten 50-Euro-Schein aus ihrem Geldbeutel. *Also doch keine Tauben mit Müsli füttern. Eher fangen und braten. Wucher!* Jessie schnappt sich ihre Tüte und macht sich frustriert auf den Heimweg.

Zu Hause angekommen schüttet sie das Müsli in eine Schüssel, schneidet einen Apfel und eine Banane hinein und mischt den Joghurt darunter. *Sieht ... äh ... sieht gesund aus. Hm.* Langsam steckt sie sich einen Löffel voll in den Mund und kaut. *Schmeckt ... äh ... schmeckt auch gesund. Örgh.* Sie schiebt die Schüssel weit von sich und starrt sie böse an. *Schmeck gefälligst, du teures, gesundes Zeug!* Ihr Magen brummelt. *Nein, Jessie, ab jetzt wirst du was ändern.* Sie zieht die Schüssel zurück und belädt tapfer den Löffel. *Du hast eh kein Geld mehr für andere Sachen. Runter damit.*

Nach dem Frühstück spült Jessie die Schüssel ab und räumt den Einkauf ein. Theoretisch wäre – nach neuem Lebensplan – jetzt Sport an der Reihe. Sie lehnt sich aus der Tür und schielt auf ihre Turnschuhe. *Und danach ruf ich ihn an und erzähle so ganz nebenbei, dass ich Müsli gefrühstückt habe und gerade joggen war. Das macht bestimmt kein Alkoholiker. Ha.* Sie schlüpft in ihre Jogginghose und zieht sich den Kapuzenpulli über den Kopf. Jetzt noch Handschuhe und Mütze und los geht's. Sie versucht ein paar Rocky-Balboa-Sprünge vor dem Spiegel. *Lass es, Jessie.* Sie stemmt die Fäuste in die Hüften und guckt sich an. *Geh einfach laufen.*

Draußen ist es eiskalt. Schlotternd geht Jessie zügig Richtung Park. *Ich hätte eine lange Unterhose drunter ziehen sollen. Oder 'nen Skianzug. Na ja, soll ja warm werden, wenn man sich bewegt.* Die eingesogene Luft gefriert die Härchen in Jessies Nase und prompt pappen sie zusammen. Mit den Fingern drückt sie die Nasenflügel an und wartet, bis sie sich wieder lösen. *Lustig. Was der Winter alles kann.*

Am Parkanfang überlegt sie kurz, ob sie sich dehnen soll. *Profis machen so was. Also, Beinchen hoch auf die Bank!* Wackelnd parkt Jessie ihr rechtes Bein auf der Lehne. Hüpfend versucht sie, die Balance zu halten. *Und jetzt vorbeugen.* Gekrümmt tastet ihre Hand nach der Schuhspitze. *Auuuuu. Hab ich lange Beine.* Ein verliebtes Paar schlendert an ihr vorbei und kichert. Jessie zieht ruckartig ihr Bein von der Bank. *Wer braucht schon Publikum?* Unbeweglichkeit zu demonstrieren, muss ja nicht sein. Sie wartet noch, bis das Pärchen hinter der ersten Kurve verschwunden ist, dann schlägt sie die entgegengesetzte Richtung ein und läuft los.

Schon wenig später lehnt sie sich keuchend an einen Baum und presst sich die Hand in die schmerzende Seite. *Verflucht. Ich kann die Bank immer noch sehen.* Langsam hebt sie beide Arme – *ich ergebe mich* – atmet tief ein, beugt sich nach vorn und pustet die Luft wieder aus. *Wie beim Beten. Grmpf.* Ein paar Mal wiederholt sie die Übung, bis der Schmerz nachlässt. *Weiter geht's.* Tapfer setzt sie sich in Bewegung. Wie bei einer Dampflok stößt sie dabei kleine Wölkchen aus. *Tschtschtsch.*

Da grummelt ihr Bauch plötzlich bedrohlich und ein heißer Schauer durchläuft ihren Körper. *Was ist denn jetzt los?* Erschrocken bleibt Jessie stehen und wartet. Es blubbert erneut. *Aaaaahhhhh! Der Naturjoghurt!* Jessie guckt sich panisch um. Schweißperlen stehen auf ihrer Stirn. *Weit und breit keine Toilette! Nur Büsche. Oh nein, nein, nein.* Mit zusammengekniffenen Pobacken dreht sie ab und tippelt den Weg zurück. Ihr Magen kündigt unbarmherzig die Supernova an. ICH. MUSS. ES. SCHAFFEN.

Kalkweiß im Gesicht versucht Jessie mit zittrigen Fingern den Schlüssel ins Schloss zu stecken. Mit einem Ruck öffnet sich die Eingangstür zum Hausflur und der überraschte Nachbar starrt Jessie an.

„KEIN. BAND." Jessie keucht. „WEG. DA."

Erschrocken weicht der Mann zurück und gibt den Weg frei. Jessie krallt sich am Geländer fest und zieht sich Schritt für Schritt nach oben. Die Schweißperlen tropfen von ihrer Stirn. *Gleich hast du's geschafft.* Ihr Magen brüllt auf und krampft sich zusammen. Nur noch ein paar Meter! Mit letzter Kraft öffnet sie ihre Haustür und rennt ins Bad. *Allerletzte Sekunde. Aber so was von ...*

Jessie beugt sich nach vorne und stöhnt auf. *Oh Gott. Ich explodiere!*

„Jessie, bist du da?" Olis Stimme klingt erstaunlich nah.

Shit, ich hab die Tür nicht zugemacht! Mit aufgerissenen Augen sitzt Jessie stocksteif auf der Toilette. *Nein, nein, nein.*

„Geh weg!", presst Jessie keuchend hervor.

„Ich hab mir Sorgen gemacht!" Die Stimme kommt näher. „Du antwortest nicht auf meine Anrufe. Was ist denn los?"

Jessie drückt panisch wie ein Duracell-Häschen auf den Brise-Lufterfrischer. „Hau ab!" Der Lufterfrischer keucht und zischt, bis er mit einem Pffffffffff den letzten Atemzug verkündet. *Scheiße.*

„Alles okay bei dir?" Die Tür öffnet sich einen Spalt weit und Oli lugt ins Badezimmer.

„Oh Gott!" Der Kopf verschwindet so schnell, wie er gekommen ist. „Äh, ich schau später wieder vorbei." Die Stimme entfernt sich und die Tür fällt ins Schloss.

Jessie lässt den Kopf sinken. *Verdammt noch mal. Was hast du an „heute beginnt ein neues Leben" nicht verstanden?* Und mit lautem Getöse verabschiedet sich der Rest vom Müsli.

Jessie kauert auf ihrem Bett. Ihr Magen hat sich einigermaßen beruhigt, nur ab und zu lässt er noch ein beleidigtes Brummeln hören. *Wirklich prima. Wenn ich ihm schon begegnen muss, dann doch nicht so! Statt Oli anzuschreien oder ihm eine runterzuhauen, hab ich ihn mit meinem Gestank vertrieben. Mann.* Jessie schnappt sich die Decke und zieht sie sich über den Kopf. *Glanzleistung, meine Liebe. Du weißt, wie man mit Männern abrechnet.* Seufzend klettert sie aus dem Bett und tappst in die Küche.

Zusammengesunken sitzt sie an ihrem Küchentisch und schlürft heißen Fencheltee. Ihr Magen bedankt sich mit entspannten, säuselnden Quietsch- und Pfeifgeräuschen. *Bis jetzt kein guter Tag.* Sie schüttelt den Kopf. *Geld in die Toilette geschmissen und Oli wie ein Stinktier vertrieben. Hm.* Jessie wärmt sich die Hände an der Tasse. *Eigentlich könnte ich jetzt ...* Jessie nimmt noch einen Schluck. *Warum nicht? Er hat ja gesagt, dass ich soll ...*

Frank

Jessie starrt auf ihr Handy. Nüchtern anzurufen kostet doch einiges an Überwindung. Immer wieder schwebt ihr Finger über der Anruftaste. *Was sag ich denn?* Jessie schnauft auf und legt das Handy auf den Tisch. *Du hast jetzt schon zweimal mit ihm telefoniert, kann doch nicht so schwer sein.* Energisch packt sie das Telefon und drückt auf den Knopf. *Nein.* Blitzschnell legt sie auf und schiebt das Handy auf den Tisch zurück. *Oh, Mann. Jetzt hab dich nicht so. Erklär ihm, dass du keine Alkoholikerin bist und gut is.* Mit einem Ziel vor Augen drückt sie erneut die Anruftaste und klemmt sich das Telefon ans Ohr.

„Hallo?"

„Äh, hallo. Da ist die Jessie."

„Ich kenn keine Jessie."

Aufgelegt.

Verdattert sitzt Jessie am Tisch und lauscht den Tut-Geräuschen. *Aber, aber ... Er hat doch ...? Wütend drückt sie die Wahlwiederholung.*

„Hallo?"

„Sie haben doch gesagt, dass ich Sie anrufen soll!", blafft sie in den Hörer.

„Ach, Sie sind's." Er klingt belustigt. „War Ihr Name nicht Schessie?"

Seehr lustig. Wohl einen Clown gefrühstückt? „Ha ha. Ich hab Sie gar nicht humorvoll in Erinnerung", schießt Jessie zurück.

„Sie können sich an was erinnern? Hut ab. Und? Heute nüchtern?“

Jessies Hals schnürt sich zusammen. „Hören Sie, ich glaube, das mit dem Gespräch war keine gute Idee.“

„Tut mir leid.“ Er klingt plötzlich ganz ernst. „Ich wollte Sie nicht verärgern. Ich dachte nur, nachdem Sie mir einen Maulkorb verpasst haben, hab ich mir einen kleinen Spaß verdient.“ Er seufzt. „Entschuldigung angenommen?“

Jessie schluckt. „Ja, alles gut.“

„Und? Hat sich was getan? Lebt Oli noch oder brauchen Sie ein Alibi?“

Ungewollt muss Jessie kichern. „Vielleicht?“ Sie lehnt sich zurück. „Er war heute hier.“

„Sie haben ihn reingelassen?“ Er ist ehrlich fassungslos.

„Äh, nein, die Tür stand offen und da ist er einfach reinmarschiert.“ *Ich saß auf dem Klo und hatte Durchfall. Ähm. Themawechsel!*

„Schließen Sie denn nicht ab?“

„Doch, doch, schon. Aber ich, äh, ich hatte keine Zeit mehr die Tür zu schließen …“ *Sonst hätte ich in die Hose gemacht.* „Ich musste so dringend auf Toilette und da, ja, da hab ich sie offen stehen lassen.“

„Und dann? Haben Sie ihn fertiggemacht?“ Er klingt wie ein Boxtrainer, der seinen Schützling anfeuert.

„Ich konnte nicht, ich saß doch auf’m Klo!“, versucht sich Jessie zu rechtfertigen. „Aber er ist von allein gegangen.“ *Er konnte den Gestank nicht ertragen.*

„Sie haben nichts gesagt? Nichts getan?“ Absolute Fassungslosigkeit. Der Boxtrainer hat gerade erkannt, dass sein Schützling eigentlich Balletttänzer ist.

„Ich konnte nicht!“, bricht es aus ihr heraus. „Ich, ich war wie gelähmt!“ *Bin explodiert.*

„Oh.“ Er klingt enttäuscht. Keine abgerissenen Arme. Kein Blut.

Jessie presst die Lippen aufeinander. *Ich bin kein Weichei!* „Hören Sie, ich wollte heute alles richtig machen. Ich habe gesundes Zeug eingekauft, sauteuer übrigens, dann hab ich mir ein Müsli gemacht. Danach wollte ich joggen gehen …“ *Gut, Jessie, das war die Stelle, jetzt bist du rehabilitiert.* „… und im Park dann …“, Jessie atmet tief durch, „… mein Magen ist mit diesem Grünfutter nicht so vertraut. Na, und dann hat er sich eben … na, er hat sich gewehrt.“

„Sie hatten Durchfall? Im Park?“

„Ich hab’s bis nach Hause geschafft! Aber für die Tür hat’s eben nicht mehr gereicht“, grummelt Jessie und zieht sich eine Zigarette aus der Schachtel.

„Und in dem Moment kam Oli?“ Seine Stimme klingt seltsam gepresst.

„Hhm“, nickt Jessie und zündet sich die Zigarette an.

Stille. Dann ein Glucksen. Und dann lacht er los. Ein voluminöses, tiefes Lachen. Eigentlich ansteckend, wenn’s nicht auf ihre Kosten ginge. *Grrrrr.* Jessie zieht an der Zigarette, bläst den Rauch aus und wartet, bis er sich beruhigt.

„Entschuldigen Sie …“, keucht er ins Telefon, „… aber das, das ist einfach …“

Ja ja, zuuu komisch. Jessie verdreht die Augen. „Verstehen Sie mich jetzt? Ich konnte einfach nicht …“

„Alles klar. Jetzt ist mir alles klar. Verstehe.“ Er atmet ein paar Mal tief durch. „Puh.“

„Er weiß nicht, dass ich es weiß“, platzt es aus Jessie heraus.

Das Lachen verstummt. „Er hat keine Ahnung, dass Sie das Bild gesehen haben?“

„Nein, ich glaube nicht. Er versucht andauernd, mich anzurufen. Er macht sich Sorgen, weil ich mich nicht melde, hat er gesagt.“

„Aha. Und was haben Sie jetzt vor?“

Was hab ich denn vor? Mich in meiner Wohnung verkriechen? Auswandern? Mir ein Loch suchen? „Ich hab keine Ahnung“, gesteht Jessie leise.

„Sie arbeiten doch zusammen? Also spätestens am Montag sollten Sie es wissen“, stellt er nüchtern fest.

„Ich lass mich die Woche krankschreiben. Ich kann ihn nicht sehen. Das geht nicht!“ Jessie steigen bei dem Gedanken sofort die Tränen in die Augen.

„Das ist doch keine Dauerlösung. Sie können sich nicht ewig krankschreiben lassen!“ Er klingt verärgert. „Wer hat Ihnen das Bild geschickt?“

„Weiß ich nicht. Anonym.“ Jessie schnieft.

„Hm, wenn Oli es nicht bekommen hat, dann die anderen vielleicht auch nicht. Das heißt, im besten Fall wissen nur Sie und der Absender davon.“ Pause.

Jessie lauscht angespannt.

„Lieben Sie diesen Idioten noch?“, knurrt er.

„Ja, irgendwie schon“, haucht Jessie ins Telefon.

„Hab ich befürchtet.“ Er seufzt. „Gut, vielleicht war er auf dieser Weihnachtsfeier betrunken. Keine Entschuldigung, aber eine Erklärung. Gehen Sie am Montag in die Arbeit und tun Sie so, als ob nichts wäre. Vielleicht beichtet er Ihnen den Fehltritt, dann haben Sie eine Chance, dass er es wirklich bereut und ernst mit Ihnen meint. Sagt er nichts …“

Jessie senkt den Kopf. „Dann weiß ich, woran ich bin“, vollendet sie den Satz.

„Haben Sie nicht gesagt, dass er schon mal eine andere Frau geküsst hat?“

„Ja, schon, aber …“, stottert Jessie kleinlaut.

„Und dann lieben Sie ihn immer noch? Ich versteh die Frauen nicht.“

Ich versteh mich ja selber nicht. „Er ist die Liebe meines Lebens", rechtfertigt sie sich halbherzig.

„Sind Sie auch seine?"

Jessie verstummt.

„Im Endeffekt ist es Ihre Entscheidung. Was ich denke, tut nichts zur Sache. SIE müssen wissen, ob Sie ihm das überhaupt verzeihen können. Falls - und nur FALLS - er ehrlich zu Ihnen seien sollte. Darüber sollten Sie nachdenken."

„Okay, mach ich", flüstert Jessie. „Und ... danke."

„Kein Problem. Und wenn Sie doch noch ein Alibi brauchen sollten, Sie haben ja meine Nummer."

Jessie lächelt und legt auf. *Netter Mann. Seeehr sympathisch. Und schlau! Also zusammenreißen und abwarten. Vielleicht wird doch noch alles gut?*

Zufrieden räumt sie die Teetasse weg und guckt sich um. Überall auf der Ablage sind kleine Flecken und Abdrücke. *Hab ich nicht erst gestern ...?* Seufzend schnappt sie sich den Lumpen und beginnt, die ganze Küche auf Hochglanz zu polieren. Sogar den Kühlschrank räumt sie komplett aus und wischt ihn durch. *Dieses Grünzeug macht aber auch Dreck!* Verärgert pult sie die angeklebten Blätter von der Kühlschrankwand. *Ob Oli was sagen wird?* Sie schüttelt den Kopf und drängt den Gedanken beiseite. *Mach dich nicht verrückt!* Sie schnappt sich eine Karotte und wäscht sie gründlich ab. *Er sah nicht wirklich wie „das schlechte Gewissen" aus. Hm. Aber er stand ja auch in der Giftgaswolke. Da ging's ums nackte Überleben.* Nachdenklich beißt sie ein Stück ab und kaut. *Was hat der Mann noch mal gesagt ..., der Mann. Hm, ja, wie heißt er denn eigentlich?* Jessie durchforstet ihr Gehirn. Nichts. Sie hat den Mann nicht einmal nach seinem Namen gefragt! *Oh. Unhöflich. Ich nenn ihn Hermann. Vorübergehend. Erleichtert das Denken. Also Hermann hat gesagt, ich solle mir Gedanken machen, ob ich ihm das überhaupt verzeihen kann. Vielleicht doch besser Frank. Klingt mehr nach Psychiater.*

Jessie nimmt erneut einen ordentlichen Bissen. Die Karotte knackt. *Frisch. Aber wenn du denkst, das rechtfertigt die 27,22, hast du dich getäuscht. Da muss schon mehr kommen. Mach mich schlank. Und hübsch. Das kann man bei dem Preis ja wohl erwarten.* Jessie lehnt an der Spüle und grübelt. Falls Oli ihr wirklich den Fehltritt beichtet, kann sie ihm jemals wieder vertrauen? *Vielleicht mit Keuschheitsgürtel? Oh, und mit Hannibal-Lecter-Maske. Oli stapft wie John Wayne durch die Straßen, der Keuschheitsgürtel klirrt bei jedem Schritt. Ich laufe hinter ihm her und schwenke triumphierend den Schlüssel. Links und rechts brechen die Frauen in Heulkrämpfe aus. Ja, das wär's doch.* Jessie schüttelt den Kopf. *Denk ordentlich, Jessie. Konzentrier dich.*

Jessie lehnt immer noch an der Spüle, die Karotte in der Hand und starrt vor sich hin. Da klingelt das Handy. *Oli. Oh shit.* Sie tigert unentschlossen vor dem Küchentisch hin und her. *Soll ich drangehen? Aber ich bin noch nicht so weit! Frank hat gesagt, ich soll mir erst Gedanken machen, ob ich ihm überhaupt verzeihen kann. Toll! Ich bin noch nicht fertig! Aaaahhh.* Das Klingeln verstummt und die Mailbox schaltet sich an. Zweifelnd nimmt Jessie das Handy in die Hand. *Soll ich? Was würde Frank sagen? Nein. Wer weiß, was Oli draufgequasselt hat. Erst nachdenken, Entschluss fassen, dann abhören. Danke, Frank.*

Um Zeit zu gewinnen, macht sich Jessie erstmal ein Brot. Vollkorn mit Magerquark. Sieht auch so aus: mager. Sie starrt auf ihren Teller. *Kein Wunder, dass diese dürren Frauen immer so zickig sind. Bei der Mangelernährung?* Zaghaft nimmt sie einen Bissen und kaut langsam. *Bäh. Schmeckt wie einmal in Erde gebissen.* Verzweifelt streut sie Salz und Pfeffer über den weißen Quark. *Test: besser. Gewürzte Erde. Immerhin.*

Nachdenklich mümmelt Jessie vor sich hin. *Kann ich? Wenn ich ihn noch liebe und mit ihm zusammen sein will, dann muss ich. Da gibt es kein „kann ich", nur ein: „Will ich?"* Jessie horcht in sich hinein. *Ganz schönes Durcheinander. Hm.* In Gedanken blättert sie durch ihr gemeinsames, imaginäres Fotoalbum. Das erste Kennenlernen.

Zaghaftes Händchenhalten. Bauchkribbeln. Wie sie zusammen lachen. Der erste Sex. Der zweite Sex. Als er das erste Mal sagt, dass er sie liebt. Der dritte Sex. *Klingt wie ein Pornoheftchen.* Wie er ihre Nase küsst. Wie er eine andere küsst … Suse als Standgebläse … *Aah! Gut, dass man im Album auch Seiten überblättern kann.* Wie sie heiraten. Wie er sein erstes Kind im Arm hält … Jessie schluckt. *So lange es diese Bilder in meinem Kopf gibt, haben wir eine Chance. Ich liebe ihn. Jawohl. Bin fertig mit Nachdenken!* Sie schnappt sich ihr Handy und hört die Mailbox ab. Ihr Puls rast und der Mund ist ganz trocken.

„Hey, Jess, ähm, ich hoffe, es geht dir besser? Na ja, ich, äh, falls du was brauchst? Hm. Gut. Ich, äh …“ Pause. Oli schnauft. „Schade, dass du nicht abnimmst. Egal. Vielleicht sehen wir uns ja am Montag. Gute Besserung.“ Es klickt.

DAS ist alles? Immer wieder hört Jessie die Aufzeichnung an und lauscht seiner Stimme. Jedes Wort wird genauestens ausgewertet. Spürt man das schlechte Gewissen? Reue? Gut, es gibt Raum für Spekulationen. Da sind die „Ähs“, die angefangenen und abgebrochenen Sätze. Die Pause. Könnte aber auch von der peinlichen „Klo-Situation“ herrühren. *Hm. Keinen Schritt weiter. Mist.* Jessie pult gefrustet Krümel von ihrem Teller und lutscht sie vom Finger. *Vielleicht wollte er es mir persönlich sagen? Macht man ja nicht am Telefon. Und auch nicht, während der andere auf der Kloschüssel hockt.* Diese Erklärung fühlt sich gut an. Logisch. Jessie stopft sich den Rest vom Brot in den Mund und räumt den Tisch ab. Also: abwarten und Tee trinken.

Jessie sitzt auf ihrem Bett und zappt durch die Kanäle. *Nur Mist.* Ihr Magen grummelt unzufrieden und versucht, die Erde zu verarbeiten. Immer wieder schielt sie auf ihr Handy neben ihr auf dem Nachttisch. 20:56 Uhr. Kein weiterer Anruf. Keine SMS. *Warum sollte er sich melden? Er will es ja bestimmt in einem Vier-Augen-Gespräch klären. Bleib ruhig, Jessie. Es ist alles in Ordnung. Also, nicht in Ordnung, aber es läuft alles nach Plan.*

22:21 Uhr. Immer noch kein Anruf. *Grrr.*

23:44 Uhr. *Was war noch mal der Plan?*

Sport ist ja so gefährlich

Jessie erwacht am nächsten Tag mit Kopfschmerzen. Ein seltsamer Druck lastet auf ihrer linken Wange. *Was zum ...?* Verschlafen zieht sie die Fernbedienung unter ihrem Gesicht hervor. *Mit Sabberflecken, hm.* Sie schaltet den Fernseher ab und rubbelt sich die Augen. Draußen regnet es. Die Tropfen prasseln an die Fensterscheiben und erzeugen einen beruhigenden Trommel-Rhythmus. Jessie kuschelt sich in die Decke und seufzt. Ein Sonntag zum Im-Bett-bleiben.

Über eine Stunde liegt sie einfach nur da und döst vor sich hin. Der Regen ist mittlerweile in Schneeregen übergegangen und kleine Flöckchen pappen sich an ihr Fenster, um dann zu schmelzen und als Tropfen die Scheibe nach unten zu sausen. Tropfen. Wasser. Jessies Blase drückt. Eine Zeitlang versucht Jessie durch Stellungswechsel das Unausweichliche hinauszuzögern, dann allerdings hält sie es nicht mehr aus. Genervt schlägt sie die Decke zurück und schlurft ins Bad.

Mit geschlossenen Augen sitzt sie auf der Toilette. *Gleich wieder ins Bett.* Aber ihr Magen ist da anderer Meinung. Er knurrt laut auf. *Ja ja, okay, frühstücken. Wenn du wüsstest, was es gleich gibt, würdest du dich nicht beschweren. Dann würdest du dich in die hinterste Ecke verziehen und den Mund halten. Pech gehabt.*

Lustlos stochert Jessie auf ihrem Obstteller herum. *Willkommen auf der gesunden Seite. Hmpf.* Böse blickt sie auf ihren Bauch. „Siehst du, das hast du nun davon. Jetzt mach was draus." Ihr Magen brummelt beleidigt. Obststückchen für Obststückchen verschwindet in Jessies Mund, bis der Teller leer ist. *So, jetzt muss aber ein Energieschub kommen, bei so vielen Vitaminen.* Sie bleibt sitzen und horcht in sich hinein. *Immer noch Bett-geh-Stimmung. Vielleicht funktioniert dieses Zeugs wie bei einem Auto? Brennstoff ist drin, jetzt fehlt noch die Zündung. Okay, Gott. Siehst du das? Ich mein's ernst. Wie wäre es mit einer kleinen Motivation?* Stille. *Dann starte ich den Motor eben allein. Pffff.* Jessie schlüpft in ihre Joggingklamotten, wickelt sich noch einen Schal um den Hals und setzt sich eine Mütze auf. *Ich bin ja nicht aus Zucker. Es gibt kein schlechtes Wetter, nur falsche Kleidung. Danke, Mama.*

Dieses Mal lässt Jessie die Bank links liegen und trabt gleich los. Der Schneeregen patscht ihr ins Gesicht und kleine Flöckchen krallen sich an ihren Wimpern fest. *Kostenloses Peeling*. Die Wiesen sind mit einer weißen Matschschicht überzogen und auf dem Kiesweg haben sich Pfützen gebildet. Mit schmatzenden Schritten läuft Jessie durch den Park, bemüht nicht in die kleinen Seen zu tappen. Weit und breit kein Mensch. *Bin wohl nur ich so blöd, bei diesem Wetter rauszugehen. Na ja, dann bin ich eben allein. Brauch keine Zuschauer. Hm.* Jessie läuft weiter. Das einzige Geräusch, das zu hören ist, ist das „Patsch, patsch" von ihren Füßen.

Patsch. Patsch.

Patsch. Krrk. *War da was hinter mir?* Ängstlich blickt Jessie über ihre Schulter. Doch der Schneeregen ist stärker geworden und beeinträchtigt die Sicht. Sie kann kaum noch die Häuser am Parkrand erkennen, nur weiße Schnüre und Punkte. Jessie blinzelt heftig und kneift die Augen zusammen. Pflatsch. Eine Pfütze übersehen. *Iihhh.* Der kalte Matsch spritzt an ihr hoch und saugt sich durch die Jogginghose. *Nur noch ein paar Meter, dann reicht's für heute. Dann dreh ich um*, redet sie sich gut zu.

Da hört sie ein Knirschen. Rascheln. Knacken. Irgendetwas kommt von vorne auf sie zu. Jessie spürt, wie ihre Kopfhaut britzelt und sich die Nackenhaare aufstellen. *Ein Triebtäter. Ein Dieb. Beides. Und ich bin ganz allein!* Panisch bleibt sie wie erstarrt stehen und lauscht.

Die Geräusche werden immer lauter. Kein Zweifel. Irgendetwas Unheimliches nähert sich und Jessie hat keine Waffe. *Vielleicht hat er mich noch nicht entdeckt?* Leise, auf Zehenspitzen schleichend, verlässt sie den Weg, die Hände nach vorn ausgestreckt, und tastet blind nach einem Versteck. *Äste. Gestrüpp. Danke, Gott!* Vor Angst zitternd kriecht sie zwischen die Büsche und zerkratzt sich dabei das Gesicht. *Auuh. Mein Herzschlag wummert so laut, dass er bestimmt grade von einem Funker als Morsezeichen übersetzt wird. SOS. Werde im Park angegriffen. STOPP. Sitze im Busch und warte auf Hilfe. STOPP.*

Die Geräusche klingen ganz nah, zum Greifen nah, doch Jessie kann immer noch nichts erkennen. Aber irgendwer kommt direkt auf sie zu. Er keucht. *Oh nein, er hat mich entdeckt!* Jessie schließt die Augen und hält den Atem an. Es knackt und raschelt jetzt direkt vor ihr im Gebüsch, doch sie wagt nicht, die Augen zu öffnen. Wie beim Verstecken: Ich seh' dich nicht, dann siehst du mich auch nicht.

Etwas berührt sie im Gesicht. Nass. Warm. Glatt. *Stinkt. Äähhh.* Angeekelt öffnet sie die Augen und blickt auf die geöffnete Schnauze von einem selten hässlichen Mischling, der gerade mit seiner Zunge zum nächsten Angriff ansetzt. Jessie weicht zurück. Da ertönt eine kratzige, weibliche, vorwurfsvolle Stimme aus der weißen Wand. „Wurstl, jetzt kumm zum Frauli. Gehst weg da! Ned scho wieda Scheißi fressn." Wurstl springt fröhlich aus dem Busch und verschwindet im Schneeregen. *Ned scho WIEDA Scheißi fressn? Iiiiihhhhhhhhhh.*

Eigentlich hätte sie aus dem Busch springen und der Oma mal gehörig den Marsch blasen sollen. Immerhin entfernt Wurstl anscheinend die Hinterlassenschaften seiner Kollegen. Nicht gerade lecker, aber ansonsten eine löbliche Eigenschaft. Nur hätte die Oma bestimmt einen Herzinfarkt erlitten, wäre sie plötzlich aus dem Busch gestürmt. Also bleibt Jessie artig in ihrem Versteck, zählt bis fünfzig (Eckstein, Eckstein, alles muss versteckt sein) und kriecht erst dann aus dem Gestrüpp.

Frustriert stapft Jessie den Weg zurück zu ihrer Wohnung. *Mein Gesicht stinkt.* Mit dem Handrücken wischt sie sich über die Wangen. Ihr ist kalt, ihre Knie sind braun und nass, in ihrer Mütze und in ihrem Schal stecken Äste. *Scheiß Sport. Wenigstens bin ich jetzt wach. Motor gezündet.*

Im Bad begutachtet sie ihr Gesicht im Spiegel. Kleine, rote Kratzer ziehen sich über beide Wangen. Wie bei einem Sniper stehen aus ihrer Mütze und dem Schal kleine Zweige in alle Richtungen. *Blöder Busch.* Mit den Fingerspitzen fieselt sie das Gestrüpp aus ihrer Kleidung und wirft es ins Klo. Die Spülung rauscht und der Wasserkreisel in der Toilette versucht verzweifelt, das Grünzeug nach unten zu ziehen. *Komm schon. Alles Bio!* Es gluckert. *Mist.* Der Wasserspiegel steigt und ihre Toilette sieht nun wie ein kleiner Teich aus. *Fehlen nur noch die Frösche. Mpf.* Mit der Klobürste fischt sie die Ästchen heraus und wirft sie in den Müll. Der Pümpel erledigt den Rest.

Jessie steigt fröstelnd aus der nassen Jogginghose und stopft sie gleich in die Waschmaschine. Zusammen mit den Turnschuhen. Und Socken. Und der Mütze. Und dem Schal. Sie schüttet ein wenig Waschpulver ins Fach und startet die Maschine. Mit den Händen rubbelt sie sich über die mit Gänsehaut überzogenen Beine. *Kaaaalt.* Völlig durchgefroren steigt sie in die Dusche und dreht das Wasser auf. Das heiße Wasser tut gut. Langsam wandert die Wärme von der Haut nach innen und Jessie seufzt zufrieden auf. *Ein Hoch auf die Errungenschaften der Neuzeit!*

Wenig später steht Jessie in Schlabberhose und Pulli in der Küche und wäscht Salat. Auf dem Herd brutzelt ein mageres Stück Pute vor sich hin. Allein von dem Geruch läuft Jessie das Wasser im Mund zusammen. Fleisch! Endlich ordentliches Essen. Prompt knallt es und heißes Fett spritzt auf Jessies Hand. Erschrocken zieht sie die Hand weg und nuckelt an der schmerzenden Stelle. *Mistding! Ich ess dich trotzdem. Du stehst ganz am Ende der Nahrungskette! Da kannst du machen, was du willst.* Vorsichtig spießt sie das Fleisch auf eine Gabel und legt es auf den Teller. *Und jetzt? Was willst du jetzt machen, hä?* Es rührt sich nicht. *Aufgegeben. Ha. Komm zu Mama.*

Das Ziel vor Augen

Zufrieden schmatzend lehnt sich Jessie zurück. Das war lecker. Die gerechte Belohnung für all die Strapazen. Ob's schon erste Resultate gibt? Neugierig zieht Jessie den Pulli nach oben und guckt auf ihren Bauch. Sieht immer noch nach Voralpenland aus. Aber wir nähern uns der Flachlandregion, kann das sein? Prüfend zieht sie an der Haut und lässt sie zurückschnalzen. *Wabbelt gar nicht mehr so lange nach.*

Jessie springt auf und läuft ins Bad. *Eigentlich hab ich mir vorgenommen, mich nie wieder von Zahlen abhängig zu machen. Weder von denen auf meinem Konto noch von denen auf einer doofen Gewichtsanzeige. Hm.* Von ganz unten aus dem Wäscheschrank zieht sie die Waage hervor. Vor ein paar Wochen hatte sie sie dorthin verbannt, nachdem die Waage gewagt hatte, die magische 70-Kilo-Grenze zu überschreiten. *Vielleicht ist sie ja auch kaputt? Erst mal wiegen.* Jessie zieht sich komplett aus, nimmt Uhr und Halskette ab und steigt auf die Waage. *Könnt mir noch die Haare abrasieren.* Ihr Blick wandert flehend zur Decke. *Bitte, ich brauch ein Erfolgserlebnis. Gaaanz dringend!* Langsam senkt sie den Kopf und erstarrt. 67,2 kg. *Jawohl!* Jessie hüpft von der Waage und tanzt (mehr als ein Hüftschwingen ist in diesem Bad nicht möglich). *Yes, we can! Okay, du kannst bleiben. Bist doch nicht kaputt.* Grinsend schiebt sie die Waage unter die Toilette. *Siehst du, wer sich ordentlich verhält, bekommt auch einen ordentlichen Platz. Ich hoffe, das wird dir eine Lehre sein.*

Sie schlüpft wieder in ihre bequemen Klamotten und lümmelt sich glücklich in ihr Bett. Der Schneeregen hat nachgelassen und nur noch vereinzelt fallen die Flocken vom Himmel. Jessie klopft sich das

Kopfkissen zurecht und schaltet den Fernseher ein. *Gemütlich! So soll ein Sonntag sein.* Jessie zappt durch die Programme. Die Sender überbieten sich zur Weihnachtszeit mit guten Filmen. Sie bleibt bei der Weihnachtsgeschichte hängen und kuschelt sich in ihre Decke. Gerade ist der erste Geist zu Besuch. *Ja ja, erst wenn's fast zu spät ist, werden die Menschen vernünftig. Oli bräuchte auch mal einen Besuch von den drei Geistern der Weihnacht.* Als der dritte Geist mit Mister Scrootch dessen Grab besucht, brummt ihr Handy. Jessie fährt erschrocken zusammen. Eine SMS. Von Oli. Zögerlich öffnet sie die Nachricht.

„Hoffe, du bist wieder fit und wir sehen uns morgen. Dein Oli."

Morgen. Montag. DEIN Oli. Pfff. Jessie zieht sich die Decke über den Kopf. *Oh Gott, ich schaff das nicht. Wenn das Bild doch alle bekommen haben? Ich kann das nicht.* Das Handy liegt kalt und schwer in ihrer Hand. Unter der Decke hält sie sich das leuchtende Display vor's Gesicht und drückt zögernd auf den Anrufknopf.

„Hallo?"

„Ich schaff das nicht." Jessies Stimme zittert.

„Ist was passiert? Wo sind Sie denn?" Er klingt besorgt.

„Nein, nichts passiert. Ich bin zu Hause."

„Sie klingen so komisch? So dumpf."

„Oh, ich bin unter der Decke." Jessie schlägt die Decke zurück und setzt sich auf. „Besser?"

„Hhm. Ich frag besser nicht, was Sie unter der Decke gemacht haben."

„Ich kann da morgen nicht hingehen!" *Die kleine Jessie versucht ihre Mama zu überzeugen, dass sie ihr für den nächsten Schultag eine Entschuldigung schreiben soll.*

„Natürlich können Sie", antwortet er barsch.

Keine Entschuldigung. Doch die Unterschrift fälschen. „Aber wenn die anderen das Bild doch gesehen haben? Oh, Gott." Jessie reibt sich über die Augen.

„Dann haben sie es eben gesehen. Sie sind doch nicht da drauf, oder? Sie haben nichts falsch gemacht!“ Seine Stimme klingt nun sanfter. Beruhigend. „Sie gehen morgen zur Arbeit, machen, was Sie immer tun, und warten ab. Das war doch der Plan, oder?“

Der Plan, ach ja, der Plan. Jessie atmet tief durch. „Und wenn er nichts sagt?“

„Tja, dann … Ich meine, Sie kennen ihn am besten. Sie werden hoffentlich merken, ob er sich unwohl fühlt. Ob er ein schlechtes Gewissen hat. Sie können ihn natürlich auch darauf ansprechen. Dann allerdings werden Sie nie erfahren, ob er es von allein gebeichtet hätte.“ Er seufzt. „Sie können sich ja eine Frist setzen, bis wann er damit rausrücken sollte. So eine Deadline kann manchmal hilfreich sein, gerade wenn man so in der Luft hängt.“

Eine Deadline. Hm. Jessie zieht die Stirn kraus. *Das ist eine gute Idee*. „Eine Woche.“ Jessie nickt unterstreichend. „Eine Woche geb ich ihm.“ Jessie richtet sich auf. Das fühlt sich gut an. Zu wissen, dass man selbst die Regeln bestimmt. Jessie zieht sich eine Zigarette aus der Schachtel und zündet sie an. Diese Psychiater wissen eben, wie es funktioniert. Die haben’s echt drauf. „Ach, Frank …“ Gedankenverloren pustet sie den Rauch zur Decke.

„Frank?“

Oh. „Äh, ich, äh …“ Jessie verdreht die Augen. *Wie blöd kann man denn …?*

„Wer ist Frank?“

„Ich wusste ja nicht, wie Sie heißen, und da, ja, da hab ich Ihnen einen Namen gegeben.“

„Frank?“ Er klingt belustigt.

„Erst Hermann. Aber Frank klingt besser, finden Sie nicht?“ Verlegen dreht Jessie die Zigarettenspitze im Aschenbecher hin und her.

„Hermann. Hm.“ Er lacht. „Ja, Frank ist besser. Klingt gut.“

„Wie heißen Sie denn wirkl…“ In dem Moment raschelt es an Jessies Tür. „Einen Moment!“, flüstert sie ins Telefon. „Da ist jemand an meiner Tür.“

„Oli?“ Er flüstert auch.

„Weiß nicht.“ Jessie gleitet aus ihrem Bett und schleicht zur Tür. Es knistert und raschelt. Sie presst ihr Auge auf den Spion, doch der Gang ist leer. Das Geräusch kommt von unten! Irritiert kniet sie sich auf den Boden und starrt gebannt auf den Schlitz.

„Ist es Oli?“

Jessie antwortet nicht. Sie ist mucksmäuschenstill. Stück für Stück schiebt sich eine Zeitung in ihren Flur. Irritiert dreht Jessie den Kopf und wirft einen Blick auf das Papier. Es ist eine herausgetrennte Seite von einem Baumarktflyer. Vor der Tür raschelt es und Schritte tappen über den Gang. *Das gibt's doch nicht.* Dick, mit Edding umrandet, lacht sie eine Anzeige an. „Klebeband, diese Woche für nur 3,99 €.“

„Sind Sie noch dran?“

„So ein Idiot!“, schnaubt Jessie wutentbrannt auf.

„Oli? Was ist denn los?“

Jessie schüttelt ungläubig den Kopf. „Nein. Nicht Oli. Nur mein blöder Nachbar, der ohne sein Scheiß-Klebeband nicht leben kann!“ Den letzten Satz schreit sie laut Richtung Tür.

„Klebeband? Ich verstehe nicht …?“

„Ach, ich hab mir Klebeband von meinem Nachbar ausgeliehen, weil ich es dringend gebraucht hab. Und es war leider Sonntag. Ich konnte mir keins kaufen! Und jetzt …“ Jessie redet sich in Rage „… und jetzt lässt er keine verfluchte Gelegenheit aus, mich an dieses Kackband zu erinnern. Ein richtiger Klebeband-Stalker!“ Wütend zerknüllt sie den Zettel.

„Warum haben Sie's ihm denn noch nicht zurückgegeben?“

„Ich hatte eben noch keine Zeit, ein neues zu besorgen! Der wird doch ein paar Tage ohne Klebeband auskommen können.“ Knurrend geht Jessie zurück zum Bett.

„Wofür haben Sie denn so dringend das Klebeband gebraucht?“

„Äh.“ Jessie bleibt vor dem Bett stehen. *Wie kommst du aus der Nummer wieder raus?* „Äh, ich musste Mutter Natur Einhalt gebieten.“ Jessie verdreht die Augen Richtung Decke.

„Mutter Natur?“, fordert er sie zu einer Erklärung auf.

Jessie schluckt. „Ich hab mich in der letzten Zeit etwas gehen lassen, und da, na da hab ich eben etwas zugenommen.“ Sie kneift ein Auge zu. *Jetzt ist guuuut.*

„Weiter …“

Mann. „Ich habe mich in Form geklebt. Zufrieden?“

„Mit Klebeband? Wie das?“

Oh, diese Männer. So was von begriffsstutzig. Grmpf. „Na, ich hab damit meine Oberschenkel und meinen Bauch umwickelt. An sich war das Ergebnis gar nicht so schlecht“, grummelt sie verlegen.

„Kann man sich da überhaupt noch bewegen? Tut das nicht weh? Das ziept doch!“

Willst du ein Buch darüber schreiben? Grrr. „Ich hab’s halt ausprobiert! Und ja, es hat wehgetan. Und nein, man kann sich nicht wirklich gut bewegen. Und nein, ich mach es NIE WIEDER!“

„Sind Sie so rausgegangen?“ Er grinst. Sie kann es hören.

„Ja, stellen Sie sich das vor. Ich war sogar auf der Arbeit.“ Jessie drückt die Zigarette so fest in den Aschenbecher, dass sie abbricht.

Da ist es wieder. Das tiefe, grollende Lachen, das wie eine Lawine über sie hinwegrollt. „Mann, das hätte ich gern gesehen!“, gluckst er.

Bestimmt. War ja auch soooo lustig. Hmpf.

„Machen Sie so etwas öfters?“ Er ringt nach Luft.

„Was? Das mit dem Klebeband? Nein, das war das erste und letzte Mal.“ Jessie zieht sich die nächste Zigarette aus der Schachtel.

„Nein, nein. Ich meine, so, so seltsame Dinge?“ Schnappatmung.

„Wie definiert man seltsam?“ *Also heute hab ich mich vor einer alten Frau und einem Hund im Busch versteckt. So etwas?* „Vielleicht machen das ja viele Leute und erzählen es bloß nicht jedem?“, versucht sich Jessie halbherzig rauszureden.

„Hm. Wäre möglich.“ Pause. „Glaub ich aber eher nicht. Sie sind irgendwie … ähm … besonders.“

War das ein Kompliment? Oder die Diagnose eines Psychiaters, der „gestört“ in seine Krankenakte schreibt? Jessie presst das Telefon fest ans Ohr.

„Ich kann mich nicht erinnern, wann ich das letzte Mal so lachen musste wie mit Ihnen. Ich weiß gar nicht, wann ich das letzte Ma…“ Er atmet geräuschvoll aus. „Egal. Ich will nicht, dass Sie mich falsch verstehen. Ich mache mich nicht über Sie lustig, es ist nur …“

Es ist ein Geben und Nehmen. Wenn ich schon für die Psychostunden nichts bezahlen muss, dann sollten sie wenigstens unterhaltsam sein. Alles klar. Grrr.

„Diese Telefonate sind wirklich … erfrischend. Ich kann es nicht anders erklären.“ Er seufzt. „Hm. Ich würde mich freuen, wenn Sie mich auch weiterhin anrufen würden, um mich auf dem Laufenden zu halten.“

Jessie quetscht den letzten Tropfen Blut aus ihrem Ohr. Ihr Magen hüpft aufgeregt auf und ab. „Ich würde Sie auch gerne wieder anrufen.“

„Das ist schön.“ Pause. „Gut, dann melden Sie sich wieder, wenn's Neuigkeiten gibt. Oder Peinlichkeiten. Ich will alles hören.“

„Alles klar. Wird gemacht. Noch einen schönen Sonntag.“ Jessie grinst.

„Ihnen auch, und … Sie schaffen das. Ich hab so das Gefühl, dass Sie schon ganz andere Dinge bewältigt haben.“ Er lacht. „Tschüss.“

„Tschüss.“

Grinsend greift Jessie nach der Zigarette. *Aus. Oh, wohl vergessen zu rauchen. Hm.*

Um halb zwölf schaltet Jessie den Fernseher ab und aktiviert den Wecker. *Jetzt aber Augen zu. Morgen ist ein harter Tag.* Sie dreht sich auf den Bauch und umarmt ihr Kopfkissen. *Was für ein Wochenende. Hasenfutter, Sport ... Apropos Sport ...* Sie fährt hoch. *Oh shit, die Wäsche!* Jessie springt auf und läuft ins Bad. Mit spitzen Fingern zieht sie die zerknitterten Wäschestücke aus der Waschmaschine. Die Mütze ist hart und auf Kindergröße geschrumpft, genauso wie der Schal. *Okay, war kein Wollprogramm, aber gleich so beleidigt sein?* Halbherzig versucht Jessie, die Mütze und den Schal wieder in Form zu zerren. Zwecklos. *Na ja, hab bestimmt irgendwo noch eine Mütze.* Sie greift nach der Jogginghose. Die Knie sind immer noch braun. *Für was hab ich dich denn?* Jessie wirft ihrer Waschmaschine einen bösen Blick zu. Sie stopft die Hose zurück in die Trommel. *Wasch ich morgen noch mal.* Wenigstens die Socken riechen gut und die Turnschuhe sehen auf den ersten Blick auch wieder wie neu aus. Magere Ausbeute für einen Waschgang. Gefrustet klemmt sie Socken und Schuhe auf den Heizkörper und löscht das Licht. Jetzt aber ab ins Bett.

Klopapier-Pitch

Unbarmherzig schrillt der Wecker am nächsten Morgen. „Ja ja, bin schon wach“, grummelt Jessie in ihr Kopfkissen und schlägt Richtung Gepiepe. Aber der Wecker legt nach und geht in die zweite Runde. Piep. Piep. Piep. Mühsam öffnet Jessie die Augen und drückt den Knopf. *Montag. Wie schön.* Sie schlägt die Decke zurück und schlurft missmutig ins Bad. Während sie auf der Toilette sitzt, kneift sie prüfend in ihre Turnschuhe. Noch feucht. *Mist.*

Sorgfältig trägt sie Make-up auf und kämmt sich die Haare. *Siehst gut aus.* Sie tupft noch ein wenig mehr Abdeckcreme auf die Kratzer, aber so ganz wollen sich diese Dinger nicht verdecken lassen. Vorsichtig zieht sie sich den Pulli über den Kopf und schlüpft in ihre Jeanshose. Schlagartig hellt sich ihre Stimmung auf. Jubelnd zieht sie den Gürtel enger und lässt ihn ins nächste Loch einrasten. Handfeste Beweise sind eben doch die besten! Beschwingt tanzt sie in die Küche. Angespornt füllt sie ihre Müslischüssel und manscht noch Obst darunter. *Runter damit. Jetzt, wo ich weiß, dass es wirklich hilft …*

Mit dem Löffel schabt Jessie die letzten Reste zusammen und kaut. Ein Korn hat sich zwischen ihren Vorderzähnen verklemmt. Schmatzend versucht sie, das Korn herauszuzuzeln. Selbst mit den Fingernägeln: keine Chance. Da muss man schwereres Geschütz auffahren. Eine Zahnbürste muss her.

Ein prüfender Blick mit gebleckten Zähnen zeigt, dass die Zahnbürste erfolgreich war. Jessie spuckt aus und spült mit Wasser nach. Noch ein letztes Lächeln. Weiß. Sauber.

Jessie schnappt sich ihre Hausschlüssel und schlüpft in die Winterstiefel. *Der Countdown hat begonnen. Ich hoffe, du bist bereit, Oli.*

Im Bus schlägt ihr die warme, verbrauchte Luft entgegen. Eine ekelhafte Mischung aus Morgenmundgeruch, Schweiß, Parfümerie, Zigaretten und zu Jessies Verwunderung: Alkohol. *Ach ja, besinnliche Weihnachtszeit besinnungslos durchstehen. Bruder im Geiste.* Jessie drängelt sich zwischen den Fahrgästen hindurch und sucht nach einem freien Sitzplatz. Vergebens. Ohne den Klebebandbonus wird wohl auch keiner für sie aufstehen. Eingequetscht zwischen einem dicken Mann und einer 1,50 m großen Frau bleibt sie stecken. Der Bus setzt sich ruckelnd in Bewegung, und Jessie verliert kurz die Balance und kippt fast über den 1,50 m großen Stolperstein. Gerade noch rechtzeitig gelingt es ihr, die Arme nach hinten zu reißen und sich an dem dicken Mann einzukrallen. An etwas seeeehr Weichem. Hm. Aber ihr Gesicht berührt trotzdem die Haare der Frau. *Ääähhhh.* Sofort legt sich ein schmieriger Film auf ihre Lippen. *Wer gelt sich denn die Haare so ein? Ist doch hoffentlich Gel?* „Passen Sie doch ein bisschen auf!“, blafft die Frau und dreht sich schnaufend um. Jessie wirft dem Mann hinter sich einen entschuldigenden Blick zu, der scheint aber ganz und gar nicht böse zu sein. Mit geröteten Wangen strahlt er Jessie an. Langsam löst Jessie ihre Hände und spürt nun auch die Hitze, die in ihre Wangen kriecht. *Ja ja, so ein beherzter Griff am Morgen ...*

Endlich an ihrer Haltestelle angekommen, steigt sie erleichtert aus und atmet tief die kalte, frische Luft ein. *Da diskutieren die Leute über Massentierhaltung ... tsts. Ich brauch ein Auto.* Sie zieht den Mantel zu und läuft in Richtung Agentur.

Mit einem flauen Gefühl im Magen öffnet sie die Tür zur Eingangshalle, da drängt sich hinter ihr Birgit ins Gebäude.

„Na, wieder fit?“ Irritiert mustert Birgit ihr Gesicht. „Hast du eine Katze?“ Sie schüttelt den Kopf und läuft neben Jessie her. „Ich will es gar nicht wissen.“

„Ich war joggen und bin an einem Ast hängen geblieben. FALLS du es wissen willst.“

„Du warst joggen?“ Ihr Blick wandert über Jessies Körper. „Na ja, wurde ja auch Zeit.“ Mit diesem Satz lässt sie Jessie stehen und betritt die Agentur.

Die Tür fällt vor Jessies Nase ins Schloss. Blinzelnd steht sie vor der Scheibe und starrt Birgit nach, die Hüfte schwingend durch den Gang läuft. *Dumme Mistkuh! Oh, ich besorg mir Haare von dir und bastel eine Voodoo-Puppe. Dann kannst du was erleben!* Jessie bebt vor Zorn.

„Nur für’s Kommen wirst du nicht bezahlt.“ Benedikt öffnet die Tür und hält sie auffordernd auf. „Um Viertel nach neun ist Meeting. Auch für dich.“ Während sich Jessie an ihm vorbeidrückt, beugt er sich nach vorn und mustert ihr Gesicht. „Hast du eine Katze?“

„Äh, ich …“

Jessie lehnt sich ganz hinten an die Wand und wartet, bis auch der Rest der Agentur eintrudelt. Kein Mensch schenkt ihr Beachtung. Jedenfalls nicht mehr als sonst. Scheint, als hätte wirklich nur sie Blase-Suse in Aktion gesehen. Und der geheimnisvolle Absender. Jessie entspannt sich ein wenig.

Da betritt Oli den Raum, sieht sich kurz um und, als er sie entdeckt, lächelt er sie an und zwinkert ihr zu. Jessies Bauch kribbelt. Könnte auch durch die Mangelernährung kommen. Oli nimmt auf einem der freien Stühle Platz – klar, die Elite hat Sitzplätze, das Fußvolk steht – und schlägt locker ein Bein über das andere. *Warum sieht er einfach so verdammt gut aus?* Jessie starrt ihn an, bis sie den feindseligen Blick von Birgit bemerkt. *Wenn Blicke töten könnten … was wäre ich mausetot. Was hab ich dieser dämlichen Kuh eigentlich getan?* Jessie nimmt die Herausforderung an. *Augenduell. Wer zuerst blinzelt, hat verloren.* Da betritt Benedikt den Raum und setzt sich hinter den Schreibtisch. *Glück gehabt, Mistkuh. Unentschieden.*

„Also, die Woche müssen wir uns ranhalten. Softan, der Klopapierhersteller, sucht eine neue Agentur für seinen Werbespot und verdammt, das werden wir sein.“ Kämpferisch haut Benedikt mit der Faust auf den Tisch. Ein paar „Jawohl“ hallen durch das Zimmer.

Ob er am Wochenende die DVD geguckt hat? Jessie grinst.

„Am Freitag ist Präsentation vor dem Kunden, ihr müsst euch also ranhalten. Der Etat liegt bei 150.000 Euro, also seht zu, dass wir ihn kriegen und nicht die anderen. Klar?“

Benedikt, nackt, mit einer Socke. Oder Softan-Klopapier. Jessie kichert.

„Ist daran irgendetwas komisch?“

Plötzlich ist es mucksmäuschenstill und alle Augenpaare sind auf Jessie gerichtet.

„Nein, ich, äh …“ *Gott, Hilfe, ich bräuchte wieder mal ein Loch!*

„Bitte nehmt das ernst, okay! Das ist eine große Sache.“ Ermahnender Blick an Jessie, die wie eine getadelte Schülerin auf ihre Schuhspitzen starrt. „Ich habe uns in Teams aufgeteilt.“ Er zieht ein Papier aus seiner Mappe und sieht Oli fragend an. Der nickt fast unmerklich und Benedikt fährt fort. „Ich, Tamara und Peter sind Team 1. Oli, Birgit und Jessie, ihr seid Team 2. Ich erwarte mindestens zwei Entwürfe pro Team bis Donnerstag. Die besten zwei Entwürfe nehmen wir dann am Freitag mit zum Kunden. Alle anderen arbeiten an den laufenden Sachen weiter. Alles klar?“ Zustimmendes Gemurmel. „Und wie immer, Überstunden werden nicht bezahlt!“ Benedikt lacht laut auf, die anderen stimmen verhalten ein.

Jessie steht immer noch starr mit dem Rücken zur Wand. Ein Team. Sie kann endlich zeigen, was sie drauf hat! Nicht Kaffee kochen oder kopieren. *Ein Team. Sie und Oli. Gemeinsam. Bis Donnerstag.* Ihr Magen kribbelt freudig erregt. *Oh, und Birgit.* Ihr wird schlecht.

Die Versammlung löst sich langsam auf und Oli schlendert zu Jessie hinüber. Sofort heftet sich Birgit an seine Fersen und wirft Jessie vernichtende Blicke zu. *Na, das kann was werden.*

„Ich würde sagen, wir gehen erst mal frühstücken. Da können wir schon mal Ideen sammeln, was sagt ihr dazu?“ Er lächelt zwischen den beiden hin und her. „Was ist denn mit deinem Gesicht …?“ Er streckt die Hand aus, da hakt sich Birgit bei ihm ein und zieht ihn weg. „Frühstücken. Tolle Idee“, gurrt sie zuckersüß, „… das ist sooo toll, dass wir in einem Team sind. Zusammen sind wir unschlagbar!“

Jessie stößt sich von der Wand ab und trottet den beiden hinterher. *Oh ja, soooo toll. Grrr.*

Einer für alle – und jeder allein

Das Café ist fast voll, nur hinten an der Wand kurz vor den Toiletten ist noch ein freier 4er-Tisch. Gerade als Jessie sich setzen möchte, schiebt Birgit Oli an ihr vorbei zur Wand, drückt Jessie zur Seite und setzt sich neben ihn. Reise nach Jerusalem hat Jessie schon immer gehasst. Seufzend setzt sie sich auf den freien Stuhl. *Zumindest optimal, falls ich auf die Toilette muss.*

Oli lächelt, während er sich aus seiner Jacke schält. „Mädels, BEIDE Spots werden von uns kommen!“ Er schnappt sich seine Mappe, zieht Stifte und Papier heraus und legt sie auf den Tisch. „Also, zuerst Brainstorming!“

Brainstorming. Bilder von der knienden Suse ziehen an Jessies geistigem Auge vorbei. Ihr Magen krampft sich zusammen und sie muss würgen.

Erschrocken rutscht Oli mit seinem Stuhl ein Stück zurück. „Ich dachte, es geht dir besser?“, stößt er entsetzt hervor.

Birgit guckt wie ein Reh, angestrahlt vom Fernlicht.

Jessie presst sich die Hand vor den Mund und steht ruckartig auf. „Alles okay“, murmelt sie, „ich muss nur mal kurz …“ Fluchtartig stürmt sie zu den Toiletten.

Sie beugt sich keuchend über das Waschbecken und spritzt sich kaltes Wasser ins Gesicht. *Oh, Gott. Ich steh das nicht durch.* Immer wieder blitzt das Bild vor ihr auf. Sie presst die Augenlider fest zusammen. *Komm schon, du schaffst das. Du bist stark. Hat Frank auch gesagt.* Sie öffnet die Augen und trocknet sich das Gesicht mit Papiertaschentüchern ab. *Reiß dich zusammen. Einatmen. Ausatmen.*

Als sie die Toilette verlässt, hört sie Birgits schrilles Lachen durch das Café schallen. *Wahrscheinlich erzählt er ihr gerade die Geschichte von ihrer „Durchfall-Begegnung". Nein, das würde er nicht tun. Bestimmt nicht. Oder doch?* Verunsichert nimmt sie Platz.

„Wieder alles okay?" Oli legt seine Hand auf ihre Hand und sieht ehrlich besorgt aus.

Birgit verdreht die Augen.

„Ja ja, alles okay", versichert sie matt und zieht ihre Hand zurück.

„Na dann …", Oli versucht ein aufmunterndes Lächeln, „… legen wir los!"

Missmutig rührt Jessie in ihrem Milchkaffee und starrt auf das Papier vor ihr auf dem Tisch. Seit einer Stunde reden sie nun über Klopapier. Was Klopapier leisten sollte, was man von Klopapier erwartet. Was man mit Klopapier verbindet. Jessie hat die Aufgabe bekommen, alle Gedanken festzuhalten. *Vom Mädchen für alles zum Schriftführer. Ein kometenhafter Aufstieg. Wow.* Birgit ist von Minute zu Minute näher an Oli gerutscht und sitzt jetzt fast auf seinem Schoß. Oli scheint das nicht zu stören. Jessie malt kleine Totenköpfe auf's Papier.

„Na, da haben wir doch schon jede Menge, was meint ihr?" Oli schnappt sich den Zettel und liest die Wörter, die Jessie aufgeschrieben hat, noch einmal laut vor. „Weich. Gut riechend. Muss was aushalten …" Birgit hält sich an seinem Arm fest und lauscht andächtig, als würde er ein Liebesgedicht vortragen.

Als Oli fertig ist, legt er triumphierend das Papier auf den Tisch. „Das ist doch schon ganz ordentlich! Damit lässt sich arbeiten. Ich würde vorschlagen, Jessie, du kopierst uns die Liste zweimal …"

Da ist es wieder, das Mädchen für alles. Nie vergessen, wo du herkommst.

„… und dann setzt sich jeder von uns hin und überlegt sich was. Morgen früh treffen wir uns und gehen die Ideen durch. Dann picken wir uns die besten raus und machen uns an die Arbeit."

Allein? Wir treffen uns morgen? Wie war das mit TEAM?

Sogar Birgit zieht eine enttäuschte Schnute. „Ich dachte, wir machen das zusammen?", säuselt sie gespielt beleidigt und legt Oli eine Hand auf seinen Rücken. Hundeblick. *Schwer vermittelbare Hunde werden eingeschläfert.*

„Glaubt mir, wenn jeder für sich Ideen für den Spot sammelt, haben wir mehr Auswahl. Breiter gefächert. Und ich bin mir sicher, bei euch beiden sprudeln die Ideen nur so." Verschwörerisch zwinkert er Birgit und Jessie zu.

Ungewollt fühlt sich Jessie geschmeichelt und auch Birgit scheint besänftigt. Sie lehnt sich zurück und wirft Jessie einen vernichtenden Blick zu. *Kampfansage. Alles klar.* Jessie steckt die Papiere zurück in die Mappe und schiebt sie in die Mitte des Tischs. Oli lächelt zufrieden.

Ganz Gentleman übernimmt er die Rechnung und sie verlassen zu dritt das Café. Jessie – wie das ungeliebte Stiefkind – hinter den beiden. Oli wirft immer wieder entschuldigende Blicke über die Schulter, während Birgit ihn neben sich hertreibt. *Ich muss nicht neben ihm laufen, um zu wissen, dass er zu mir gehört. Gehört er doch? Hm.* Missmutig stapft Jessie hinter den zweien zurück zur Agentur. Die beiden scheinen sich ja blendend zu unterhalten! Jessie hebt die Mütze vom Ohr. Sie kann nicht einmal verstehen, über was die beiden reden. *Grrr.* Immer wieder liegen kleine Eisbrocken auf dem Weg und Jessie versucht, Birgits Stiefel abzuschießen. Gar nicht so einfach. *Oh, fetter Brocken. Und Schuss!*

„Hey, spinnst du? Das hat wehgetan!" Genervt begutachtet Oli seinen linken Fuß und pult sich mit dem Finger die Schnee- und Eisreste aus seinem Schuh.

„Tschuldigung", murmelt Jessie in ihren Mantel. „Hab den Brocken nicht gesehen." *Und hab den Wind nicht eingerechnet.*

Zurück in der Agentur stellt sich Jessie mit der Liste an den Kopierer. *Hat er irgendwie den Anschein vermittelt, als hätte er ein schlechtes Gewissen?* Nachdenklich legt sie den Zettel auf den Scanner und schließt den Deckel. *Irgendwelche Anzeichen?* Jessie drückt ein paar Knöpfe und surrend setzt sich der Lichtstrahl in Bewegung. Grübelnd lässt sie den Vormittag Revue passieren, aber da war nichts. Nichts! Er war wie immer. *Das sieht nicht gut aus.*

„Zwei Kopien, Jess. Nicht zweiundzwanzig!" Oli drückt lächelnd auf Abbruch und Jessie glotzt verdattert auf den Papierhaufen, der sich im Ausgabefach angesammelt hat.

„Ich dachte …", er sieht Jessie tief in die Augen und senkt die Stimme, „… ich dachte, wir könnten die Woche mal zusammen essen gehen und reden. Über uns", fügt er noch leiser hinzu.

Jessies Herz macht einen Hüpfer. *Sieht doch gut aus!* „Gern", flüstert sie zurück.

„Morgen Abend? Acht Uhr bei Giuseppe?"

„Okay. Morgen um acht", wiederholt Jessie artig.

„Das ist schön." Oli nimmt sich den Stapel und hält Jessie einen Zettel hin. „Geh heim. Überlegen kannst du auch zu Hause. Gerade wenn du noch nicht so fit bist." Er wirft einen verständnisvollen Blick auf ihren Bauch. „Vorne bei Birgit stehen ein paar Klopapierrollen von Softan. Nimm dir eine mit."

Jessie wird rot. *Zum Testen, oder was? Ich kann's ja gebrauchen.* „Äh, ja. Mach ich. Dann bis morgen." Unbeholfen winkt sie und geht zurück zu ihrem Schreibtisch. *Toll, jetzt denkt er immer noch, ich hab 'ne Magen-Darm-Grippe. Wie sexy. Aber morgen gehen wir essen! Juhu! Er will mit mir alleine sein. Das kann nur eins bedeuten. Er will's mir sagen. Er liebt mich doch.* Beschwingt zieht sie ihren Mantel an, faltet die Liste und steckt sie in die Hosentasche. *Jetzt noch die Rolle und ab nach Hause.*

Birgit sieht nicht einmal auf, als Jessie sich eine Rolle von ihrem Schreibtisch nimmt. „Morgen wird Oli schon sehen, dass es ein Fehler war, dich mit ins Team zu nehmen.“ Unbeirrt kritzelt sie auf ein Blatt Papier, die Hand – wie in der Schule – abschirmend aufgestellt.

„Ach, Oli wusste schon, warum er das Klopapier bei dir gelagert hat. Das hier …“, Jessie klopft auf Birgits Schreibtisch und seufzt theatralisch, „… das hier ist einfach der richtige Platz dafür.“

„Wir sehen uns morgen!“, ruft Jessie noch fröhlich über die Schulter und verlässt die Agentur.

Auf dem Weg zur Bushaltestelle stellt Jessie fest, dass es wohl nicht der Normalität entspricht, eine einzelne Klopapierrolle in der Hand zu halten. Jeder vorbeigehende Passant glotzt sie an. Sie, dann die Rolle, dann wieder sie … *Ja, auch Mädchen gehen auf's Klo!*

An der Bushaltestelle steht nur eine alte Dame, bis obenhin in Kleidungsstücke eingewickelt. Gerade die Augenpartie und ein Teil der runzligen Nase sind noch zu sehen. Kleine Rauchwölkchen sickern durch den Schal. Jessie nickt ihr kurz freundlich zu. Die alte Frau rückt immer näher und wirft neugierige Blicke auf die Klopapierrolle. Wie beim Spiel Ochs am Berge 1, 2, 3. Wenn sich Jessie zu ihr umdreht, steht sie bestimmt wieder ein paar Zentimeter näher an ihr dran. Jessie geht zum Fahrplan und tut so, als studiere sie die An- und Abfahrtszeiten.

„Kommt schon“, krächzt es da plötzlich an ihrem Ohr. Jessie fährt erschrocken zusammen. *Wie …?*

Der Bus fährt ein und öffnet die Türen. Jessie nimmt den hinteren Eingang. *Schnell weg, bevor sie noch Handlesen oder Kräuter verkaufen will.* Der Bus ist fast leer. Jessie setzt sich und sieht entsetzt, wie die alte Dame auf sie zuhält. Schnell rückt sie auf den Platz am Gang. *Besetzt.* Die Dame runzelt die Stirn und setzt sich auf den Platz auf der anderen Seite des Gangs. Der Bus setzt sich schaukelnd in Bewegung. *Nicht hinschaun, nicht hinschaun. Doch hingeschaut. Mist.* Das Runzelweib zieht den Schal nach unten und beugt sich zu Jessie. „Gibt's die jetzt auch einzeln zu kaufen? Wissen Sie, mein Mann ist vor sechs Jahren verstorben. Der Hermann hat immer viel Papier gebraucht.“ Sie schüttelt ungläubig den Kopf. „Ich glaub, der war bestimmt zwanzig Mal am Tag auf der Toilette. Aber ich, ich brauch nicht so viel. Man isst ja auch nicht mehr so viel in meinem Alter“, krächzt die alte Dame und lächelt schief.

Jessie schüttelt sich. *Kein Kopfkino! Ah, geh weg!* „Nein, nein, die hab ich nicht gekauft, die ist für die Arbeit.“

Die alte Dame wirkt gekränkt. „Wissen Sie, ich bin vielleicht alt, aber nicht blöd! Wenn Sie mir nicht sagen wollen, wo Sie sie gekauft haben … Diese Jugend. Keinen Respekt“, murmelt sie beleidigt und dreht sie sich zum Fenster.

Jessies Mund schnappt auf und zu. *Äh?* Verstohlen steckt sie die Rolle unter ihren Mantel.

Endlich an ihrer Haltestelle angekommen, steigt Jessie aus und kassiert noch einen bösen „Ich krieg’s auch ohne dich raus“-Blick von der alten Dame. Mit schnellen Schritten macht sie, dass sie nach Hause kommt.

Ideenfindung

Jessie schlüpft aus ihren Stiefeln und hängt den Mantel an die Garderobe. Fröstelnd dreht sie in der ganzen Wohnung die Heizkörper auf und setzt sich an den Küchentisch. Die Klopapierrolle stellt sie in die Mitte. Aus ihrer Hosentasche zieht sie den Zettel, faltet ihn auf und streicht ihn mit beiden Händen glatt. *Mannmannmann. 'Ne Klopapier-Kampagne.* Sie zieht sich eine Zigarette aus der Schachtel und liest sich rauchend alle Stichworte noch mal durch. Und noch mal. Und noch mal. *Komm schon, Jessie. Du bist doch kreativ. Hm. Vielleicht erst mal das Produkt testen.* Sie drückt die Zigarette aus, greift nach der Rolle und geht ins Bad.

Tut mir leid, Kumpel, du bist später dran. Jessie tauscht die alte gegen die neue Klopapierrolle und setzt sich. Nachdenklich beäugt sie die Klopapierrolle. *Warum dich und nicht die anderen. Hm?* Die Rolle bleibt stumm. *Häng nicht einfach so rum!* Genervt gibt sie ihr einen kleinen Schubs. *Ich muss Birgit ausstechen! Ich muss Oli beeindrucken.* Sie starrt das Klopapier böse an. Selbst die Blase will nicht auf Befehl. *So wird das nix.* Jessie schnappt sich die Rolle wieder und geht zurück in die Küche.

Mit heißem Kaffee und einer weiteren Zigarette sitzt sie wieder an ihrem Küchentisch und fixiert die Rolle Klopapier. *Okay, du musst Hintern säubern. Das ist deine Daseinsberechtigung. Nur, dass man damit nicht werben kann. Keiner will nackte Hintern in der Werbung sehen. Oder Kaka und Pipi. Und die, die's sehen wollen, sind nicht die Zielgruppe.* Jessie blinzelt die aufkommende Bilderflut weg. *Ääähh. Mit was wirbt die Konkurrenz?* Jessie bläst den Rauch durch die Nase. *Mit kuschligen, tanzenden Zeichentrickbären oder springenden*

Animationsameisen. Wie wär's mit 'nem jonglierenden Ameisenbär auf dem Einrad? Argh. Vielleicht erst mal fernsehen. Ablenken und entspannen, den Kopf freimachen für die riesige Ideenflut.

Nur Rotz. Fluchend schaltet Jessie den Fernseher schon nach einer halben Stunde wieder aus. Aber das Gehirn war ja theoretisch auf Stand-by, also, aufnahmefähig für kreativen Input. *Ideen, ich bin bereit. Bereeeit, hört ihr?* Nichts. *Fehlt noch das Zirpen der Grillen. Ziirrrp, ziirrrp. Um alles muss man sich kümmern, sogar um die Soundeffekte.*

Jessie schlurft in die Küche und setzt sich an den Tisch. Die Klopapierrolle thront in der Mitte und sieht irgendwie hämisch aus. So weiß und neu. Rein. Jungfräulich. Jessie zupft sich eine Zigarette aus der Schachtel und zündet sie an. *Ich muss brillant sein! Das ist meine Chance, Oli zu beindrucken und allen in der Agentur zu zeigen, dass der Kloputzer einen IQ von 130 hat, verdammt.* Jessie fährt sich durch die Locken und seufzt.

Sie nimmt den Kugelschreiber und beginnt, auf dem leeren Blatt herumzukritzeln. Toiletten, Klopapierrollen, Kackhaufen, alles, was nur irgendwie mit dem Produkt zu tun hat, wird aufgezeichnet. Langsam füllt sich das weiße Blatt mit schnellen, blauen Kugelschreiberstrichen. Schön, aber nicht effektiv.

Komm schon, du hast das studiert! Was haben sie dir beigebracht? Außer trinken und feiern natürlich. Hm. Jessie denkt an ihren ehemaligen Mentor. Er war sozusagen die Ideen-Feuerwehr der Agenturen. Stand eine Werbeagentur auf dem Schlauch, wurde er gerufen. Und dann zündete er das Ideen-Feuerwerk. Einfach so. Als wäre es das einfachste der Welt. Der Optik nach wurde er oft unterschätzt. Lange, zottelige Haare, spindeldürr, Nickelbrille, und er ernährte sich vegan. Was kann man dazu noch sagen? Nix. Aber: Er war brillant. „Ich muss das Produkt spüren", hatte er immer gesagt und dabei seltsam gelächelt. *Hm.*

Jessie lässt den Stift sinken und starrt die Rolle an. Wenn's hilft? *Herr, lass uns eins werden.* Sie nimmt zögerlich das erste Blatt und beginnt vorsichtig, die Rolle um ihren Kopf herum abzuwickeln, Augen und Mund lässt sie frei. *Für Oli.* Dann folgt der Hals und Rumpf. *Das kennen wir doch schon, ein Revival der Wickeltechnik, nur ohne Schmerzen.*

Als auch Beine und Arme eingepackt sind, stellt sich Jessie vor den Spiegel. *Fertig. Also mehr eins werden, geht nicht. Da steht eine Mumie, bereit für den Faschingsball.* Jessie dreht sich hin und her und begutachtet ihr Werk. *Kunst. Hat nicht einer das Brandenburger Tor eingewickelt? Mit Klopapier? Oder waren's doch Tücher? Nicht, dass ich mich mit dem Brandenburger Tor vergleichen möchte, aber: Kunst.* Jessie nickt bekräftigend, am Hals lösen sich die ersten Blätter mit einem Rrrattsch und fallen wie ein Schal auf Jessies Brust. Jessie stopft sie einfach unter die nächstbeste Klopapierbahn. *So, und jetzt Ideen, bitte.* Doch trotz körperlicher und spiritueller Verschmelzung ist ihr Kopf leer, so was von leer. *Aumannmannmann. So kann es nicht weitergehen. Morgen ist Meeting, und wenn ich gegen diese Oberzicke Birgit abstinke, dann kann ich mich gleich einschaufeln.* Ihr schießen vor Verzweiflung die Tränen in die Augen. *Prima, wenn mir jetzt die Nase läuft, bin ich versorgt.* Sie zieht sich ein bisschen Klopapier vom Kopf und drückt es gegen die Augen.

Da fällt ihr eine Geschichte über einen Künstler ein, der gesagt hatte, dass er immer mit einem Löffel und einem Topf ins Bett ging. Wenn er dann einschlief, knallte der Löffel mit einem Scheppern auf den Topf, er wurde aus dem Schlaf gerissen und schrieb sofort alles auf, was ihm in den Sinn kam. In dieser „Halbschlafphase" sei der Geist am produktivsten. *Okay, dann eben das.*

Trotzig holt sie sich einen Löffel und einen Topf aus der Küche und setzt sich auf ihr Bett. Das Klopapierkostüm gibt auf und blättert sich auf ihre Decke. Jessie nimmt den Löffel in die Hand und stellt den Topf auf den Boden. Den Arm lässt sie locker neben dem Bett, direkt über dem umgedrehten Topf, schweben. Sie lehnt sich zurück, schielt noch einmal kontrollierend zu ihrer Hand und dem Löffel, dann schließt sie die Augen.

Gar nicht so einfach, auf Kommando zu schlafen.

Hm, immer noch wach. Ist der Löffel noch über dem Topf?

Och, nun komm schon. Schlaf, Jessie, schlaf!

Vielleicht ist's nur das Geräusch, das die Ideen bringt? Sie klopft mit dem Löffel auf den Topf. *Klonk, klonk. Hm, nichts. Okay, doch schlafen.*

Ringring. Es klingelt an der Tür. Erschrocken fährt Jessie hoch und schwingt sich aus dem Bett. Dabei bleibt sie an dem Topf hängen und schießt ihn quer durch's Zimmer, bis er mit lautem Scheppern am Schrank hängen bleibt. *Ringring.*

„Jaaa!" Fluchend hastet Jessie zur Tür und reißt sie auf.

Ein Bote steht vor der Tür, der schwer beschäftigt etwas in sein kleines elektronisches Kästchen tippt, unter den Arm einen riesigen Blumenstrauß geklemmt. „Frau Büchner?"

„Ja?"

Er hält ihr das schwarze Ding zur Unterschrift entgegen und Jessie krakelt in hieroglyphisch anmutenden Buchstaben ihren Namen auf das Display. Als Jessie den Stift zurückreicht, hebt der Bote erstaunt die Augenbrauen und reicht ihr, in Zeitlupe, den Blumenstrauß. „Für Sie und äh …", er bückt sich, hebt ein Päckchen vom Boden auf und lässt sie dabei nicht aus den Augen, „… das auch."

Umständlich klemmt sich Jessie das Päckchen unter den Arm. „Danke schön!" Sie strahlt. *Ein Geschenk! Von wem? Was?*

Der Mann steht immer noch da und starrt sie an.

„Ja, wie gesagt, danke schön!" Langsam schließt sie die Tür. Der Bote macht keine Anstalten zu gehen, im Gegenteil, er biegt sich mit der schließenden Tür, um – so lange es geht – Jessie anzustarren.

Komischer Kerl. Jessie schüttelt den Kopf und riecht an den Blumen. *Hmmm.* Freudig schüttelt sie das Päckchen, da löst sich etwas vom Kopf und vor ihr baumelt eine Lage Klopapier. *Oh.*

Jessie stellt die Blumen in die Vase, erst dann setzt sie sich im Schneidersitz auf ihr Bett und öffnet neugierig das Paket. Eine riesige Schachtel Pralinen kommt zum Vorschein, darauf liegt eine kleine Karte. „Doping für meinen Schatz. Ich glaub an dich. Dein Oli." *Oh, wie süüüüüß.* Jessie presst sich die Karte an die Brust und strahlt. *Die Liebe meines Lebens, sag ich doch!*

Grinsend öffnet sie die Verpackung und steckt sich genüsslich die erste Nougat-Praline in den Mund. *Ein Mann, der weiß, was Frauen brauchen. Göttlich.* Mit der Zunge drückt sie den weichen Nougat am Gaumen platt und seufzt. *Wie kann etwas, das so gut schmeckt, denn schlecht sein?* Die zweite Praline wandert in ihren Mund. Schmatzend liest Jessie die Karte ein weiteres Mal, und noch mal, und noch mal. Sie schnappt sich ihr Handy und schreibt Oli eine SMS: „Doping angekommen. Wird sofort an Polizei weitergeleitet. Verbitte mir weitere illegale Sendungen. Jessie." Dann setzt sie noch einen zungenbleckenden Smiley hinter die SMS und schickt sie ab.

Sie legt das Handy neben sich auf's Bett und steckt sich die nächste Nougat-Praline in den Mund. *Hm, so lecker!* Jessie schielt auf ihr Handy. Nichts. Keine Antwort. *Hm. Nächste Schoko.* Ob's an der Schokolade liegt, an Olis lieben Worten oder an dem Klopapier auf Jessies Kopf, egal, plötzlich hat sie einen Gedankenblitz. Sie schnappt sich den Stift und schreibt drauf los. Hastig fliegt ihre Hand über das Papier, die andere Hand übernimmt die Schokoladenversorgung. Die Pralinenpackung leert sich, die Blätter füllen sich.

Eine Stunde später hat Jessie zwei Cannes-Löwen-verdächtige Spotideen aufgeschrieben. Zufrieden lehnt sie sich zurück und liest sich alles noch einmal durch. Automatisch gleitet die Hand zur Packung und fühlt sich tastend durch die leeren Vertiefungen. Verdutzt blickt sie auf. Leer. *Wo sind sie hin?* Sie hebt die Schachtel an und guckt darunter. Nichts. *Alle da drin?* Sie mustert besorgt ihren Bauch. *Ich kann es schon sehen! Aahhh! Okay, das war nicht gut. Aber ich kann es wiedergutmachen! Ich laufe fünf Stunden. Bestimmt!* Eilig schlüpft sie in ihre Joggingklamotten und verlässt die Wohnung.

Eine dreiviertel Stunde später sperrt Jessie keuchend ihre Tür auf und sinkt in ihrem Flur auf die Knie. *War ja nur eine kleine Packung. Mehr Füllmaterial als Schokolade. Eigentlich war ja gar nicht wirklich Schokolade drin. Oh Gott, gib mir Luft!* Röchelnd schält sie sich aus ihrer Jacke und schiebt die Schuhe von den Füßen. Völlig erschöpft schlurft sie ins Bad und krabbelt in die Dusche. *Zuckerbrot und Peitsche. Ich hab's verstanden.*

Nach der ausgiebigen Dusche setzt sich Jessie zufrieden an den Küchentisch und mümmelt an ihrem Brot. Magerer Käse auf magerem Brot mit hauchdünner Butterschicht. Aber selbst das karge Mal kann ihrer guten Laune nichts anhaben. Sie hat zwei Spots. *Ha. Kannst dich schon nach 'nem neuen Job umsehen, Biggi-Miss-Piggy!* Grinsend steckt sich Jessie das letzte Stück Natur in den Mund. Oli wird zufrieden sein, nein, nicht zufrieden, höchst beeindruckt! *Oh, Oli!* Sie springt auf und läuft zu ihrem Bett. Enttäuscht blickt sie auf das Display. Keine SMS. Sie überprüft das Netz. Voller Ausschlag. *Hm, dann arbeitet er wahrscheinlich. Ach, Oli.* Seufzend lässt sie sich auf ihr Kissen sinken und liest seine Karte noch mal durch. *Alles wird gut. Bestimmt.* Sie schließt die Augen und presst die Karte an ihre Brust. *Morgen gehen wir essen und dann klärt sich diese „Situation" auf. Irgendeine Erklärung wird es geben, mit der ich leben kann. Ob ich Frank anrufen soll?* Kurz schwebt der Finger über ihr Display, dann lässt sie das Handy sinken. *Nein, erst morgen. Nachdem sich Oli entschuldigt hat.* Jessie schaltet den Fernseher an und lässt sich berieseln. Zufrieden lümmelt sie sich in ihre Bettdecke und lächelt. Vor dem Fenster tanzen die Schneeflocken. Schöner Tag.

Ein Brummen lässt sie aufschrecken. Draußen ist es stockdunkel und im Fernseher läuft eine Verkaufssendung. *Wohl kurz weggenippelt?* Jessie schielt auf ihren Wecker und erschrickt. 1:22 Uhr. *Lang weggenippelt.* Auf dem Display ihres Handys blinkt eine SMS. Von Oli. Schlagartig hellwach öffnet sie die Nachricht. „Keine weiteren Sendungen. Habe verstanden. Freu mich auf morgen. Hoffe auf illegale Aktivitäten." Ein grinsender Smiley leuchtet Jessie entgegen und Jessie grinst zurück. *Armer Oli. Bis jetzt geschuftet.* Sie schaltet den Fernseher ab und schlurft ins Bad. Zähneputzen, Blase leeren und wieder ab ins Bett. Was für ein Masterplan.

Sie stellt sich noch den Wecker und schlüpft unter ihre Bettdecke. *Hm, noch warm.* Mit einem Lächeln auf den Lippen schläft sie wieder ein.

Spiel, Satz und Sieg

Am nächsten Morgen wuselt Jessie nur so durch ihre Wohnung. Was so ein bisschen Schlaf ausmacht! Sie fühlt sich wie neu geboren, energiegeladen, ein Duracell-Häschen mit Longlife-Batterien. Ein gutaussehendes Häschen. Grinsend zwinkert sie ihrem Spiegelbild zu. Ihre grünen Augen leuchten richtig, mal ohne Augenringeumrandung. Die Wangen schimmern rosig und verdammt, ihre Figur sieht knackig aus. Subjektive Wahrnehmung. *Ich sollte mehr schlafen.* Jessie packt ihre Spotideen in eine Mappe und schnappt sich die Hausschlüssel. *Biggi-Miss-Piggy, heute wirst du geschlachtet!*

Eine halbe Stunde später betritt sie die Agentur. Birgit sitzt bereits an ihrem Schreibtisch und starrt sie feindselig an. „Na, so gute Laune heute?“ Unter ihren Augen türmt sich eine dicke Spachtelschicht Make-up.

Wohl nicht viel geschlafen? Hm? Jessie klopft triumphierend auf ihre Mappe. „Es lief super. Eine Idee nach der anderen (*nachdem ich Mumie und Topfschlagen gespielt habe*). Puh, ich musste mich selber ausbremsen. Hab aber nur die besten mitgenommen. Siehst du ja später! Wie lief's bei dir?“ Birgits Mund öffnet sich, aber Jessie winkt ab. „Ich lass mich überraschen. Bis gleeiich!“ *Yes. Mach sie fertig. Sie liegt schon fast am Boden.* Jessie tänzelt zu ihrem Schreibtisch. *Der Boxer ist in Topform, das Wiegen hat er erfolgreich überstanden und er ist heiß auf den Kampf. Das gibt den Weltmeistergürtel.* Jessie reißt die Arme hoch und tippelt in Siegerpose um ihren Schreibtisch.

„Aber sonst alles klar bei dir?“ Benedikt hat diesen „Soll man sie nicht doch lieber einweisen?“-Blick und Jessie lässt die Fäuste sinken.

„Alles klar. Total klar.“

„Na dann.“ Benedikt schüttelt den Kopf und zieht von dannen.

Jessie hängt ihre Jacke auf den Stuhl und will gerade den Computer hochfahren, als sie auf ihrem Bildschirm eine Notiz von Oli entdeckt. „Um halb zehn im Meeting-Raum. Oli.“ Jessie reißt den Zettel ab und lächelt. *Noch zehn Minuten. Dann blas ich sie alle weg. Ich beiße ihnen die Ohren ab.*

Oli sitzt bereits hinter dem Tisch und lächelt Jessie an, als sie den Raum betritt. *Er sieht so gut aus. Aber müde. Armer Schatz.* Mitleidig mustert Jessie das abgekämpfte Gesicht, das Spuren von Überarbeitung, Ideenkrise und Liebeskummer aufweist. Jessie widersteht dem Impuls, sich Oli auf den Schoß zu setzen und ihn zu trösten. *Bin ja da. Jessie ist ja da.*

Die Tür öffnet sich, und Birgit schleicht ins Zimmer. Geräuschvoll zieht sie sich den Stuhl zurecht und nimmt neben Jessie Platz. Sie sieht gar nicht zuversichtlich aus. Eher ängstlich. Kurz spürt Jessie eine Art Mitgefühl. *Weg. Weeeeg! Wärst du an ihrer Stelle – was du nicht biiist! – hätte sie dich schon fertiggemacht. Sie hat angefangen. Jawohl!* Jessie richtet den Blick wieder auf Oli und setzt sich Scheuklappen auf. Birgit wird ausgeblendet. *Nur ich und Oli. Hach.*

Oli reibt sich die roten Augen und lächelt die beiden an. „Mädels, ich bin wirklich gespannt, was ihr zu bieten habt. Dass wir gewinnen müssen, brauch ich ja nicht zu sagen?“

Birgit rutscht eine Etage tiefer in ihrem Stuhl.

„Also, wer will anfangen?“

„Willst du?“ Jessie lächelt Birgit engelsgleich an, die mittlerweile schon fast vom Stuhl geglitten ist.

„Nee, nee, muss nicht. Fang du an“, nuschelt sie und sortiert ihre Blätter neu.

Schweeeer beschäftigt. Alles klar. „Gut, dann leg ich los!" Jessie steht auf und strahlt Oli an. *Dein Moment, Jessie, deine Bühne.* Sie räuspert sich. „Also, ich denke, jeder hat schon mit Klopapier experimentiert." Fragende Gesichter. „Na, jeder hat doch mal Klopapier zweckentfremdet." Verzweifelter Ausdruck bei Oli, leichtes Grinsen bei Birgit. *Jessie, du verlierst dein Publikum!* Jessie tigert durch den Raum. „Ich hab zum Beispiel als Kind mein Stofftier mit Klopapier verarztet. Ich habe aus Klopapier und Wasser Kugeln geformt und diese trocknen lassen. Menschen wickeln Autos oder ganze Häuser damit ein." Jessie bleibt stehen und macht eine Pause. Oli nickt leicht mit dem Kopf, das Lächeln auf Birgits Gesicht ist verschwunden. *The audience is listening.* „Ich habe an kurze Filmsequenzen gedacht, die genau diese Dinge zeigen. Kinder, die Stofftiere verbinden, Freundinnen, die gemeinsam weinen und sich mit Softan die Nase schnäuzen. Muttis, die das Malheur ihres Lieblings aufwischen. Eine Rolle Klopapier, hinten auf der Ablage eines Autos." Jessie pausiert und zieht mit ihren Händen den Slogan durch den Raum. „Begleitet dich ein Leben lang. Softan." Die Dramatik ist auf dem Höhepunkt, Jessie lässt die Arme sinken und hält den Atem an. *Zirrrrp. Zirrrrp.*

Langsam, ganz langsam nickt Oli mit dem Kopf und klopft auf den Tisch. „Das kann funktionieren. Ja, ich seh's vor mir." Er lächelt. „Sehr gut, Jessie!"

Jessie strahlt wie ein Honigkuchenpferd. „Und dann hab ich noch eine zweite Idee." Sie ist nun in ihrem Element. „Ähm, ich hatte an ästhetische Aufnahmen gedacht. An Orte, an denen man eine Rolle Klopapier nicht wirklich vermuten würde. Schnappschüsse, wie aus einem Reisetagebuch. In einem Museum. Auf einem Gipfel. Im Flugzeug auf dem Nebensitz. Im Kino. Auf einem Kreuzfahrtschiff." Jessie legt eine kurze Pause ein. „Und der Slogan: Softan, ein zuverlässiger Begleiter." Stille. *Zirrrp. Zirrrp. Da sagt noch einer, die Insektenpopulation wäre gefährdet.*

Auf Olis Gesicht breitet sich ein Strahlen aus. Birgit starrt auf ihre Schuhe. *Spiel, Satz, Sieg!*

„Jessie, das ist großartig. Ich hab gewusst, dass du ablieferst!“ Oli springt auf und stürmt mit offenen Armen auf sie zu. Aller Druck scheint von ihm abzufallen. Jessie streichelt über seinen Rücken. *Jessie ist ja da …* Über seine Schulter hinweg sieht sie Birgit, die verzweifelt ihre Blätter neu sortiert. *Tja, du gehst so was von unter.* Jessie schließt die Augen und genießt ihren Triumph. *Mann, riecht er gut.* Oli löst sich aus der Umarmung und schlägt sich mit der Faust in die offene Hand. „Benedikt kann einpacken. Ha.“ Er klopft Jessie auf den Oberarm und setzt sich wieder an den Tisch. Jessie nimmt auch wieder Platz. Allerdings mindestens fünf Zentimeter größer. Und zehn Kilo leichter.

„Jetzt bist du dran!“ Auffordernd sieht Oli Birgit an, die nervös an ihren Aufzeichnungen rumnestelt. Jessie lehnt sich entspannt zurück. *Hab's hinter mir, hab's hinter miiiir.* Als ihr Blick auf Birgits Hände fällt, bemerkt sie das Zittern. *Auwei.* Wieder klopft das Mitgefühl von innen an ihre Herzwand und dieses Mal lässt es sich nicht so einfach ignorieren. Ohne, dass sie es wirklich will, legt sich ihre Hand auf Birgits Arm und drückt ihn leicht. Erstaunt schnellt Birgits Blick nach oben. Jessie presst die Lippen aufeinander und nickt ein „Wird schon“.

Birgit strafft ihren Rücken und steht abrupt auf. Jessies Hand wird abgeschüttelt. Birgits Gesicht ist kreidebleich und ihre Stimme zittert, als sie leise beginnt. „Man sieht einen Verbrechertyp, und die Stimme aus dem Off sagt: Würden Sie IHM Ihr Geld anvertrauen? Dann ein Bild von einer kaugummikauenden Teenagerin, mit zerschlissenen Klamotten, so richtig assi eben, dann wieder die Stimme aus dem Off: Würden Sie IHR Ihre Kinder anvertrauen? Und dann ein Bild von …“

„… von einem nackten Arsch oder was? Was soll das? Das ist doch Bullshit!“, wirft Oli genervt ein.

Birgit räuspert sich. Das Lamm auf der Schlachtbank.

„Hast du noch was anderes?“

Birgit schluckt und kramt in ihren Zetteln. „Ja, äh, also, meine zweite Idee war …“, hastig gleiten ihre Augen über das Papier, „… bei *Deutschland sucht den Superstar*, da war so ein Kerl, der hat

Seidentücher auf die Bühne gelegt. Und, ähm, außen rum waren Ventilatoren aufgestellt. Dazu lief klassische Musik und die Bühne war mystisch beleuchtet. Das, das sah toll aus. Durch den Wind tanzten die Tücher miteinander. Hoch, wieder runter, ineinander verschlungen. Wenn man das mit Klopapier machen würde …“ Birgits Stimme erstirbt.

„Tanzendes Klopapier. Hm.“ Oli brummelt vor sich hin.

„Das hab ich auch gesehen!“, wirft Jessie ein. „Das sah wirklich toll aus. Müsste man ausprobieren, ob das mit Klopapier auch funktionieren würde.“ *Mit Orkanböen vielleicht. Und statt Klassik, das Geräusch einer Klospülung. Hm.*

Oli scheint wenig überzeugt. „Also, da hätte ich mehr von dir erwartet.“ Enttäuscht mustert er Birgit, die immer kleiner wird und sich in ihre Schuhspitzen zurückzieht. „Ich hätte da noch eine dritte …“, beginnt sie leise, doch Oli winkt ab. „Lass gut sein. Ich denke, mit Jessies Ideen haben wir doch etwas und sollten uns jetzt auf die Ausarbeitung und Präsentation vorbereiten.“

Birgit schleicht an ihren Platz und knickt ihre Blätter, Stück für Stück, immer kleiner zusammen. Ihre Unterlippe bebt.

Jessie kämpft mit sich. Sie hat gesiegt, trägt den Weltmeistergürtel, doch der Gegner sitzt mit gebrochener, blutender Nase in der Ecke und weint. *Kann sie sich nicht wenigstens eine Tüte über den Kopf ziehen, damit ich das viele Blut nicht sehe?*

„Also, ab jetzt arbeitet ihr zusammen an den zwei Spots von Jessie. Storyboard, Showtafeln et cetera. Morgen will ich die Zwischenergebnisse sehen. Klar?“

Mooooment. „Äh, und du? Deine Ideen?“ Jessie sieht Oli überrascht an, der gerade alle seine Sachen zusammenpackt.

„Na, ich bin eher der überwachende Part. Ich möchte, dass ihr beide …“, er lächelt väterlich, „… dass ihr beide eure Chance bekommt.“ Er lehnt sich zurück. „Natürlich entwickle ich parallel Spots, für den Fall, dass ihr versagt.“ Er hebt die Augenbrauen, lehnt sich nach vorn und sieht beide durchdringend an. „Also, Mädels, enttäuscht mich nicht. Das ist eure Chance. Die gebe ich euch nur dieses eine Mal. Versaut es nicht.“ Kurz verweilt er so, dann schnappt er sich seine Mappe und steht auf. „Morgen, gleicher Ort, gleiche Uhrzeit.“ An der Tür dreht er sich noch mal um. „Enttäuscht mich nicht, ich glaube an euch. Und: keine Zickereien.“ Er zwinkert Jessie zu, formt mit den Lippen ein „bis heute Abend“ und verlässt den Raum.

Etwas verblüfft bleibt Jessie auf ihrem Stuhl sitzen und starrt auf den leeren Platz vor sich. Sie beide. Nicht Oli und sie, sondert Miss-Piggy-Birgit und sie. Das war so nicht geplant. Birgit scheint es nicht anders zu gehen. Wie bestellt und nicht abgeholt sitzen die beiden auf den Stühlen und sagen kein Wort. Der einzige Unterschied: Jessie ist zehn Zentimeter größer als vorher, Birgit besteht nur aus Schuhen.

Jessie ist die Erste, die die Sprache wiederfindet. „Also, wir sollten absprechen, wer welchen Part übernimmt.“ Ein undefinierbares Zischen folgt. Könnte „okay“ bedeuten oder aber auch „Round 2“. Jessie lässt sich davon nicht beeindrucken. „Ich würde sagen, dass wir zuerst alle Bilderarchive durchforsten. Wir brauchen Bilder von verarzteten Stofftieren, von verunstalteten Häusern oder Autos, von“, Jessie überfliegt ihre Notizen, „von …“

„Kopier mir einfach die Scheißzettel“, unterbricht Birgit unwirsch.

Ich will das Blut doch sehen. Blute! Grrrr. Jessie seufzt theatralisch auf. „Okay, aber wie sollen wir es machen? Sollen wir dann meine Ideen aufteilen? *MEINE!* Jeder einen Spot?“

„Ich nehm’ den zweiten. Ist das okay für dich?“ Birgits Zettel sind mittlerweile origamitechnisch zu einem Paket gefaltet.

„Ähm, ja, können wir machen. Soll ich dann später zu dir kommen und wir besprechen die Bilderauswahl?“

„Ja.“ Birgits Stimme klingt gepresst, gut, mit einem abgebissenen Ohr ist das wahrscheinlich so.

„Dann sehen wir uns später“, flötet Jessie Birgit hinterher, die plötzlich aufspringt und zur Tür stürmt.

Jessie bleibt allein zurück. *Sieger.* Sie legt die Hände an die Mundwinkel und ahmt jubelnde Stadiongeräusche nach. Dann springt sie auf und boxt ein paar Mal tänzelnd in die Luft. Und in jeder Ecke hebt sie die Fäuste für's Publikum.

„Aber sonst ist alles klar?" Benedikt steckt den Kopf zur Tür rein und starrt sie entgeistert an.

„Alles klar." Sie tippt sich salutierend an die Stirn und kaum, dass Benedikt die Tür wieder schließt, streckt sie ihm die Zunge raus und zeigt ihm den Stinkefinger. *Dein Ohr krieg ich auch noch.*

Grinsend legt sie ihre Blätter in den Kopierer. *Guter Tag.* Plötzlich spürt sie einen Lufthauch an ihrem Nacken. „Ich freu mich auf heute Abend. Für das, was du heute abgeliefert hast, hast du dir eine Belohnung verdient", raunt ihr Oli ins Ohr.

Jessie dreht sich nicht um. „Ich finde auch", flüstert sie zurück. Aber Oli ist bereits wieder verschwunden. Versonnen lächelt Jessie vor sich hin. *Ich korrigiere: großartiger Tag.*

Waffenstillstand

Jessie klickt sich durch die Bilderordner. Sie reibt sich die brennenden Augen und flucht. Warum gibt es nicht mehr Bilder mit Toilettenpapier? Ist doch allgegenwärtig! Langsam scrollt sie Bild für Bild nach unten und schüttelt den Kopf. Kein Wunder, dass sich Birgit für den anderen Spot entschieden hat. *Grrrr.* Vielleicht doch googeln? Eine Stunde später hat sie einige Fotos gefunden, zwar in schlechter Auflösung, aber immerhin etwas. Sie speichert ein Bild nach dem anderen in ihrem Ordner „Für'n Arsch" ab und öffnet sie in Photoshop. *Oh Gott. Total verpixelt.* Jessie lässt den Kopf auf ihren Schreibtisch sinken. *Da kann ich ja nur hoffen, dass der Kunde Fantasie mitbringt.* Sie lässt ihren Bildschirm in den Stand-by-Modus gleiten und schiebt seufzend ihren Stuhl zurück. Mal gucken, was Birgit treibt.

Birgit sitzt total vertieft vor ihrem Computer und starrt auf den Bildschirm.

„Und? Was gefunden?" Jessie lehnt sich über den Schreibtisch und wirft einen Blick auf den Bildschirm.

Birgit zieht kurz die Augenbrauen hoch, dann wendet sie sich wieder dem Bildschirm zu. „Einiges, warte." Sie klickt auf einige Bilder, die sich nacheinander öffnen. Nacheinander zeigt Birgit die Schätze, die sie ausgegraben hat. Jessie jubelt innerlich. Genauso hatte sie sich die Bilder vorgestellt! Und sogar die Klopapierrolle hat Birgit schon in die Bilder eingebaut. „Und? Zufrieden?"

Der Sarkasmus bremst Jessies Euphorie ein wenig, dennoch ringt sie sich ein Lächeln ab. „Absolut. Du hast echt tolle Bilder gefunden." Anerkennend nickt sie ihr zu. „Ich hab bis jetzt nur Schrott gefunden.

Schlechte Auflösung und nicht annähernd so, wie ich sie gerne hätte." Jessie zuckt hilflos mit den Schultern.

Birgit runzelt die Stirn, dann schnellt sie plötzlich nach vorn und klickt sich mit ihrer Maus suchend durch die Dateien. „Warte … irgendwo muss es doch … ah, da!" Triumphierend klickt sie auf ein kleines Icon. Auf dem Bildschirm erscheint ein völlig in Klopapier eingewickeltes Auto.

Jessie starrt mit offenem Mund auf den Bildschirm. „Wo hast du das her?"

Birgit grinst sie an. „War ja auch mal jung."

„Darf ich das …?" Prüfend mustert sie Birgits Gesicht. *Jetzt kommt der Haken. Aaaachtung! Gleich beißt die Schlange wieder zu.*

„Ich hätte es dir kaum gezeigt, wenn nicht." Kopfschüttelnd klickt sie das Bild wieder weg. „Ich schick's dir per Mail rüber, okay?"

Jessie nickt stumm. Die Schlange hat wohl gerade gegessen? Jessie stößt sich vom Schreibtisch ab und wippt kurz hin und her. „Danke. Hm, setzen wir uns um fünf zusammen?"

Birgit seufzt und wendet sich wieder ihrem Computer zu. „Wird wohl nicht zu vermeiden sein. Ich komm um fünf zu dir."

Jessie sitzt an ihrem Schreibtisch und öffnet das Bild. Sie kann es immer noch nicht fassen. *Birgit hat tatsächlich Wort gehalten und mir das Bild geschickt. Sie hat mir gerade geholfen! Ein Wort, das in Birgits Wortschatz doch gar nicht vorkommt!* Leicht überfordert öffnet Jessie das Bild und sieht es sich genau an. *Perfekt! Vielleicht hat sie einen Virus angehängt? Oh nein.* Testend öffnet sie einige Programme und probiert ein paar Funktionen aus. Passt. Nichts passiert. Kein „Dateienfressender Wurm" … *Hm.*

Angespornt von diesem Bild durchforstet Jessie weiter das Internet und findet bis fünf tatsächlich noch einige gute Bilder. Zufrieden lehnt sie sich weit zurück und lässt die Wirbel knacken. Da erscheint – verkehrt herum – Birgit hinter ihrem Stuhl.

„Mein Rücken schmerzt auch wie Hölle. Warst du wenigstens erfolgreich?“

Jessie schnalzt wieder nach vorn und öffnet ihren Ordner. „Einiges, guck.“ Stolz präsentiert sie ein Bild nach dem anderen, ja, mit dieser Ausbeute kann sie wirklich zufrieden sein.

Birgit nickt und stöpselt ihren Memorystick an den Computer.

Eine Stunde später haben die beiden eine Auswahl getroffen. „Dann drucken wir morgen Früh die Bilder aus und ziehen sie auf Präsentationsmappen. Dann haben wir den ganzen Tag, um die Präsentation zu üben. Ist das okay für dich?“, fragt Jessie.

„Das klingt gut. Endlich mal ein Abend, an dem ich zu einer normalen Uhrzeit nach Hause kann.“ Birgit lächelt vorsichtig und Jessie lächelt zurück. *Vielleicht haben sie der Schlange die Zähne gezogen?*

„Dann bis morgen.“ Birgit steht auf und zieht den Stick aus dem Computer. „Die Spots sind wirklich …“, sie unterbricht sich und ringt mit sich, „… sie sind gut.“ Mit verkniffenen Lippen dreht sie ab und verschwindet.

Jessie starrt ihr perplex hinterher. *War die eben gerade NETT? Erst geholfen und jetzt nett?* Langsam schüttelt Jessie den Kopf und summt leise „Wunder gibt es immer wieder“ vor sich hin, während sie ihren Schreibtisch räumt. Und jetzt, husch nach Hause und aufbrezeln für das Date mit Oli. *Date, jawohl! Ich habe eine D-A-T-E!* Beschwingt schnappt sie sich ihren Mantel und verlässt die Agentur.

Zu Hause beginnt Jessie mit den Vorbereitungen. Ihr Bauch grummelt ungeduldig. *Gleich gibt's Happahappa. Nichts törnt mehr ab, als eine Frau, die bei einem Date nichts isst.* Das hatte Jessie mal gehört. *Männer wollen Frauen essen sehen. Jawohl. Nur ansetzen sollte es dann nicht. Witzig.* Viertel vor sieben. Also hatte sie noch genau eine Stunde für die anfallenden Restaurationsarbeiten.

Schnell witscht sie unter die Dusche, rasiert sich Beine, Achseln und – zur Sicherheit – den Schambereich. Nicht, dass sie das vorhatte.

Nuuur für den Fall. Allein der Gedanke daran lässt ihr einen warmen Schauer über den Rücken rieseln. *Autsch, geschnitten. Konzentrier dich, Jessie!* Fluchend begutachtet sie den Schnitt, direkt im Schritt *(was sich reimt, ist doch nicht immer gut).* Das Blut rinnt den Oberschenkel hinab. *Unter der Dusche sieht das immer schlimmer aus, als es tatsächlich ist*, beruhigt sie sich selbst und kappt die letzten Härchen. *Wieder ein Stück Regenwald abgeholzt. Hm, sind aber nachwachsende Ressourcen.* Hastig schlüpft sie aus der Dusche und trocknet sich ab. Der Schnitt blutet noch immer. *Hm, aber ein Pflaster an der Stelle?* Jessie klemmt sich ein Stück Klopapier zwischen die Schenkel und hinkt zum Badezimmerschrank. Ein bisschen Deo unter die Arme, Pflegecreme auf die Beine und den Hals und fertig ist der Duftbaum. Schnell schlüpft sie in ihre Spitzenunterwäsche, auch nur für den Fall, klemmt sich das blutbefleckte Papier wieder dazwischen und widmet sich dem Gesicht.

Etwas Abtöncreme für den ebenmäßigen Teint, Lidschatten, um das Grün der Augen zu betonen, viiiiiel Mascara, um die Wimpern zu verlängern. *Noch mehr. Mehr. MEHR! Zuviel. Mist.* Mit einer Nadel versucht sie, die verklebten Wimpern zu trennen. *Auseinander! Das Zeug trocknet aber schnell!* Sie steckt die Nadel zwischen das Klümpchen und zieht das Augenlid nach vorn. *Auu.* Eine der Wimpern gibt schließlich auf und bleibt mit dem Klumpen zusammen an der Nadelspitze kleben. *„Ohne zu verkleben“, haben die in der Werbung gesagt. Mistsäcke. Eine Höchstmengenangabe stand da nicht dabei! Ich werde die Wimper plus Klumpen mit einer Schadensersatzforderung einschicken.* Zufrieden begutachtet Jessie ihr Werk.

Sie zupft sich die Locken zurecht und streicht etwas Rouge auf die Wangen: fertig! Ihr Blick fällt auf den Wecker im Bad und sie reißt entsetzt die Augen auf. *Nur noch fünf Minuten? Aaahhhh!* Hastig springt sie in ihre Jeans und bleckt gleichzeitig die Zähne im Spiegel. Nichts dazwischen. In Windeseile schlüpft sie in ihr schwarzes, enges Oberteil. Noch kurz die Brüste zurecht schieben, soviel Zeit muss sein, und ab.

Während sie in ihre Schuhe schlüpft, steckt sie den Arm in ihren Mantel und greift nach den Schlüsseln. Noch ein letzter Blick in den Spiegel, einen Kaugummi in den Mund und schon sprintet sie aus der Wohnung.

Die Aussprache

Fünf nach acht betritt Jessie mit leichtem Herzklopfen ihren Lieblingsitaliener. Während sie ihren Mantel an die Garderobe hängt, schweift ihr Blick suchend durch das Lokal. Und dann setzt ihr Herz für einen kurzen Moment aus. Hinten, an einem kleinen Tisch, sitzt Oli und lächelt ihr zu. Und wie er lächelt. Mit wackligen Knien durchquert sie das Lokal. Ihr Magen grummelt nun etwas lauter, in vorfreudiger Erwartung auf etwas anderes als Vogelfutter.

Kurz bevor sie den Tisch erreicht, steht Oli auf und zieht ihren Stuhl ein Stück zurück. „Du siehst umwerfend aus“, flüstert er ihr ins Ohr, während sich Jessie setzt.

„Danke, du auch“, murmelt sie betreten, während ihr Magen Samba tanzt.

Oli nimmt ihr gegenüber Platz und sieht ihr tief in die Augen. „Nein, Jessie, das meine ich ernst. Ich meine …“, lächelnd beugt er sich ein Stück zurück und zeichnet mit den Händen Jessies Umrisse ab, „… du siehst fantastisch aus.“

Jessie spürt, wie sie errötet. Ihr Magen hat gerade wenig Verständnis für Komplimente und meldet sich lautstark. Verlegen schnappt sie sich die Speisekarte und blättert darin. *Kommt ja gleich, jetzt reiß dich zusammen!*

„Ich habe schon bestellt, mein Schatz. Ich weiß doch, was du willst.“ Ein intensiver Blick und Oli drückt unter dem Tisch leicht Jessies Knie. Jessie starrt ihn an wie ein hypnotisiertes Karnickel.

In diesem Moment erscheint der Kellner und hält Jessie fragend eine Flasche Wein vor die Nase. Knallrot nickt sie einfach nur, der Kellner schenkt wortlos ein und verschwindet wieder.

Oli zieht lächelnd die Hand zurück und hebt sein Glas „Auf uns, das perfekte Team. Du hast mir einfach wieder klar gemacht, dass wir nur zusammen richtig gut sind. Was heißt richtig gut …“, Oli lacht und seine makellosen Zähne blitzen, „… unschlagbar. Jessie. Ich …“, er bricht ab und lässt den Wein in seinem Glas kreisen, „… ach, Jessie. Wenn du noch möchtest …“, er sieht ihr tief in die Augen, „… auf einen Neuanfang?“ Hundeblick.

Wie versteinert hält Jessie ihm tapfer das Glas entgegen, unfähig zu reagieren. Fehlt da nicht der Mittelteil? Ein Gespräch, eine Entschuldigung, irgendwas? Prompt schießen ihr Franks Worte durch den Kopf: „Wenn er es von allein beichtet, sich entschuldigt, dann …“

Oli scheint ihr Zögern zu bemerken. Er senkt sein Glas und berührt sanft ihre Hand. „Ich habe mich wie ein Vollidiot verhalten und Fehler gemacht, Jessie, verzeih mir.“ Er senkt reumütig den Kopf, rückt mit seinem Stuhl neben sie und raunt ihr ins Ohr: „Ich mache alles wieder gut, es wird keine Beschwerden geben.“ Wieder wandert die Hand auf ihr Knie, aber dieses Mal fährt er mit den Fingerspitzen langsam die Innenseite ihrer Schenkel nach oben.

Jessie schließt die Augen. *Das ist es doch, was ich will, oder? Und da ist sie doch, die Entschuldigung, oder? Er hat es zwar nicht ausführlich beschrieben, gut, eher ziemlich viel übersprungen, aber bestimmt nur aus Rücksicht mir gegenüber. Kann ich noch mehr verlangen?* Ihr Schoß kribbelt und nimmt die Entschuldigung eindeutig an, ihr Magen ist einfach nur stinksauer.

Er küsst sie zart auf ihr Ohr. „Ich werde mich für alle Fehler einzeln entschuldigen.“ Er beißt leicht in ihr Ohrläppchen. „Jeden einzelnen …“

Huuuuh, das sind ja dann jede Menge. Eine ganze Gänsehautarmee überzieht ihren Körper und ihr entfährt ein leiser Seufzer. Ihr Magen schimpft vor sich hin.

„Wollen wir uns die Sachen einpacken lassen und zu dir gehen?" Flüstert er und spielt weiter mit der Zunge an ihrem Ohr.

Jessie nickt wie ein paralysiertes Hündchen. Ihr Magen flucht. Wie im Nebel bekommt sie mit, wie Oli die Order an den Kellner weitergibt, ihr wenig später – mit einer Tüte und einer Flasche Wein in der Hand – in den Mantel hilft und die Tür aufhält.

Wie zwei frisch verliebte Teenager schlendern die beiden, Arm in Arm, in Richtung Jessies Wohnung. Immer wieder küsst Oli ihren Hals, das Ohr und Jessie kichert glücklich vor sich hin. *Was für ein Tag*. Das muss ich Frank erzählen, schießt es ihr durch den Kopf. *Mal keine „Fettnäpfchen-Geschichte", sondern „Liebesgeschichte mit Happy End"!*

Jessie kommt kaum dazu, die Wohnungstüre aufzusperren, denn Oli umarmt sie von hinten und versucht, sie wild zu küssen. Lachend fallen beide in den Flur und Oli schließt die Tür mit einem beherzten Tritt. „Jessie", knurrend robbt er auf sie zu und Jessie versucht halbherzig, den Angriff abzuwehren.

„Oh nein, ein Lüstling! Hilfe!", ruft sie halblaut, aber Oli hat sie bereits erreicht und versiegelt ihren Mund mit einem innigen Kuss. *Gott sei Dank hab ich gestern gestaubsaugt,* fährt es ihr durch den Kopf, während sie sich auf dem Boden wälzen.

Oli schält sie aus ihrem Mantel, während er sich selbst seiner Jacke entledigt.

Keuchend fährt Jessie über seine Brust. *Was für ein Mann.*

Oli kniet – heftig atmend – vor Jessie und zieht sich den Pullover samt Hemd über den Kopf. Sofort fixiert er wieder Jessie und beugt sich langsam zwischen ihren Beinen nach oben. Während er ihren Hals küsst, öffnet er ihre Jeansknöpfe.

Jessie beugt ihren Kopf nach hinten und seufzt. *Ja ja ja!*

Oli schiebt die Hand in ihren Schoß.

Heiße Wellen durchlaufen ihren Körper und Jessie bäumt sich auf. Leider ist die Jeans eindeutig zu eng, und Oli zieht – mangels

Bewegungsfreiheit – die Hand wieder zurück. Seine Hand wandert nach oben und liebkost ihre Brüste.

„Oh Oli“, flüstert sie in sein Haar, während sie seinen Rücken streichelt. Mit nicht mehr ganz so zärtlichen Bewegungen zerrt Oli an Jessies festgewachsener Hose, während er versucht, sie zu küssen. Aber mehr als ein „ruckeliges Geschlabber“ ist das nicht. Jessie hebt ihr Becken an und hilft mit, die Hose abzustreifen. Endlich lockert sich die Hose und Oli schiebt sie bis zu den Kniekehlen. Langsam gleitet er wieder nach unten und Jessie schließt die Augen.

Dann: Nichts. Rascheln. Irritiert öffnet Jessie die Augen. Vor ihr kniet ein enttäuscht dreinschauender Oli mit einem blutbefleckten Stück Klopapier in der Hand.

„Hast du deine Tage?“ Oli hebt das Beweisstück ein wenig an, und Jessie lässt sich nach hinten sinken.

Gott, warum tust du das? Mit der Hand bedeckt sie ihre Augen und schüttelt den Kopf. „Ich hab mich beim Rasieren geschnitten …“

Diese Erklärung scheint zu reichen. „Wo?“ Es geht weiter. Sanft streicheln seine Finger über die Wunde. „Da?“

Ja, und da, und da, und überall.

Seine Lippen legen sich auf die Stelle und Jessie stöhnt auf.

„So eine Verletzung muss dringend behandelt werden“, brummt er in ihrem Schoß. Dann steht er plötzlich auf, greift Jessie unter den Armen und trägt sie zu ihrem Bett. Jessie klammert sich an seinen Hals und versucht sich leicht zu machen. *Armer Schatz, ich nehm' noch mehr ab, versprochen.* Vorsichtig bettet er sie auf die Matratze und zieht, erstaunt, eine weitere Lage Klopapier unter ihrem Kopf hervor.

Ähh? Hastig zerknüllt Jessie das Papier, wirft es hinter Oli auf den Boden und zieht ihn zu sich hinunter.

Eine viertel Stunde später liegt Jessie, erschöpft aber zufrieden, auf Olis Brust und streichelt seinen Bauch. Sie drückt ihre Nase an seine Haut und atmet tief ein. *Hhmmmm, meiner.* Da brummt ihr Magen lautstark auf. Er brummt nicht, er brüllt. *Ja ja, Sport macht hungrig. Vor allem Hochleistungssport.*

Sie spürt Oli lächeln. „Hunger, mein Schatz?" Zärtlich küsst er ihren Kopf und schiebt sie aus dem Bett.

Nackt sitzen beide mit vertrockneten, kalten Nudeln auf ihrem Bett und trinken den Wein aus der Flasche. So gut hat Jessie noch nie gegessen. Glücklich wirft sie verstohlene Blicke auf Oli, der in Gedanken schon wieder woanders zu sein scheint. *Hach.* Jessie schiebt sich grinsend eine Gabel mit einer Tortellini in den Mund.

Kaum ist die Schale leer, beginnt sich Oli anzuziehen.

„Bleibst du nicht hier?", fragt Jessie erschrocken.

Oli beugt sich zu ihr hinunter und haucht ihr einen Kuss auf die Lippen. „Ich würde gerne, mein Schatz. Aber ich hab noch so viel zu tun!" Er schlüpft in seine Hose und blickt sich suchend nach seinen Socken um. Unter dem Bett wird er fündig.

Enttäuscht wickelt sich Jessie in ihre Decke und beobachtet Oli, der sich – hüpfend – die Socken über die Füße stülpt.

„Dieser Pitch, er ist wirklich wichtig, Jess. Das dürfen wir nicht versauen. Es steht nicht so gut um die Agentur, aber du musst dir keine Sorgen machen, mein Schatz. Wir kriegen das hin." Er zieht sich das Hemd mit dem Pullover in einem Stück über den Kopf. *Praktisch.* Er hält noch einmal inne und gibt ihr einen langen Kuss. „Das verstehst du doch?" Liebevoll streicht er ihr über die Wange, dann schnappt er sich seine Schuhe, die Jacke und öffnet die Tür. Er dreht sich noch einmal um und wirft ihr einen Luftkuss zu. „Bis morgen!" Dann schnappt die Tür ins Schloss.

Seufzend lässt sie sich ins Kissen fallen und schließt die Augen. *Was war das jetzt? Die Versöhnung? Eigentlich doch schon? Oli und ich sind jetzt wieder zusammen, oder? Das will ich doch, oder?* In Gedanken spielt sie die letzte Stunde wieder und wieder durch. Er war da, die Berührungen, alles echt. Eigentlich sollte sie vor Glück auf

Wolke sieben schweben, ach was, drüber, aber es fühlt sich nicht gut an.

Ein Kloß im Hals bildet sich und Jessie blinzelt automatisch. *Was soll das denn jetzt? Ich muss heulen? Weg mit dem Kloß!* Frustriert schnappt sie sich die Flasche Wein und nippt daran. *Bah, der schmeckt ja scheußlich.* Auch der Geruch, der aus der leeren Verpackung vor ihr aufsteigt, ist ihr plötzlich zuwider. Wütend über sich selbst stopft Jessie die Überreste des Abendessens zurück in die Tüte und wirft sie in der Küche in den Müll.

Irgendwie hatte sie sich das alles anders vorgestellt. Gut – der Sex in ihrem Versöhnungsszenario war ähnlich, aber in ihrer Version gab es wesentlich mehr Gespräch, mehr Kuscheln und zu guter Letzt wäre Oli bei ihr geblieben. *Ob ich ihn anrufen soll?* Zögernd nimmt sie ihr Telefon in die Hand und starrt auf das Display. *Oder doch lieber erst mit Frank darüber reden? Krisengespräch?* Sie würde zu gern jetzt mit jemandem darüber sprechen, nur soll sie wirklich?

Zahl, nicht Kopf

Immer wieder schweben ihre Finger über den Tasten, aber eine innere Stimme hält sie zurück. Bruce ist es nicht, der hat sich – so durchgevögelt – erst einmal hingelegt. *Eine Münze!* Jessie schnappt sich ihren Geldbeutel. *Bei Kopf ruf ich an, bei Zahl lieber nicht.* Jessie grinst kurz, dann schnippt sie den Euro hoch in die Luft. Zu hoch. Und schief. Mit Augen und Händen verfolgt sie die krumme Flugbahn der Münze und versucht, sie zu fangen. Kurz berührt das Metall ihre Finger, prallt ab und plumpst auf den Boden. Quiekend muss sie mit ansehen, wie die Münze auf der Kante zielstrebig unter ihren Schrank rollt. *Mist.*

Auf Knien, den Hintern in die Höhe gereckt, tastet Jessie die Spalte ab. Staub. Nichts als Staub und Krümel. *Bah ist das eklig.* Fluchend zieht sie die grau gefärbte Hand hervor, bückt sich so weit nach unten, bis ihre Wange auf dem Boden aufliegt, und stiert ins Dunkle. Da liegt das Miststück. Ganz hinten natürlich, direkt an der Wand. *Kopf oder Zahl?* Jessie kneift ein Auge zu, doch das Bild wird nicht besser. Seufzend setzt sie sich auf ihre Fersen und streift die staubige Hand an ihrem Oberschenkel ab. *Bestimmt Kopf.* Jessie schnappt sich das Telefon und drückt die Wahlwiederholung.

„Ja?“, knurrt ihr die bekannte Stimme schlecht gelaunt aus dem Hörer.

„Ich bin’s.“ Jessie pult an ihrer Bettdecke.

„So spät noch wach?“ Der Ton ist um einiges freundlicher, er klingt nun eher besorgt.

Jessie wirft einen Blick auf die Uhr. *Oh, schon nach 12. Hoppala.*

„Sie sind ja auch noch wach.“ Gibt sie verlegen zurück.

„Ich habe noch zu tun. Ist alles in Ordnung?“ Wieder dieser besorgte Unterton in seiner Stimme.

Jessie spürt, wie sie errötet. *Ich hatte gerade Sex – natürlich ist alles gut.* Sie muss kichern. „Ja, ich hab mich mit Oli vertragen.“ Jessie dreht dümmlich grinsend ihren Deckenzipfel zu einem Türmchen auf.

„Das freut mich für Sie.“ *Geschäftston. Oh.* „Er hat sich also entschuldigt und reinen Tisch gemacht?“

Jessie starrt auf ihr Türmchen und schluckt. „Hm, also nicht so direkt. Ähm. Also wir haben schon geredet …“ *Haben wir?* „… und dann sind wir zu mir gegangen und haben …“ *Sex gehabt.* „… ähm, gegessen.“ Sie beobachtet das Türmchen, das sich langsam ausdreht. Schweigen. Warum sagt er denn nichts? Jessies inneres Stimmchen flüstert was von „Zahl“, während sie das Türmchen erneut eindreht.

Frank seufzt. „Haben Sie denn überhaupt über die Probleme gesprochen?“

Jessie senkt den Kopf und dreht das Türmchen auf Anschlag. Er soll sich freuen, verdammt! Er soll ihr das blöde Gefühl ausreden! Warum ist es keine „Frankine“, mit der hätte sie jetzt kichernd über alle schmutzigen Details gequasselt. „Nicht so wirklich“, gibt Jessie leise zu, und das ungute Gefühl verstärkt sich. Wieder Schweigen.

Okay, sie hatte sich vorgenommen, ihn zur Rede zu stellen, ihm den Kopf zu waschen und ihm nur nach einer ernst gemeinten, ordentlichen Entschuldigung eine weitere Chance zu geben, aber das konnte man doch auch nachholen! Die innere Stimme schreit nun „Zahl!“ und Jessie schielt unbewusst zum Schrank.

„Warum sagen Sie denn nichts?“, genervt fingert sich Jessie eine Zigarette aus der Schachtel.

„Und was sollte ich jetzt Ihrer Meinung nach sagen? Ihnen gratulieren? Zu was?“ Jetzt klingt er sogar sauer!

Was ist denn jetzt los?

„Er hat sich weder entschuldigt, noch in irgendeiner Form dazu geäußert, er hat Sie betrogen, und nun haben Sie sich vertragen? Wow.“ Er schnaubt verärgert. „Versteh einer die Frauen, ich werde es wohl nie. Kein Wunder, wenn euch so etwas immer wieder passiert! Mit so einem Verhalten fordert man es ja geradezu heraus, verarscht zu werden!“

Mit offenem Mund sitzt Jessie nackt im Schneidersitz auf dem Boden und kann es nicht fassen. Ist er gerade laut geworden? Hat er ihr gerade erklärt, dass SIE Schuld an allem ist, weil SIE es mit sich machen lässt? „Er wird sich entschuldigen und es tut ihm alles leid! Das hat er gesagt!“, presst sie mit zitternder Stimme hervor, bemüht, überzeugt zu klingen. Wuttränen sammeln sich in den Augenwinkeln und machen sich zum Absprung bereit.

„Klar.“ Seine Stimme ist nun eiskalt. „Nur tun Sie mir einen Gefallen und rufen mich nicht wieder an, wenn er Sie das nächste Mal betrügt!“

„Das wird er nicht. Und ich werde auch nicht mehr anrufen. Keine Angst. Einen schönen Abend noch und … und … und ein schönes Leben!“ Krampfhaft drückt Jessie mehrmals auf den Aus-Knopf und schmeißt ihr Telefon wütend von sich. *So ein Arsch! Was bildet der sich ein?* Frustriert wischt sich Jessie die Tränen von den Wangen. *Warum wein ich denn?* „Weil er recht hat“, flüstert das Stimmchen. *Hat er nicht!* Schluchzend kriecht Jessie unter die Bettdecke. *Den ruf ich nie wieder an. Diesen Idioten. Er kennt Oli doch gar nicht! Und er war nicht dabei! Er hat nicht recht. Oli wird sich ändern. Weil ich ihm wichtig bin. Wir sind ein Team!* Trotzig wischt sie sich mit der Decke über die Augen. Bestimmt war es Zahl.

Vergeben und vergessen?

Am nächsten Tag fühlt sich Jessie, als hätte sie an einem Biathlon teilgenommen. Mangels Übung macht sich der Sex vom Vorabend bemerkbar. Muskelkater in fast allen Körperregionen. *Ich muss mehr Sport machen. Oder mehr Sex haben. Aber das lässt sich ja in Zukunft einrichten. Gehirnvermerk: Sportprogramm in Zukunft durch Sex ergänzen.* Steif schiebt sie sich aus dem Bett und hinkt ungelenk ins Bad.

Kurz schießt ihr das Gespräch mit Frank durch den Kopf, doch den Gedanken spuckt Jessie beim Zähneputzen mit in den Ausguss. *Der kann mich mal.* Gleich wird sie Oli wiedersehen. Und dann wird auch dieses ungute Gefühl verschwinden. *Oli liebt mich. Jawohl.*

Sie hat sich extra viel Mühe mit ihrem Outfit gegeben. Kritisch betrachtet sich Jessie noch einmal im Spiegel, bevor sie die Wohnung verlässt. Der enge Pulli betont ihre Brüste, der Rock ihren wohlgeformten Hintern und die hohen Schuhe strecken ihre Beine. Sie schluckt die Zweifel hinunter und tippelt zum Bus.

Mit Schwung betritt sie die Agentur und strafft die Schultern. *Das wird dein Tag.*

Birgit zieht eine Augenbraue hoch. „Na, da hat wohl jemand gute Laune“, brummelt sie missmutig Richtung Tisch.

„Ja, ich hatte einen seeeeehr schönen Abend“, erwidert Jessie vielsagend und klimpert mit den Wimpern.

Birgit brummt nur irgendetwas Unverständliches und sortiert ein paar Blätter auf ihrem Schreibtisch. „Um neun im Konferenzzimmer?“

„Ja, bis gleich!“ Zuckersüß lächelnd macht sich Jessie auf zu ihrem Schreibtisch. *Hach, das wird nicht nur dein Tag, das wird DER Tag schlechthin.* An ihrem Schreibtisch packt sie alle Bilder und Unterlagen in die Mappe und schielt immer wieder in den Gang. Ob Oli schon da ist? Sie kann ihn nicht entdecken. Er kommt schon noch, beruhigt sie sich, klemmt sich die prall gefüllte Mappe unter den Arm und sieht auf die Uhr. Zwei vor neun. Na dann.

Der Vormittag vergeht ohne ein Zeichen von Oli. Er taucht nicht auf, und Jessie hat Mühe, die wachsende Anspannung zu unterdrücken. Sie arbeitet mit Birgit an den zwei Kampagnen, und bis auf den frostigen Ton läuft das besser als gedacht. Birgit scheint sich damit abgefunden zu haben, dass keine ihrer Ideen, sondern nur die von Jessie genommen wurden. Professionell bespricht sie mit Jessie die Bilder, und bis auf ein einziges haben sie durchwegs den gleichen Geschmack. Auch bei den Headlines, wo diese zu sitzen haben, wo das Logo und der Claim platziert werden sollen, selbst da sind sie sich schnell einig.

„Machen wir Mittag?“

Jessie sieht erstaunt auf die Uhr. Halb eins. Die Zeit ist ja wie im Flug vergangen! Und Oli ist immer noch nicht aufgetaucht. Erst jetzt merkt sie, wie groß ihr Hunger ist. „Ja, Mittagessen ist eine großartige Idee. Das haben wir uns auch verdient.“ Stolz blickt sie auf die Bilderreihe, die die beiden bereits aufgestellt und beschriftet haben. Jessie und Birgit stehen auf und strecken die steif gewordenen Glieder. Als ihnen zeitgleich ein Stöhnen entfährt, müssen sie lachen.

„Wir werden alt, hm?“ Birgit lächelt verlegen.

„Scheint so. Schauen wir, dass die beiden alten Ladys etwas in den Bauch bekommen.“ Jessie grinst zurück.

Nach der Pause machen sie sich an die Ausarbeitung am Computer. Morgen ist die Präsentation, und es gibt noch so viel zu tun. Jessie fährt sich verzweifelt durch die Locken. *Das wird ein langer Tag.*

Mit brennenden Augen steht sie am Drucker und wartet auf die Ausdrucke. Langsam zieht sie den ersten A3-Ausdruck aus der Schale und begutachtet ihn kritisch. Gut sieht er aus. Und Birgit hatte recht. Der Claim ein Stück weiter unten wirkt um einiges besser. Jessie lächelt. Das Mittagessen war lustig gewesen, fast wie bei zwei alten Freundinnen. *Vielleicht passiert noch ein Wunder, und wir verstehen uns echt.* Jessie schmunzelt. Ja, das wird DER Tag.

Nur wo ist Oli? Jessie ist so in die Arbeit vertieft gewesen, dass sie fast nicht mehr an ihn gedacht hatte. Fünf. Und immer noch nicht aufgetaucht. Ob sie ihn anrufen soll? Nein, sie kommen ja gut voran. Vielleicht ist es lediglich ein Test, wie weit sie ist und ob sie langsam eine höhere Position in dieser Agentur einnehmen könnte. Dieser Gedanke bringt sie erneut zum Lächeln. *Ich werd dir beweisen, was ich drauf hab.* Einen Druck nach dem anderen nimmt sie in die Hand und nickt zufrieden. Ihre Kampagne ist fast fertig.

Da kommt Birgit um die Ecke. Auch ihre Augen sind von der Bildschirmarbeit gerötet, aber auch sie wirkt zufrieden. „Kann ich mal sehen?“ Jessie gibt ihr bereitwillig die Ausdrucke, und Birgit schnalzt bewundernd mit der Zunge. „Die sind gut geworden, wirklich gut!“

Jessie grinst breit. „Ja, und der Claim sitzt auch perfekt.“

Birgit hebt erstaunt den Blick und lächelt dann vorsichtig. „Danke.“

„Wie weit bist du?“

Birgit rollt die Augen. „Na ja, nicht so weit wie du, aber ich schaff es heute noch. Dann können wir morgen früh die Präsentation noch einmal durchgehen.“

Ohne nachzudenken, öffnet sich Jessies Mund und spricht: „Ich bin fast durch. Ich muss das hier nur noch auf Pappe aufziehen, dann den Präsentationstext dazu schreiben, dann komm ich rüber und helfe dir, okay?“

Birgit starrt sie an. „Äh, ja. Danke, das ist nett. Dann können wir es vielleicht echt heute noch alles fertig kriegen.“

Jessie nickt. „Ich beeil mich, dann komm ich zu dir.“ Sie nimmt der verblüfften Birgit die Ausdrucke aus der Hand und geht mit einem seltsam guten Gefühl zu ihrem Platz. *Nächstenliebe. Haach. Wie war das? Wenn man dir auf die linke Wange schlägt, dann halt auch die rechte hin. Ich hab sogar die Arschbacken hingehalten.* Und es scheint sich auszuzahlen. Um sechs hat Jessie ihre komplette Kampagne fertig.

Birgit sieht nun abgekämpft aus. Müde blickt sie auf, als Jessie sich auf ihren Schreibtisch setzt. „Bist du schon fertig?“

„Jap, alles im Konferenzzimmer aufgestellt.“ Grinsend wippt Jessie mit den Beinen. „Also, was soll ich tun?“

Birgit muss unwillkürlich auch lächeln und schiebt Jessie einen Packen Ausdrucke über den Tisch. „Die müssten auf Pappe aufgezogen werden?“

Jessie hüpft vom Schreibtisch und salutiert. „Wird gemacht!“ Mit den Ausdrucken in der Hand macht sie sich auf, als sie sich plötzlich noch einmal umdreht. „Ähm, hat sich Oli bei dir gemeldet?“

Birgits Blick verdüstert sich. „Er kommt wohl erst um sieben. Passend, wenn alles fertig ist.“

Jessie erstarrt. *Warum hat er ihr Bescheid gegeben, sich aber bei mir nicht gemeldet?* „Oh, okay.“ Automatisch muss sie einen Kloß herunterschlucken, der sich in ihrem Hals gebildet hat.

„Er musste wohl zum Kunden. Wichtig.“ Beim letzten Wort verdreht Birgit wieder die Augen, und Jessie muss lächeln. *Wichtig. Oh ja. Oli ist immer wichtig.* „Na dann.“ *Privat ist privat, Arbeit ist Arbeit*, schimpft sich Jessie selbst in Gedanken. *Er prüft dich. Ob du auch professionell genug bist.* Dieser Gedanke beruhigt sie ein wenig, verdrängt aber nicht das ungute Gefühl, das sich schon wieder in ihrem Magen breitmacht. *Könnte aber auch das heruntergeschlungene Mittagessen sein. Hm.*

Um kurz vor sieben, gerade als Jessie und Birgit sich gegenseitig die Präsentationen vorsprechen, öffnet sich die Tür und ein verschmitzt dreinblickender Oli steckt den Kopf durch die Tür. „Na, Mädels? Alles fertig, hoffe ich?“

Wie kann man diesem Mann böse sein? Jessie ertappt sich mit einem dümmlichen Grinsen, Birgit scheint es nicht anders zu gehen. Auch sie starrt wie ein Erdmännchen auf Oli, der sich geschmeidig durch die Tür schiebt und bewundernd einen Pfiff ausstößt.

„Ich wusste doch, dass man sich auf euch verlassen kann.“ Langsam schlendert er die Pappen ab und nickt immer wieder anerkennend. „Ihr seid gut. Verdammt, seid ihr gut.“

Jessie und Birgit werfen sich verschwörerische Blicke zu. A: Sie waren gut. Und B: Fertig. Rechtzeitig.

„Nun“, grinsend lässt er sich auf einen freien Stuhl fallen und schlägt elegant die Beine übereinander, „dann legt mal los!“

Birgit fängt sich als Erste und wirft Jessie einen fragenden Blick zu. Die nickt kaum merklich und setzt sich neben Oli. Sie sitzen so nah beieinander, dass sich fast ihre Arme berühren. Jessie kann die Hitze spüren, die ihren Arm hinaufkriecht. Durch den Nebel dringen plötzlich Birgits Worte an ihr Ohr, die bereits die Präsentation gestartet hat. *Konzentrier dich, Jess, erst die Arbeit, dann das Vergnügen.* Mit einem Ruck setzt sie sich aufrecht hin und folgt aufmerksam der Präsentation.

Als Birgit geendet hat, klatscht Oli euphorisch und beugt sich zu Jessie. Leise raunt er in ihr Ohr: „Und jetzt du, Schatz. Mach mich stolz. So wie gestern.“ Mit einem anzüglichen Grinsen leckt er sich über die Lippen, und Jessie ist sich sicher, dass sie wie eine rote Neonreklame blinkt und leuchtet. Auffallend laut räuspert sie sich und macht den Stuhl für Birgit frei, die sichtbar erleichtert Platz nimmt. *Nur nicht Oli anschauen. Nicht hinschauen. Hingeschaut. Mist.* Wieder spürt sie die Röte in ihr Gesicht schießen und wendet sich den Pappen zu. *Konzentrier dich, Jess. Das ist Arbeit! Zeig, was du drauf hast.* Sie atmet noch einmal tief durch, dann beginnt sie mit fester Stimme, ihre Kampagne zu beschreiben.

Als sie geendet hat, applaudieren Birgit und Oli laut. Oli steckt sich sogar die Finger in den Mund und pfeift. „Damit haben wir den Pitch in der Tasche!“ Oli ist völlig begeistert. „Das habt ihr großartig gemacht, Mädels.“

Stolz blicken sich Jessie und Birgit an. Ja, sie haben in den letzten Tagen einiges geleistet.

„Gut“, Oli wirft einen Blick auf seine Uhr, „dann machen wir Schluss für heute. Ist schon fast neun. Die Präsentation beginnt morgen um 13 Uhr, und weil ihr so fleißig wart, könnt ihr euch beide den Vormittag freinehmen.“ Er stellt sich zwischen die beiden und legt jeder von ihnen einen Arm um die Schulter. „Ich kümmer mich um die Präsentationsunterlagen. Ihr beide schaut jetzt, dass ihr nach Hause kommt und euch ausruht. Das habt ihr euch redlich verdient.“ Er bugsiert die beiden zur Tür. „Na dann, bis morgen!“

Birgit löst sich als Erste und reibt sich die Hände. „Heim. Essen. Fernsehen. Schlafen.“ Genüsslich schließt sie kurz die Augen. „Bis morgen dann!“

Als Birgit außer Hörweite ist, flüstert Jessie Oli lächelnd ins Ohr. „Kommst du heute noch zu mir und belohnst mich für diese außergewöhnlich gute Arbeit?“

Oli lacht leise auf und knabbert an ihrem Hals. „Nicht heute, Schatz. Ich bin mit Benedikt zum Essen verabredet. Der platzt bald vor Neugier. Aber deine Belohnung bekommst du noch.“ Er beißt ihr noch einmal fest in den Hals und gibt ihr einen Klaps auf den Po. „Und nun ab nach Hause, du Genie.“

Grinsend reibt sich Jessie ihre Pobacke und zieht eine übertriebene Schnute. „Dann kann ich ja nur hoffen, dass die Belohnung auch eine wirklich gute ist. Eine, auf die es sich lohnt zu warten.“ Sie wippt mit den Augenbrauen und läuft schnell zu ihrem Schreibtisch, ehe Oli ihr ein zweites Mal auf den Hintern schlagen kann.

Zu Hause setzt sich Jessie mit einem Kaffee ans Fenster, eingemummelt in eine Decke, und lächelt. Das war ein guter Tag. Das Prada-Monster ist besiegt, Oli begeistert und der Single-Status kann wohl auf „in einer Beziehung“ abgeändert werden. Jessie seufzt. Gut, es wäre schöner gewesen, jetzt mit Oli zusammenzusitzen und zu feiern, aber Jessie kann das schon verstehen. Oli hat den Kopf immer voll. Termine über Termine, arbeitet viel zu viel – da muss man als Freundin auch schon mal zurückstecken. *Als Freundin.* Jessie grinst.

Aber ich werde ihm beweisen, dass ich immer zu ihm stehe. Dass ich keine Pause brauche, sondern bereit bin, in der Arbeit Vollgas zu geben. Er muss es ja auch! Ha. Ich nehme mir morgen nicht frei. Ich gehe wie immer in die Arbeit und werde ihn unterstützen. Er soll sehen, dass er jetzt nicht mehr allein durch all das durch muss, sondern dass er eine attraktive, starke Frau an seiner Seite hat. Beschwingt hüpft Jessie vom Fensterbrett und der Kaffee schwappt ihr über die Hose. *Heiß, heiß!* Hüpfend und fluchend zieht sich Jessie schnell mit spitzen Fingern die Hose weg vom Oberschenkel. Gut, duschen muss sie sowieso. Dann eben auch Wäsche waschen.

Ein Blick in den Badezimmerspiegel und Jessies Schlafenszeit steht fest. Bei den Augenringen eigentlich schon vor 24 Stunden. Also schnell duschen und dann ab ins Bett. Morgen muss sie gut aussehen. Ausgeruht, belastbar, attraktiv!

Ein Briefumschlag blinkt auf ihrem Display, als sie sich in Handtücher eingewickelt auf ihr Bett setzt. Gespannt klickt sie den Umschlag an. „Du hast es einfach drauf, Süße. Du bekommst noch deine Belohnung. Versprochen. Dein hungriger Oli. PS: Du hast toll ausgesehen."

Jessie lächelt glückselig vor sich hin und lässt das Handy sinken. *Morgen wirst du Augen machen. Deine Jessie kommt und rettet dich, überarbeiteter Schatz. Jessie ist ja da. Alles gut ...*

Deins, meins – Auslegungssache

Der Flur wirkt wie ausgestorben. Irritiert schielt Jessie in die Büros, bis auf zwei Texter scheint niemand hier zu sein. *Hier stimmt was nicht.* Jessie öffnet die Glastür und schiebt den Kopf in das Büro. „Morgen, wo sind denn alle?“, fragt sie unsicher lächelnd und ihr Magen krampft sich zusammen.

„Die sind alle gratulieren. Gibt Schampus“, sagt einer der Texter, ohne dabei den Blick von seinem Bildschirm abzuwenden.

„Was gibt es denn zu feiern?“ Jessies Nacken kribbelt. *Das hat er nicht ...*

„Na, der Klopapier-Kunde war von der scheiß Präsentation wohl angetan.“ Der Texter lacht über seinen Witz, aber als er Jessies Gesicht sieht, verstummt er augenblicklich. „Sind alle drüben, im Konfiraum“, schiebt er schnell hinterher und wendet sich ab.

Wie in Zeitlupe geht Jessie den Gang entlang. Eigentlich will sie gar nicht, eigentlich will sie umdrehen und wieder nach Hause gehen, aber sie muss. Irgendetwas zieht sie förmlich zu der Tür, durch die Stimmen und das Klirren der Gläser dringen. Da öffnet sich die Tür und ein paar von Jessies Kollegen schieben sich an ihr vorbei. „... wir haben den Pitch ...“ – „... war so klar, dass Oli abliefert ...“ – „... so ein kreativer Kopf ...“ *Das hat er nicht getan.*

Am Tisch, vor den aufgereihten Präsentationspappen, IHRER Kampagne, stehen ein strahlender Oli und ein zerknirscht dreinschauender Benedikt. „Der Bessere hat gewonnen“, sagt Benedikt gespielt leidend und prostet Oli zu. „Hammer-Kampagne. Echt. Du hast den Kunden umgehauen. Dir kann einfach keiner das Wasser reichen, nicht einmal ein Genie wie ich“, lacht Benedikt und klopft Oli heftig auf die Schulter.

Jessie steht immer noch in der Tür, bewegungsunfähig, und starrt die beiden an. Er hat es getan. Er hat IHRE Arbeit, IHRE Idee genommen und als seine verkauft. Er hat ihr freigegeben, nicht um sie für ihre Arbeit zu belohnen, sondern um den Kunden und den anderen ihre Arbeit als die seine zu verkaufen.

Übelkeit steigt in ihr auf, und Jessie entfährt ein Keuchen. Oli wendet den Kopf Richtung Tür und seine Augen weiten sich. „Jessie, was machst du denn …?“ Fast panisch macht er ein paar Schritte auf sie zu.

Jessie hebt abwehrend ihre Hand, wie in einem Horrorfilm, wenn man den Teufel abwehrt. „Fass mich bloß nicht an!“, zischt sie und schüttelt langsam den Kopf. „Wie konntest du?!“ Jessie stolpert rückwärts in den Flur. Immer weiter schiebt sie sich, abgestützt an der Wand, durch den Flur, bis das ängstliche Gesicht von Oli und das fragende Gesicht von Benedikt aus ihrem Blickfeld verschwinden. Erst dann löst sie sich aus der Erstarrung und flieht aus dem Büro.

Wie betäubt sitzt Jessie im Bus und zieht mit zittrigen Fingern ihr klingelndes Handy aus der Manteltasche. Oli. Ohne es wirklich zu wollen, nimmt sie ab und hält sich das Handy ans Ohr.

„Jessie?“ Panik in der Stimme. „Du bist doch jetzt nicht sauer, oder? Jessie? Der Termin wurde vorverlegt, ich konnte nichts dafür.“ Pause. „Komm schon, das war doch klar.“ Nervöses Schweigen. „Ich meine, du wusstest doch, dass ich das präsentieren musste. Du hast immer noch den Status Praktikantin …“, unsicheres Lachen, „… da kannst du doch nicht vor dem Kunden präsentieren, das geht nicht, das verstehst du doch?“ Wieder Pause. „Jessie? Komm schon. Okay, ich hätte dich gestern anrufen können, aber ich dachte wirklich, du hättest eine Pause verdient.“ *Leck mich.* „Wir sind doch ein Team!“

Angeekelt drückt sie den Anruf weg und wählt die Wiederholungstaste.

„Ja?“, meldet sich die vertraute, mürrische Stimme.

„Du hattest recht. Ich bin so dumm", flüstert sie fast tonlos und legt wieder auf. Sie schaltet ihr Handy ab und steckt es zurück in die Tasche. *Selbst schuld. Du bist selbst schuld.* Sie lehnt die Schläfe an die kalte Scheibe des Busses und starrt auf die Straße. *Was hatte Frank gesagt? „Frauen sind selbst schuld, so wie sie sich verhalten." Selbst schuld. Er hat so recht.*

Zu Hause angekommen, kriecht sie kraftlos in ihr Bett und schließt die Augen. *Keiner da. Nie wieder.*

Unerwarteter Besuch

Die nächsten fünf Tage steht Jessie nur auf, um etwas zu trinken, etwas Kleines hinunterzuwürgen oder um auf die Toilette zu gehen. Den Rest der Zeit verbringt sie schlafend oder dösend in ihrem Bett. Gekündigt war sie bestimmt sowieso schon, und da sie kein Geld mehr verdienen würde, um ihre Rechnungen zu zahlen, würde irgendwann ihr Vermieter mit dem Räumungskommando die Türe eintreten und sie auf die Straße setzen. Also warum aufstehen. Das kann man doch auch in Ruhe abwarten.

Es klopft. Für das Räumungskommando erstaunlich früh, schießt es Jessie durch den Kopf, immerhin hatte sie ihre letzte Miete ja *fast* pünktlich überwiesen. Jessie rührt sich nicht. Tot stellen. Auch eine Möglichkeit. Passt auch zum Geruch. Sollen die doch die Tür eintreten und sie raustragen. Falls sie überhaupt einer anfasst. Erneutes Klopfen. Ziemlich zaghaft für einen Räumungstrupp. Jessie zieht die Decke über den Kopf. *Geht weg.*

„Jessie?"

Eine Frauenstimme. Irritiert hält Jessie den Atem an und lauscht. Seit wann erledigen denn Frauen solche Jobs? *Ja ja, die Emanzipation. Danke, Alice.*

„Jessie? Ich bin's. Birgit. Komm, mach auf!"

Birgit? Langsam zieht sich Jessie die Decke vom Gesicht und dreht den Kopf Richtung Tür. Was will die denn hier? Sich an ihrem Leid weiden? „Hau ab", murmelt Jessie halblaut und dreht sich zur Seite.

„Jetzt komm schon, mach auf! Ich muss mit dir reden!"

Eine zweite Stimme ertönt, männlich. Doch nicht etwa Oli, dieser Scheißkerl? Schlagartig erhöht sich Jessies Pulsfrequenz.

„Ich hoff, Sie ham der nix geliehn, des sehn Se nie wieder."

„Wie bitte?"

Der Klebebandnachbar. *Jetzt reicht's!* Mit einem Schwung kehren die Lebensgeister in Form von Wut zurück. Jessie hangelt sich aus dem Bett, zieht den letzten 10-Euro-Schein aus ihrem Geldbeutel und reißt die Tür auf. „Da haben Sie Ihr verdammtes Geld!" Wütend wirft sie dem verdatterten Nachbarn den Schein an die Brust. „Kaufen Sie sich Ihr Scheißband selbst und holen Sie sich damit einen runter!"

Ob es am unerwarteten Wutausbruch, an Jessies erschreckendem Erscheinungsbild oder dem grandiosen Vorschlag liegt – vielleicht auch an dem Geruch, der aus der Wohnung strömt –, die Wirkung ist verblüffend. Hastig grapschen seine Wurstfinger nach dem Schein, und ohne noch ein Wort zu sagen, verschwindet der Nachbar blitzartig in seiner Wohnung. Mit einem Rrrummms fällt die Tür ins Schloss. Birgit steht blinzelnd, mit halb geöffnetem Mund im Flur und starrt Jessie an.

„Was willst du?" Ohne die Antwort abzuwarten, dreht Jessie ab und schlurft zurück in ihr Bett.

Zögernd betritt Birgit hinter ihr die Wohnung und zieht die Tür leise zu. „Ich wollte sehen, wie es dir geht … Du bist nicht mehr zur Arbeit gekommen. Ich … ich hab mir Sorgen gemacht." *Klingt zumindest ehrlich. Egal.*

Birgit bleibt im Türrahmen stehen und vermeidet es, Jessie direkt anzusehen. Die Wohnung ist – wie Jessie – in einem erbärmlichen Zustand. Also starrt Birgit auf ihre Fußspitzen. „Wie geht es dir?" Sie bewegt sich keinen Zentimeter. Gut, könnte der Respekt sein. Immerhin bläst Jessie nicht jeden Tag einen Klebebandsüchtigen um. Könnte aber auch der Geruch sein. Oder alles zusammen.

„Beschissen. Reicht das?" Jessie dreht ihr den Rücken zu. „Kannst also wieder gehen. – Oh, und bestell den anderen liebe Grüße. Die möchten bestimmt auch wissen, wie's mir geht."

„Hör mal, ich war in der Vergangenheit echt eklig zu dir und das tut mir leid. Aber MIR hat auch keiner Bescheid gesagt. Ich wurde genauso verarscht wie du!“ Birgit atmet heftig aus.

Sollte sie nicht. Dann muss sie auch heftig wieder einatmen. „Gratuliere, dass du’s besser wegsteckst. Bin ich eben ein Weichei. Hast gewonnen.“ Trotzig zieht sich Jessie die Decke bis unter’s Kinn und starrt weiter auf die Wand.

„Was willst du jetzt machen? Hier im Bett vor dich hingammeln, bis du verwest?“ Jetzt klingt Birgit sauer. „Vom Geruch her bist du ja gar nicht mehr weit davon entfernt – Poh, Jessie, sag mal, hast du ins Bett gemacht?“ Plötzlich kniet eine angewidert dreinschauende Birgit über ihr und reißt das Fenster auf.

„Spinnst du? Natürlich nicht!“ Entrüstet klammert sich Jessie an der Decke fest.

„Das alles hier …“, hilflos irrt Birgits Blick durch den Raum, „… oder du, es stinkt! Wasch dich gefälligst!“ Mit einem Ruck zieht sie Jessie die Decke weg und zeigt Richtung Bad. „Wasch dich! Jetzt!“

Der rüde Ton zeigt Wirkung. Murrend, aber den Anweisungen Folge leistend, schlurft Jessie ins Bad. *Was fällt der eigentlich ein?* Wütend sitzt Jessie auf dem Klo. *Die hat sie doch nicht mehr alle. Ich schmeiß die jetzt raus. Das ist meine Wohnung. Mein Leben!* Aber gerade als Jessie den Arm hebt, um das Toilettenpapier abzureißen, erreicht ihre Nase eine Mischung aus überfahrenem Iltis und spanischem Bauarbeiter. Gut. Erst waschen – dann rausschmeißen.

Sich zu kultivieren stimmt erstaunlich versöhnlich, zudem hat Birgit sogar ein klein wenig klar Schiff gemacht, als Jessie beim Duschen war. Jessie rubbelt sich mit dem Handtuch durch die nassen Haare und seufzt resignierend. „Willst du einen Kaffee?“

Birgit lächelt leicht. „Gern.“

Wahrheit ist nicht immer schön

Zehn Minuten später sitzen sich die beiden an Jessies Zwergentisch in der Küche gegenüber und trinken Kaffee.

„Hübsch hast du's hier." Verlegen nippt Birgit an ihrem Kaffee.

„Nachdem du mich gefragt hast, ob ich in mein Bett gemacht hab, kannst du auch ehrlich zu mir sein. Es ist ein hässliches, kleines Drecksloch." Jessie schnauft.

„Kompakt würde ich sagen, übersichtlich." Nachdenklich schaut sie sich um. „Ich dachte immer, du wohnst in so einem schicken, stylischen Appartement."

„Wie sollte ich mir das denn von meinem Praktikumsgehalt leisten?" Irritiert zieht Jessie die Augenbrauen hoch. „Also, dass du Fantasie hast, weiß ich ja, aber so?"

Birgit schnaubt lächelnd und schüttelt leicht den Kopf. „Das hat man in der Agentur erzählt. Dass Oli dir den Job und ein Appartement besorgt hat, dass du hintenrum viel mehr bezahlt bekommst als wir, weil du eben mit Oli vögelst. Oder gevögelt hast", schiebt Birgit hastig hinterher.

„Wer erzählt denn so was!?"

„Alle? Vor allem Benedikt. Na ja, und Oli hat es mit den Erzählungen über dich nicht besser gemacht." Birgit zuckt entschuldigend mit den Schultern. „Deswegen fand ich dich auch so kacke und war so ätzend zu dir. Ich arbeite dort seit vier Jahren, weißt du, hart, und dann kamst du. Von Oli protegiert, scin Betthäschen." Stille. „Es tut mir leid."

„Schon gut.“ Mehr bringt Jessie nicht heraus. Schon wieder stopft ihr ein Kloß den Hals zu.

„Es tut mir echt leid. Ich hab dich total falsch eingeschätzt!“

„Hast du“, sagt Jessie bitter. „Ich bin einem Mann hinterhergelaufen, weil ich dachte, dass er es wert ist. Ich bin in dieses Loch gezogen, obwohl ich bei ihm hätte wohnen sollen. Ich hab für ein lächerliches Praktikantengehalt Überstunden gemacht und die Gemeinheiten meiner Kollegen ertragen, obwohl mir eine Festanstellung versprochen wurde. Und zum Schluss hat mich dieser Mann belogen, betrogen und dann noch über den Tisch gezogen.“ Jessie lacht laut auf. „Da haben wir's. Was sich reimt, ist eben NICHT immer gut.“ Triumphierend hebt Jessie die Kaffeetasse und prostet Birgit zu, die leicht verängstigt drein blickt. „Aber weißt du was?“ Fast drohend zeigt Jessie mit dem Zeigefinger auf Birgit, die instinktiv ein wenig nach hinten rutscht. „Es ist meine Schuld.“ Bekräftigend nickt Jessie und nimmt einen Schluck Kaffee. *Zu wissen, dass es die eigene Schuld ist, wirkt irgendwie beruhigend. Danke, Frank.*

„Das ist doch nicht deine Schuld!“ Birgit scheint ehrlich verblüfft über Jessies Aussage zu sein. „Er ist ein Meister der Manipulation. Er hat uns alle an der Nase rumgeführt … nicht nur dich,“ fügt sie leise hinzu. „Ich … ich muss dir noch was sagen.“ Birgit nestelt am Henkel ihrer Tasse.

Will ich es hören? Nein, ich will nicht. Lalala, schnell die Finger in die Ohren.

„Ich hatte was mit Oli. Also als mit dir und Oli Schluss war“, fügt sie hinzu. „Ich war schon ganz lange in Oli verliebt, und als er dann …“

„Schon gut!“, unterbricht Jessie sie energisch. „Bitte keine Details. Nicht. Bitte.“ *Wer noch, Oli? Wer noch?*

Beide starren auf die Tassen vor sich.

„Und ich hab dir das Bild geschickt!“, platzt Birgit in die Stille.

Jessies Kopf schnalzt ruckartig nach oben. „Du warst das?“ Entgeistert starrt sie Birgit an, der nun plötzlich Tränen über das Gesicht laufen.

„Oli hat an dem Abend die ganze Zeit mit mir geflirtet. Und dann auf dem Klo …“, sie schnieft leise, „… erst habe ich nur komische Geräusche und Gelächter gehört, dann Gestöhne neben mir, und … und da hab ich mich auf den Rand der Toilette gestellt und …“, sie zieht geräuschvoll die Nase hoch, „… einfach mein Handy über die Trennwand gehalten und ein Foto gemacht – ich wusste ja nicht, dass er …“ Die Schultern beben und die Tränen laufen ihr über's Gesicht. „Wir hatten vor Monaten schon mal was miteinander, aber Oli hat Schluss gemacht und gesagt, dass das aufgrund der Arbeit nicht geht. Und dann kamst du …“, ihre Stimme bricht und aus Gucci-Prada-Birgit wird ein Häufchen Elend. „Ich wollte, dass es dir genauso beschissen geht wie mir!“ Verzweifelt sieht sie Jessie an. Um Verzeihung bittend. Oder wenigstens um Verständnis. Oder die Absolution.

Jessie sitzt ein paar Minuten regungslos und schweigend da. Dann steht sie abrupt auf und schlägt auf den Tisch. „Es reicht!“

Birgit blinzelt erschrocken und zieht den Kopf ein. Mit ängstlichem Blick folgt sie Jessie, die mit entschlossener Miene ein Schränkchen öffnet und eine Flasche Wein hervorzieht. „Den trinken wir jetzt. Und vernichten alle Gehirnzellen, die auch nur irgendwie mit Oli in Verbindung stehen!“

Birgit lächelt vorsichtig und nickt. „Guter Plan.“

„Binn ich eijentlich jefeuert?“ Jessie schwenkt die fast leere zweite Weinflasche und spitzt das Mündchen.

„Neeein!“ Völlig entrüstet schüttelt Birgit den Kopf. „Oli hat inner Arbeit erzzählt, du wärsst im Ualaub.“

„Wo binn ich im Uaaalaub?“ Jessie lacht. Irgendwie doch gut zu wissen, dass man noch Arbeit hat.

„Das hatta nich gesagt. Aba, ah! Fasst vergessn!“ Aufgeregt richtet sich Birgit auf. „Nächse Woche kommtn neuer Großkunne. Dicka Fisch.“ Birgit nickt bedeutungsschwer und kippt dabei leicht zur Seite. „Riesn Büjeee. Die Hotelkette *City-Inn*. Hat aba verlangt, dass beim Pitsch alle mitmachen. Hat sogaa ne Liste mit allenn Leutn von uns geschickt, die da mitzumachn haben. Hat die Namn wohl von unsara Inernetseite rausgeschriebn. Der hat einn an der …“, Birgit lässt den Finger an der Schläfe kreisen. „Da schtehst du auch drauf.“ Birgit grinst breit.

„Ich bin eine Monika Lewinssski, vergessn?“ Jessie nimmt einen großen Schluck.

„Wenn da nich alle von der Liste mitmachn, wars das. Schteht da so mit bei. Ehjlich.“ Birgit nimmt Jessie die Flasche aus der Hand und leert sie in einem Zug. „Oli wird dich anbettln, da misumachn.“ Birgit grinst immer breiter.

„Neee.“ Jessie schüttelt den Kopf und steckt sich eine Zigarette an.

„Doch.“ Birgit nimmt ihr die Zigarette aus dem Mund und zieht daran. Hustend steckt sie Jessie die Zigarette wieder in den Mund. „Oli hat da extra nachjefragt. Nix da. Die Beding… Beding’en schtehn. Alle oda keina. Er wiad bettln. Müssn. Neua Verhandlungsschtandpunkt für dich, meijne Süße. Nutzzz es aus.“ Schwerfällig erhebt sich Birgit und drückt den Rücken durch.

„Du kannst hier auch pennn.“ Jessie patscht hinter sich aufs Bett.

„S lieb von dia, aba ich muss die Katze füttan.“ Sie lächelt Jessie an und versucht, angelehnt an die Flurwand, ihre hohen Stiefel anzuziehen.

„Ich bring dich noch sum Bus.“ Jessie lehnt sich hinter Birgit an die Wand und zieht sich auch Schuhe an. *Wie swei Abfahtskifahrerinn’n*, denkt Jessie. *Gut. Ohne Skii. Ohne Pisde. Aaach, ejal.* Zumindest waren sie beide jetzt ein Team. Team „gegen Oli“.

„Is lieb, aba schaff ich schon. Schlaf lieba. Ich komm wieda.“ Bedeutungsvoll lässt Birgit die Augenbrauen auf und ab wippen, und Jessie muss kichern.

„Gut. Ich bin voabereitet. Komm gut heim. Und lass dich von keinn Olis anschprechn."

„Niiiemals. Indianaehrenwort." Birgit gibt Jessie unbeholfen die Hand und verschwindet im dunklen Hausflur.

Nachdenklich steht Jessie im Bad und putzt sich die Zähne. Trotz all der Informationen, die sie heute erhalten hat, hat sich ihre Laune deutlich verbessert. *Tut gut, so eine Art Freundin zu haben. War sie das? Eine Freundin?* Jessie spuckt aus und gurgelt mit Wasser nach. *Irgendwie schon. Hm.*

Immer noch grübelnd schlüpft Jessie in ihr Bett. Ob sie Frank anrufen soll? Unschlüssig hält sie das Handy in der Hand. Sie fühlt sich ja eigentlich schon besser. *Ja.* Kaum ist das Handy hochgefahren, trudeln verpasste Anrufe und Nachrichten ein. Allesamt von Oli. *So gud fühl imich doch wieda nich.* Schnell drückt sie den Aus-Knopf und legt das Handy zurück auf den Nachttisch. *Moagn vielleich. Ers noch Wundn leckn.*

Freund und Helfer

Als Jessie am nächsten Morgen erwacht, ist sie zwar verkatert, aber zumindest gut gelaunt. Genüsslich streckt sie sich und seufzt. Sie hat noch einen Job, sie ist im Urlaub, Oli wird sich bald melden … müssen. Jessie grinst. *Und betteln.* Bis es soweit ist, kann sie ja noch an ihrem Text für ihn feilen. Erst mal die Wohnung aufräumen und einkaufen. *Ha. Ich bin wieder da!* Beschwingt springt sie aus dem Bett und setzt sich, als der Schwindel einsetzt, schnell wieder auf die Bettkante. *Gut, nur halb da. Langsam, Brauner. Erstmal eine Aspirin.* Vorsichtig reibt sie sich die schmerzenden Schläfen. *Gut, aufräumen und einkaufen ist vielleicht ein zu ehrgeiziges Projekt für jemanden mit Kater. Aufräumen ist nicht überlebenswichtig – Nahrung besorgen schon.* Seufzend wagt Jessie vorsichtig einen zweiten Anlauf und schleppt sich ins Bad. Erstmal kultivieren. *Und Zähne putzen. Uaahhh. Totes Tier gegessen.*

Vollgepackt, mit zwei schweren Tüten, steigt Jessie zwei Stunden später aus dem Bus. Schnaufend stellt sie an der Bushaltestelle die Tüten ab, um den Inhalt umzuschichten. *Gehirnvermerk: Niemals alle schweren Dinge in nur eine Tüte packen, auch wenn sie sich noch so tetrismäßig stapeln lassen. Oh, und niemals nach unten beugen, wenn man Kopfschmerzen hat.* Misstrauisch beäugt Jessie den langgezogenen Plastikgriff. *Ein paar Meter musst du noch halten, okay?* In dem Moment saust ein Schatten an ihr vorbei und ehe sie richtig versteht, was gerade passiert ist, sieht sie einen Jugendlichen mit ihrer Handtasche um die Ecke verschwinden. „He!“, brüllt Jessie wütend. „He!“ Doch die Straße ist menschenleer. *Klasse, Jessie. Reaktionszeit von einer Riesenschildkröte. In Zeitlupe. Mann!* Hektisch geht Jessie den Verlust im Kopf durch. *Bürste – verschmerzbar. o.b.'s – unbenutzt. Leider. Da hätte er aber geschaut. Geldbeutel – lediglich ein paar Euro, da wieder Plantage und Aktien von Körnerfutter erworben.* Jessie seufzt. Jetzt hat es sich doch ausgezahlt, dass sie all ihre Karten und Dokumente immer zu Hause lässt. Alles in allem ärgerlich, aber nicht allzu schlimm. Der Dieb kann einem ja fast leidtun. Luft auspustend lässt sie sich auf die Bank an der Bushaltestelle sinken. Und dann werden Jessies Augen immer größer. *Scheiße! Mein Handy! Da ist Franks Nummer drauf!* Jessies Verstand sucht panisch nach allen Möglichkeiten, aber es gibt keine. Franks Nummer befindet sich nur auf ihrem Handy! Sie hat sich die Nummer nie aufgeschrieben! Fieberhaft versucht sie, sich an die Zahlenkombination zu erinnern, aber nach den ersten vier Zahlen spielt ihr Erinnerungsvermögen Bingo und wirft mit Zahlen nur so um sich. „Nein, nein, nein", flüstert Jessie leise und vergräbt ihr Gesicht in den Händen. *Ich weiß nicht mal, wie er heißt.*

„Wie sah er denn aus?" Der Polizist sieht Jessie gelangweilt an.

„Ich hab ihn nur von hinten gesehen. Ähm, weite, blaue Jeans und einen schwarzen Pulli. Glaub ich. Oder dunkelblau. Und dunkle Haare. Schwarz oder braun. Kurz. Also so ein paar Zentimeter lang. Denke ich zumindest."

Der Polizist zieht die Augenbrauen hoch und tippt dann lustlos auf seiner Tastatur. „Denken Sie also. So so", brummt er vor sich hin. „Weiter?"

Ja, nix weiter, der ist gerannt wie ein Irrer! Jetzt zieht alle los und sucht ihn, verdammt! „Mehr konnte ich nicht erkennen. Es ging alles so schnell!"

„Wie alt ungefähr? Größe?"

Ich hab ihn nur von hinten gesehen! Hörst du mir zu, du Idiot? Soll ich aufgrund des Hinterkopfes und des Laufstils das Alter schätzen? Hm? Also gut ... kannst du haben. „So um die 20." *So schnell, wie der war, stand der in der Blüte seines Lebens.* „Vielleicht einsfünfundsiebzig groß?“ Jessie seufzt innerlich. Mit der Beschreibung wird das nie was.

„Aha.“ Der Polizist tippt weiter.

Wahrscheinlich spielt er irgendwas und tut nur so, als ob er schreibt. Jessie tritt nervös von einem Fuß auf den anderen. *Mach schneller! Der ist ja in Polen, bis du alles eingetippt hast!*

„Und gestohlen wurden also nur o.b.´s, eine Bürste, circa sechs Euro und ein altes Nokia 113, richtig?“

Was heißt „nur“ und „altes Nokia“? Entschuldigen Sie, dass ich keinen Goldbarren in der Tasche hatte. Dieb ist Dieb, oder? Mach deinen Job, du Helfer der in Not Geratenen! „Ja, richtig.“ *Jetzt gründet er in Polen gerade eine Familie. Und die Hochzeit bezahlt er mit meinen verkauften Sachen.*

„Bitte lesen Sie sich die Anzeige noch durch, überprüfen Sie Ihre Angaben und unterschreiben Sie Ihre Aussage“, rasselt der Polizist monoton herunter. Er drückt weiterhin irgendwelche Tasten, der Drucker surrt und kommentarlos legt er den Zettel samt Stift vor Jessie auf den Tresen.

Jessie überfliegt den Text. *Ca. ... eventuell ... vielleicht ..., klingt nach einer absolut detaillierten Täterbeschreibung. Kann also nur zum Erfolg führen. Oh Mann.* Schnell kritzelt sie ihre Unterschrift auf das Blatt und schiebt es zurück. *Und nun los! Raus mit euch und schnappt euch den Kerl!*

„Gut, dann hab ich alles. Sollte sich etwas ergeben, werden wir uns bei Ihnen melden.“ Er wendet sich ab.

Wie melden Sie sich denn? Ich hab doch kein Handy mehr? „Schreiben Sie mir einen Brief oder kommen Sie vorbei?“ Jessie tippelt wütend mit den Fingernägeln auf den Tresen. Der hält sie wohl für total bescheuert. *Der hat doch gar keine Lust! Wahrscheinlich bastelt er aus meiner Anzeige einen Papierflieger.*

Genervt dreht sich der Beamte zu ihr. „Dann geben Sie mir die Nummer Ihrer Arbeitsstelle. Dann rufen wir dort an – falls sich etwas ergibt.“

Jessie rasselt die Nummer hinunter und widerwillig kritzelt der Beamte die Nummer mit dem Kuli unter ihre Aussage.

„Gut. Wir melden uns.“ Hinauskomplimentierend blickt er Jessie an.

„Wie stehen denn meine Chancen, dass ich mein Zeug wiederkriege? Wissen Sie, ich BRAUCHE mein Handy! Da ist eine Nummer gespeichert – die … die ist lebensnotwendig!“ *Gut, Jessie, jetzt erhöht sich der Druck. Vielleicht kommt der Typ jetzt mal in die Puschen. Der Blick wird schon weicher. Jahaaa, wenn Frauen weinen. Ich hätte ihm den Tresen vollheulen sollen. In seinen Ärmel rotzen.*

„Rufen Sie bei Ihrem Handy-Anbieter an. Da sind doch Anrufe auf den Rechnungen gespeichert“, antwortet er trocken.

Verdutzt starrt Jessie ihn an. Mister „Ich hasse meinen Job und deswegen tue ich auch nichts“ hat doch glatt etwas Verwertbares ausgeworfen.

„Das ist eine gute Idee! Danke!“ Jessie schnappt sich ihre Einkäufe und marschiert los.

„Die Chancen stehen eigentlich bei null, aber wir melden uns“, ruft ihr der Beamte hinterher.

Bei null. Wer hätte das gedacht. Aber jetzt gibt es zumindest einen Plan.

Servicewüste Deutschland

Mühsam quält sich Jessie die Treppenstufen nach oben. *Dass Grünfutter aber auch immer mit Steinen und Erdklumpen zusammen geerntet wird. Verdammt schweres Zeug.* Auf der letzten Stufe gibt es ein Ssrratsch, und die rechte Tüte verabschiedet ihren Inhalt auf den Hausflur. Fluchend sammelt Jessie ihren Einkauf zusammen und schiebt ihn über den Boden in Richtung ihrer Wohnung.

Da öffnet sich die linke Tür, und zwei stark behaarte Beine, in weißen Socken und Schlappen steckend, versperren ihr den Weg.

„Ahh, warn Se endlich ma einkaufen?“

Endlich? Steht der an seinem Spion und macht Strichlisten, wie oft ich einkaufe?

„Äh, ja, und … mir ist da was eingefallen … Ich hab da einen Bekannten, der könnte Klebebänder um die Hälfte besorgen. Ich könnte Ihnen da gleich mehrere bestellen.“ *Klebeband-Mafia.* „Dazu müsste ich ihn nur anrufen, aber mir wurde gerade meine Handtasche gestohlen und da war mein Handy drin.“ Jessie lächelt honigsüß. „Könnte ich mir denn Ihr Telefon ausleihen? Dann ruf ich den mal an?“

Misstrauisch beäugt der Nachbar Jessie, die, mit einem Haufen Gemüse vor ihrem Schoß, im Flur kniet. Aber der Aussicht, ein Schnäppchen zu machen, kann er wohl nicht widerstehen. „Gut“, brummt er. „Gut.“ Murmelnd verschwindet er in seiner Wohnung und Jessie beeilt sich, den Einkauf zumindest vor ihre Wohnung zu verfrachten.

„Aber keine Gespräche auf Handy, ge! Hab keine ‚Flätraid' oder wie der Schmarrn heißt."

Mit spitzen Fingern nimmt Jessie das speckige Telefon entgegen. „Danke, ich bring's dann gleich wieder rüber."

Den Einkauf lässt Jessie im Flur liegen und durchwühlt hastig ihre Schubladen. *Irgendwo muss doch ... Da!* Triumphierend hält sie die zerknitterte Rechnung ihres Handyanbieters in die Höhe. Angeekelt tippt sie die Nummer in das Telefon, quält sich durch die Computeransage, bis es endlich tutet. *Komm schon ...* „Hier ist die Deutsche Telekom, Nässmer (*oder so ähnlich)* am Apparat, wie kann ich Ihnen weiterhelfen?", säuselt eine Frauenstimme nasal durch's Telefon. „Jessie, Jessie Büchner. Ich bräuchte dringend Ihre Hilfe …"

„Geht es um den Anschluss, von dem Sie gerade anrufen?", unterbricht sie die Dame gelangweilt.

„Äh, nein, mein Handy wurde gestohlen …"

„Und um welche Nummer geht es dann?"

Die hab ich doch gerade eingetippt, verflucht! Nett sein, Jessie, du willst ja was. Langsam wiederholt Jessie ihre Handynummer.

„Und Ihr Geburtsdatum und Adresse zum Abgleich, bitte?"

Ungeduldig rasselt Jessie ihre Angaben hinunter.

„Soll ich das Handy sperren?"

„Äh nein, ich meine, ja, das auch. Aber ich rufe wegen etwas anderem an."

„Und wie kann ich Ihnen helfen?"

Gott, hat diese Frau denn zwei Stifte in der Nase stecken? Die klingt ja schrecklich. „Ich hatte eine Nummer in meinem Handy, die ich mir nicht aufgeschrieben habe. Aber ich habe die letzten Wochen dort immer wieder angerufen. Könnten Sie bitte in der Liste nachsehen, und mir die Nummer nennen? Die ersten Ziffern lauten 0307." Jessie lauscht. *Bitte, bitte. Komm schon!*

„Einen Moment, bitte."

Eine gefühlte Ewigkeit passiert nichts. Nicht mal atmen kann man Frau Näsenudel hören. *Vielleicht ist sie an den Stiften erstickt. Oder ist Kaffee trinken gegangen. Wer weiß. Der Dieb baut sich gerade in Polen ein Haus. Selbst.* Dann knackt es wieder in der Leitung.

„Tut mir leid. Da kann ich Ihnen nicht helfen. Sie haben keinen Einzelgesprächsnachweis auf Ihrer Rechnung angewählt. Kann ich sonst noch etwas für Sie tun?“

„Hören Sie, ich brauche diese Nummer. Sie können doch bestimmt irgendwie …“

„Tut mir leid, da hab ich keine Möglichkeiten“, unterbricht sie Frau NäsehabkeinBock.

„Aber ich BRAUCHE diese Nummer, bitte!“ *Diese Frau muss doch ein Herz haben!* „Mir wurde das Handy gestohlen, die Aussicht, dass ich es wiederbekomme, ist gleich null, bitte!“, bettelt Jessie.

„Tut mir leid, aber ich kann ja jetzt die Rechnungsart umstellen, dann haben Sie’s für die Zukunft. Also wenn Sie das Handy wieder entsperren lassen. Kann ich sonst noch was für Sie tun?“

Blöde Kuh! Natürlich könntest du, wenn du willst. „Nein, danke. Wiederhören.“ Genervt drückt Jessie auf den Ausknopf. Danach sofort die Wahlwiederholung. Es wird ihr doch irgendein Callcentermitarbeiter weiterhelfen können! Wütend durchläuft sie ein zweites Mal die Computeransage.

„Patrick Schelzer, Deutsche Telekom, was kann ich für Sie tun?“

„Ja, hallo, hier spricht Frau Büchner, ich bräuchte Ihre Hilfe …“

„Geht es um den Anschluss, von dem Sie gerade anrufen?“

Ja zefix? Sind die denn geklont oder bekommen die vorab eine Gehirnwäsche verpasst? „Nein, meine Handynummer lautet …“ *Man lernt ja dazu.* Und direkt danach nennt sie Namen und Adresse, plus Geburtsdatum. *Ha.*

„Ihr Handy wurde gesperrt, Frau Büchner.“

Oh nein, ehrlich? Erzähl mir was Neues. „Ja, das weiß ich. Mein Handy wurde gestohlen. Es geht um eine Nummer, die ich angerufen habe, und da wollte ich …"

„Ich sehe schon, Frau Büchner, meine Kollegin hat einen Eintrag gemacht."

Sie hat WAS? Mistkuh!

„Da kann ich Ihnen leider auch nicht weiterhelfen. Aber ab jetzt haben Sie ja den Einzelgesprächsnachweis angewählt. Kann ich denn sonst noch etwas für Sie tun? Das Handy wieder entsperren?"

Klar, gerade vor 30 Sekunden hat der Dieb hier geklingelt und mir mein Handy vorbeigebracht. „Nein, können Sie nicht!", schnaubt Jessie wütend ins Telefon.

Sieben Anrufe später lässt Jessie den Hörer sinken. Die internen Einträge im Servicecenter sind angewachsen, und Jessie wird gleich am Anfang des Gespräches mit einem „Wenn es sich um den Einzelgesprächsnachweis handelt, Frau Büchner …" begrüßt. *Das gibt es nicht.* Sie hat seine Nummer nicht mehr! Und keiner kann – oder will – ihr helfen! Da klopft es an der Tür. *Der Dieb?*

„Und? Wie lang dauert denn so eine telefonische Bestellung?", hallt es durch den Hausflur.

Jessie öffnet die Tür nur einen Spalt breit und drückt dem Nachbarn das Telefon in die Hand. „Klebeband ist aus, gab 'nen Massenansturm von Hamsterkäufern", brummt sie geknickt. Sofort schließt sie wieder die Tür und lehnt sich dagegen. *Verdammt. Immer wieder patscht sie mit der Stirn gegen die Tür.*

„Wen ham Se denn da angerufen? Des is ja ne 0800-er Nummer!", tönt es missbilligend aus dem Flur.

„Die Klebeband-Hotline!", brüllt Jessie zurück. „Rufen Sie doch an, vielleicht haben Sie mehr Glück!" *Wäre lustig, wenn er Frau Näseblöd nach Klebeband fragt.*

Jessie sammelt ihren Einkauf ein und bringt ihn in die Küche. Mechanisch verfrachtet sie das Gemüse in den Kühlschrank. *Das war's.* Sie hält sich an der Kühlschranktür fest und starrt ins Leere. *Das war's!* Wie eine Welle rollt die Erkenntnis über Jessie hinweg. Tränen schießen ihr in die Augen und Jessie sinkt schluchzend vor dem Kühlschrank auf die Knie.

Wer zur Hölle ist Frank?

Am Abend steht Birgit wieder vor der Tür. Grinsend, mit einem Verschwörerlächeln. „Hi, ich wurde auf dich ‚angesetzt'."

„Auf mich angesetzt?" Misstrauisch öffnet sie die Tür und lässt Birgit eintreten.

„Hast du geheult?" Prüfend mustert Birgit Jessies gerötete Augen.

„Nun sag schon, was meinst du mit ‚auf mich angesetzt'?", übergeht Jessie die Frage.

„Na, Oli schickt mich. Ich soll vorfühlen, wie du so drauf bist. Wann du wiederkommst. Ob du wiederkommst." Als Jessie nicht reagiert, werden ihre Augen größer. „Du kommst doch wieder, oder?"

„Magst du einen Kaffee?" Seufzend geht Jessie an Birgit vorbei in die Küche und schaltet die Maschine an.

„Du musst, Jessie. Bitte. Dieser Großkunde, von dem ich dir erzählt habe … Der Werbeetat ist riesig, und wir brauchen diesen Auftrag! Der Agentur geht es nicht so gut …"

„Ja, Oli hat da mal was erwähnt." Mürrisch schmeißt Jessie Löffel in zwei Tassen und surrend setzt sich die Maschine in Gang.

„Mit diesem Auftrag sind alle unsere Jobs sicher. Bitte, Jessie. Der Kunde will uns alle kennenlernen. Jeden auf der Liste. Sonst kommt der Deal erst gar nicht zustande."

„Mir wurde heute Vormittag mein Handy geklaut." Jessie spürt, wie ihr wieder Tränen in die Augen steigen.

„Oh, ähm, ist dir was passiert?" Birgit setzt sich an den Zwergentisch und mustert sie besorgt.

„Nein, nichts. Der Typ hat sich einfach im Vorbeirennen meine Tasche geschnappt. War eigentlich nicht viel drin. Aber mein Handy …“ Jessie schluckt. *Und Franks Nummer.* Tränen tropfen vor die Kaffeemaschine auf die Ablage.

„Hast du es denn schon sperren lassen?“

Jessie nickt stumm.

„War viel in der Tasche?“

Jessie schüttelt verneinend den Kopf. *Nur Franks Nummer.*

„Ja, aber dann musst du doch nur ein neues Handy kaufen? Sag mal, weinst du?“ Mitfühlend steht Birgit auf und legt Jessie vorsichtig die Hand auf die Schulter. „Du stehst noch unter Schock. Und dann noch die Sache mit Oli … das ist alles etwas viel für dich“, sagt Birgit verständnisvoll und reibt sanft Jessies Schulter.

„Es geht doch gar nicht um diesen verdammten Oli!“ Verzweifelt fährt Jessie herum und funkelt Birgit wütend an.

„Geht es nicht?“, stammelt die verwirrt.

„Nein! Ach scheiße! Nein, geht es nicht.“ Jessie wischt sich mit dem Handrücken die Tränen aus dem Gesicht. „Ich … ich hab Franks Nummer nicht mehr …“, flüstert Jessie und erneut verschwimmt alles vor ihren Augen.

„Frank? Wer ist denn Frank?“, fragt Birgit verwirrt. „Wer ist Frank? Du hast noch nie einen Frank erwähnt.“

Jessie sinkt auf den Stuhl. „Na ja, vielleicht heißt er auch gar nicht Frank. Bestimmt heißt er nicht Frank.“ Jessie schnieft. „Ach, es ist kompliziert.“

Birgit starrt Jessie mit hochgezogenen Augenbrauen an, füllt die beiden Tassen mit Kaffee und setzt sich dann zu Jessie an den Tisch. „Wer zum Teufel ist Frank?“

„Du hast also irgendeinen Mann angerufen und ihm total betrunken deine Lebensgeschichte erzählt?“

„Hmmm.“ Jessie nickt kleinlaut.

„Und dann hast du ihn immer wieder angerufen, mit Wahlwiederholung, und ihr habt geredet?“

„Ja.“ Jessie rührt in ihrer Kaffeetasse.

„Und jetzt, wo du seine Nummer nicht mehr hast, hast du gemerkt, dass er mehr für dich ist? Dass du ihn magst? Also so richtig?“ Birgit lehnt sich zurück und verschränkt die Arme. „Was ist denn das für eine abgedrehte Geschichte?“

Jessie nestelt verlegen an der Kaffeetasse, ohne den Blick zu heben. „Klingt verrückt. Ich weiß“, nuschelt sie vor sich hin.

„Ja, tut es. Und du weißt weder seinen Namen, noch ob er verheiratet ist, wo er wohnt, sein Alter … Jessie, er könnte 70 sein!“ Birgit schüttelt den Kopf. „70, fett und glatzköpfig.“

„Er ist nicht 70, fett und glatzköpfig!“ Trotzig rührt Jessie in ihrer Kaffeetasse. Noch schneller, und sie teilt wie Moses das Kaffeemeer.

„Du verrennst dich da in was. Du hast ihn noch nie gesehen, du kennst ihn gar nicht!“ Birgit legt den Kopf schief und seufzt. „Jessie, das war nicht ECHT.“

„Doch. Das war es. Ich weiß, dass es verrückt klingt! Ich weiß es doch …“, schiebt sie verzweifelt hinterher. „Aber anscheinend ist er mir wichtig! Das wusste ich ja selbst nicht. Bis jetzt.“ Und wieder kullern die Tränen.

Birgit steht auf und umarmt Jessie von hinten. „Das wird alles schon irgendwie. Aber aktuell kannst du ja eh nichts tun. Richtig?“

„Richtig.“ *Und das ist so Scheiße! Aber gut, dass du es noch mal erwähnst.*

„Also kümmern wir uns zuerst um die Dinge, die wir beeinflussen können. Okay?“

Jawohl, Lebensberater. Und was soll das sein? Fragend sieht Jessie Birgit an.

„Wir kümmern uns um deinen Job. Wie viel verdienst du?“

„800 Euro.“ Jessie schnieft.

Birgit versteift sich kurz und atmet dann tief aus. „Alles klar. Lass mich das machen. Morgen nach der Arbeit komm ich wieder zu dir.“

Befördert

Um halb neun klingelt es an Jessies Tür. Birgit steht grinsend in den Türrahmen gelehnt und wedelt lässig mit einem Geschenk in der Hand. „Ich komme in Frieden."

Jessie lächelt. „Komm rein."

Fünf Minuten später sitzen beide auf Jessies Bett und das Geschenk liegt auf Jessies Schoß.

„Nun mach schon auf!", sagt Birgit aufgeregt.

Vorsichtig löst Jessie das Tesafilm und zieht ein Handy aus der Verpackung.

„Ist mein altes, funktioniert aber einwandfrei. Prepaidkarte steckt auch schon drin und meine Nummer ist eingespeichert." Birgit strahlt.

Jessie schluckt. „Danke, das ist echt lieb", stammelt sie unbeholfen.

„Na, als Junior AD sollte man schon permanent erreichbar sein."

Irritiert blinzelnd sieht Jessie Birgit an.

„Na, ich hab Oli deine Bedingungen genannt. Unter welchen Voraussetzungen du wiederkommst." Verschwörerisch zwinkert sie Jessie zu. „Eine Anstellung als Junior AD, keine Probezeit, 2.700 Euro brutto und 30 Tage Urlaub." Birgit lacht. „Gut, erst hat Oli ganz schön geflucht … Er hat lang geflucht … Aber dann hat er doch eingesehen, dass das die beste Lösung ist. Hier, bitte schön. Dein neuer Arbeitsvertrag." Strahlend zieht Birgit eine Mappe aus ihrer Handtasche und hält sie Jessie hin.

Wortlos nimmt Jessie die Mappe entgegen und lässt sie langsam auf ihren Schoß sinken. „Warum tust du das alles für mich?"

Birgits Lächeln erstirbt, und sie räuspert sich unsicher. „Ich … ich hab einiges gut zu machen. Ich hab dich komplett falsch eingeschätzt und unglaublich mies behandelt. Das tut mir so leid!“ Birgit schluckt. „Ich will mich entschuldigen. Nimmst du das an?“

„Ich hab dich auch falsch eingeschätzt.“ Jessie seufzt leise und der Kloß im Hals wächst. „Du bist gar kein Prada-Monster. Ich muss mich auch bei dir entschuldigen.“ Und dann purzeln die Tränen und tropfen auf Jessies Oberschenkel.

„Wenn du heulst, muss ich auch heulen!“ Birgit nimmt Jessie in den Arm und beide weinen.

„Hast du ein Taschentuch?“ Lachend sitzen die beiden heulend auf dem Bett und ziehen die Nase hoch.

„Taschentücher hab ich abgeschafft. Aber Klopapier gehört zur Grundausstattung. Softan?“ Jessie kichert.

„Da wir das mit deinem Job geklärt haben, könnten wir dir auch eine neue Wohnung suchen? Damit du aus dem Loch rauskommst.“ Birgit schnäuzt sich lautstark.

„Das hat Zeit. Irgendwie hab ich mich dran gewöhnt. Klein, übersichtlich, aber doch irgendwie mein Nest.“ Entschuldigend zuckt Jessie mit den Schultern.

„Ich kann dich sogar verstehen. Hm. Dann eben irgendwann. Du sagst mir, wenn ich mit der Suche starten soll.“ Birgit wirft einen seufzenden Blick auf ihre Uhr. „Ich muss jetzt los. Nächsten Dienstag um zehn kommt der Kunde. Zum Kennenlernen. Von uns ALLEN.“ Birgit verdreht die Augen. „Da musst du aus deinem ‚Urlaub‘ zurück sein. Bis dahin hast du noch frei. Genieß es.“ Sie drückt leicht Jessies Hand und geht dann zur Tür. „Ich ruf dich an, ja?“

Jessie grinst und wackelt mit dem Handy in ihrer Hand. „Jap. Ruf mich an. Du bist eh die Einzige, die meine neue Nummer hat. Komm gut heim! – Oh, und danke noch mal!“, ruft Jessie Richtung zufallender Tür.

Lächelnd sinkt Jessie auf ihr Bett. Was für ein Tag. Sie hat eine Festanstellung, endlich Geld und – eine Freundin! *Danke, Gott! Nett, dass du auch mal ein klein wenig Gutes bei mir abgeworfen hast. Und getroffen. Ist ja bei dir auch nicht selbstverständlich. Gehirnvermerk: Gott mal einen Besuch bei Fielmann anraten, um Trefferquote zu erhöhen.*

Nachdenklich betrachtet sie ihr Handy. Einen Versuch wäre es doch wert? Langsam tippt sie die ersten vier bekannten Ziffern in ihr Handy. *So. Und jetzt, so wie damals. Genau wie damals.* Sie schließt die Augen und tippt eine Reihe Zahlen in ihr neues Handy. Mit einem mulmigen Gefühl hebt sie den Hörer ans Ohr und lauscht dem Tuten.

„Blaschnik?“, blafft eine ausländisch klingende Stimme durch die Leitung.

„Oh, entschuldigen Sie. Ich habe mich verwählt“, antwortet Jessie enttäuscht und legt auf. Sie wird ihn nie wieder hören. *Nie wieder.* Traurig legt sie ihr Handy zur Seite und zieht sich die Decke über den Kopf. *Ach, Frank. Und dabei hätte ich endlich mal gute Nachrichten. Nicht nur Gejammer und Geheule.*

Hallo Kunde, Hallo Waschzettel

Am Dienstag ist Jessie auf alles vorbereitet. Die Haare sitzen perfekt, sie hat dezentes Make-up aufgelegt und sie trägt ihr hübsches Blümchenstrickkleid, schwarze Leggins und die hohen Wildlederstiefel. *Wenn man schon aus dem Urlaub kommt und befördert wurde, muss man glücklich und erholt aussehen. Jawohl.* Rücken durchdrücken und ab in die Höhle des Löwen.

Nervös betritt sie die Agentur. Wie die anderen wohl auf sie reagieren? Sauer? Neidisch? Aber nichts. Normales Grüßen, keine Fragen. Jessie setzt sich an ihren Schreibtisch und seufzt. *Willkommen daheim. Ja, der Urlaub war schön. Ich war in Polen und hab da einen Bekannten besucht. Grrr.*

Da setzt sich Birgit auf ihren Schreibtisch und hält ihr grinsend einen Kaffee hin. „Mit Milch und Zucker."

Status Freundin hat sich soeben bestätigt. „Und? Ist der Kunde schon eingetroffen?" Neugierig schielt Jessie an Birgit vorbei.

„Ja, die sitzen schon im Konfi und besprechen alles vorab. Um zehn dann ist die große Versammlung, da müssen wir dann auch alle mit rein." Birgit lehnt sich ein Stück nach vorn und flüstert Jessie ins Ohr: „Ich hab Herrn Wagner mit seinen Leuten schon kurz gesehen. Lecker Kerlchen." Sie wippt mit den Augenbrauen. „Sieht nur ziemlich ungemütlich aus. Das wird bestimmt ein anstrengender Kunde. Oli versucht ihm andauernd in den Hintern zu kriechen, zeigt aber wenig Wirkung." Birgit lacht leise. „An dem beißt er sich die Zähne aus."

Jessie lächelt nervös zurück. *Es wird komisch werden, Oli zu sehen.*

Birgit legt den Kopf schief und klopft Jessie aufmunternd auf die Schulter. „Scheiß auf Oli. Komm schon. Das, was du bekommen hast, hast du schon lange verdient. Auch wenn er's dir nicht ganz freiwillig zugestanden hat." Sie grinst verschwörerisch. „Wir gehen da rein, beantworten ein paar Fragen, lächeln und zeigen dem Kunden, dass er mit uns die beste Wahl getroffen hat. Okay?"

Jessie nickt halbherzig. Und trotzdem hat sie ein mulmiges Gefühl.

Fünf vor zehn versammeln sich alle aus der Agentur im Konfiraum. Mangels Sitzplätzen bleiben Jessie und Birgit zwischen ein paar weiteren Kollegen hinten im Raum an der Wand stehen. Oli und Benedikt haben die Köpfe zusammengesteckt und unterhalten sich angeregt. Oli schwitzt. *Scheint wohl nicht optimal zu laufen.* Neben den beiden sitzt der Kunde.

Das muss er sein. Jessie mustert ihn heimlich. Ein gut aussehender, dunkelhaariger, großer Mann, schweigend, mit undurchdringlichem Blick. Unsympathisch, befindet Jessie. Zum Gruseln. Als sein Blick auf sie fällt, wendet sie sich schnell ab und flüstert Birgit ins Ohr: „Ein Sonnenschein? Hm? Das wird Spaß machen, mit ihm zu arbeiten. Wahrscheinlich erschießt er einen, wenn ihm die Idee nicht gefällt."

Birgit kichert. „Nein, erst foltern, dann erschießen. Aber gut sieht er trotzdem aus."

Oli klopft auf den Tisch. Sofort verstummen alle Anwesenden. „Das hier neben mir ist Herr Wagner. Besitzer der allseits bekannten Hotelkette *City-Inn*."

Ein fast unmerkliches Nicken von Herrn Wagner in den Raum.

„Er hat sich an uns gewandt, weil wir uns in Zukunft um die Werbung seiner Hotelkette kümmern sollen. Da hat er doch die beste Wahl getroffen, oder?"

Johlen und Klatschen hallen durch den Raum.

Oli schluckt nervös und kurz fällt sein Blick auf Jessie. Eindringlich. Flehend. *Armselig.* „Herr Wagner weiß, dass jeder in einem Betrieb zum Erfolg beiträgt. Deswegen ist es ihm auch so wichtig, uns ALLE kennenzulernen. Ich möchte, dass sich jeder von euch kurz vorstellt. Jo, mach bitte den Anfang." Oli nickt Jo zu, der dümmlich in die Runde grinst, dann beim Anblick von Herrn Wagners stoischer Miene erstarrt und sich kurz über die Lippen leckt. „Also, ich bin Johannes Friedberg, 37 Jahre und Cheftexter bei LAP …"

Reihum gibt jeder eine Kurzzusammenfassung zu sich und seiner Position bei der Agentur, bis Jessie an der Reihe ist. „Hallo. Mein Name ist Jessie Büchner, ich bin erst seit Kurzem in dieser Agentur und Praktikan…", ein Ellenbogen trifft sie an der Hüfte, „… Junior AD bei LAP", schließt Jessie stotternd ihren Vortrag. Röte schießt ihr ins Gesicht. „Ich bin Birgit Hartm…", beginnt Birgit, doch da unterbricht Herr Wagner sie.

„Was jetzt?", fragt er mit einer tiefen, unheilvollen Stimme. „Sind Sie nun Praktikantin oder Junior AD?" Sein Blick ruht nun auf Jessie, die unbehaglich ihre Position wechselt. „Ich … ich …", stammelt Jessie unbeholfen.

„Frau Büchner war unsere Praktikantin, ist aber – aufgrund ihrer Leistungen – zur Junior AD befördert worden und wir gratulieren alle herzlich. Das ist recht frisch", beendet Oli Jessies Satz und alle Mitarbeiter klatschen verhalten.

„Sie tragen Ihr Kleid auf links." Unbeeindruckt ruht Herr Wagners Blick immer noch auf Jessie.

Die starrt ihn mit offenem Mund an. *Ich trage was?* Langsam senkt sie den Kopf, und strahlend weiß winkt ihr der Waschzettel an der Hüfte entgegen. *Huhuu!*

Jessie blickt zu Boden und spürt die Hitze, die ihr ins Gesicht schießt. *Boah, Jessie. Nicht mal ordentlich anziehen kannst du dich!* „Entschuldigen Sie mich bitte …" Mit hochrotem Kopf stolpert Jessie zur Tür.

Wütend zerrt sie sich in der Toilette das Kleid über den Kopf. Die Blumen sehen auf beiden Seiten des Strickkleides gleich aus. *Das Kleid sieht wirklich auf beiden Seiten gleich aus! Gut, bis auf den*

Waschzettel. Den gibt es nur auf einer Seite – okay. Daran hätte man es merken können. Hätte. Wer entwirft denn so was!? Sauer wendet sie das Kleid und zieht es wieder an. *Toll, Jessie. Ganz toll. Da brauchst du jetzt nicht mehr reingehen. Ich brauch einen Kaffee. Mit Schuss ...nur den Schuss. Hm.*

Kurze Zeit später endet die Besprechung, und Birgit steckt den Kopf in die Kaffeeküche. „Hier bist du!"

Jessie verdreht die Augen.

„Das kann doch jedem passieren."

„Ja, nur bin irgendwie immer ich ‚jedem'. Schon mein ganzes Leben lang. Egal. War noch was Wichtiges?"

„Du hast nichts Großartiges verpasst. Heute Abend gehen wir alle essen. Der Kunde lädt uns ein. ALLE. Der ist irgendwie echt gruselig", raunt Birgit Jessie leise zu. „Sie tragen Ihr Kleid auf links", imitiert sie Herrn Wagners Stimme, und Jessie errötet erneut. „Der hat doch einen an der Klatsche! Wie der dich angesehen hat? Der ist nicht ganz sauber." Birgit schnaubt und nippt an ihrem Kaffee.

Da stürmt ein wütend dreinblickender Oli in die Kaffeeküche. „Jessie, kann ich dich mal sprechen?"

Jetzt gibt's Ärger. Der Kunde ist abgesprungen, weil er nicht mit stammelnden, ihre Berufsbezeichnung nicht wissenden Menschen – die sogar unfähig sind, sich anzukleiden – zusammenarbeiten will. Gratuliere, Jessie, wieder geschafft. „Ja, was gibt's?", fragt Jessie und versucht, möglichst entspannt zu klingen.

Oli wirft Birgit einen eindringlichen Blick zu, aber die lächelt nur unschuldig und macht keine Anstalten zu gehen. „Er wird heute mit uns allen essen gehen", platzt es aus Oli heraus.

„Hab ich ihr gerade gesagt – und nun?", fragt Birgit irritiert.

„Versau es nicht, Jessie. Bitte." Oli kaut wütend auf seiner Unterlippe und fixiert Jessie, die nur da steht und ihn anstarrt.

„Hä? Was meinst du?"

„Was wohl?“, blafft Oli Birgit genervt an. „Sie soll es einfach nicht versauen, okay?“ Oli tigert hin und her. „Es steht zu viel auf dem Spiel! Und Jessie neigt nun mal dazu, jedes Fettnäpfchen mitzunehmen! Sie macht uns lächerlich!“ Zustimmung suchend blickt er zwischen Jessie und Birgit hin und her. „Die Zukunft der ganzen Agentur hängt davon ab, ob er uns diesen Auftrag gibt, verdammt!“

„Wir gehen essen, Oli, komm mal wieder runter!“ Birgit verschränkt die Arme. „Du bist doch einfach nur sauer, gib es doch zu! Aber lass es nicht an Jessie aus!“

„Verdammt, Birgit! Dein Job hängt auch an diesem Auftrag, vergiss das nicht!“ Fast drohend baut sich Oli jetzt vor Birgit auf, die kein Stück zurückweicht.

„Wir gehen ESSEN. Krieg dich wieder ein.“

„Dann geh ich eben nicht mit!“, wirft Jessie trotzig ein und will die Kaffeeküche verlassen, aber Oli hält sie am Handgelenk fest.

„Du musst aber, Jessie. Er besteht darauf. Versau es einfach nicht. Iss und unterhalte dich mit Birgit, aber haltet euch vom Kunden fern. Auch deine Stelle als Junior AD hängt an diesem Auftrag“, schiebt Oli drohend hinterher. „Kein Alkohol heute Abend!“

„Toll. Ein Essen mit einem Verrückten. Oh – mit zweien. Und das nüchtern.“ Wütend funkelt sie Oli an. „Ich freu mich.“

„Ach scheiße. Mach doch, was du willst, Jess. Hauptsache, die Agentur bekommt diesen Auftrag. Um 20 Uhr bei Giuseppe. Seid pünktlich!“ Mit hochrotem Kopf stürmt Oli aus der Kaffeeküche.

Bei Giuseppe. Wie passend. Danke, Oli.

„Der ist nur sauer, weil er dir die Anstellung geben MUSSTE. Aufgeblasener Vollidiot. Austeilen, aber nicht einstecken können. Typisch Oli.“ Birgit schüttelt missbilligend den Kopf. „Nimm den bloß nicht ernst. Wir schlagen uns heute den Bauch voll und machen uns einen schönen Abend, ja?“ Aufmunternd knufft Birgit Jessie in die Seite.

„Ja, klar“, antwortet Jessie wenig überzeugt. *Versau es nicht ... Tritt doch in jedes Fettnäpfchen ... Sie tragen Ihr Kleid auf links ... Gott, Jessie, warum kannst du nicht unauffälliger durch's Leben gehen? Ohne Peinlichkeiten?* Seufzend verlässt Jessie die Kaffeeküche. *Sei heute Abend einfach unsichtbar. Ein Königreich für den Harry-Potter-Mantel.*

Essen mit Verrückten

Nervös betritt Jessie um fünf vor acht das Restaurant. *Das letzte Mal war ich mit Oli hier. Ahhh, Jessie. Konzentrier dich. Das Schicksal der Agentur lastet auf deinen Schultern, also benimm dich auch so.*

Obwohl Jessie gar keine Lust auf dieses Essen hatte, hat sie sich doch hübsch gemacht. Immerhin ist das ein Geschäftsessen. Ihr erstes Geschäftsessen überhaupt. *Vielleicht auch das letzte. Höm.* Sofort beginnt ihr Nacken nervös zu britzeln. *Ich kann das. Keine Waschzettel – extra überprüft. Keine Schminkpanne – auch extra mit Tageslicht geprüft. Alles in Ordnung, Jessie.* Hoch erhobenen Hauptes lässt sie sich vom Kellner an den Tisch führen. *Ich kann mich sehr wohl benehmen, du wirst schon sehen, Oli.*

Alle sind schon da und geben damit Jessie das Gefühl, zu spät zu sein. Birgit grinst sie an und klopft auf den Stuhl neben sich. „Hab ich dir frei gehalten."

Weeeit weg von Oli. Gut gemacht. Der sitzt am Kopfende des Tisches und versucht sich bei dem finster dreinblickenden Herrn Wagner einzuschleimen. Soll er doch. Kann ihm auch gleich in den Hintern kriechen. Der Kellner hilft Jessie aus dem Mantel.

„Oli ist am Verzweifeln … ", raunt Birgit in ihr Ohr, „… ist halt keine Frau Wagner. Da zieht Olis Charme nicht." Birgit kichert leise.

„Hmmm", nickt Jessie und schielt verstohlen zu den beiden hinüber. Oli fühlt sich sichtlich unwohl, und Herr Wagner scheint sich zu langweilen. Da hebt Herr Wagner plötzlich den Blick und fixiert Jessie. *Zu spät. Keine Zeit mehr, wegzuschauen. Mist.* Wie ertappt starrt Jessie zurück.

Herr Wagner nickt kaum merklich mit dem Kopf. Er lächelt sogar leicht. *Huhhh, vielleicht ist er doch kein folternder Verrückter.*

Jessie nickt höflich zurück und schnappt sich die Speisekarte. *Nicht hinschauen. Nicht hinschauen. Mist.*

Herr Wagner lächelt kurz, nimmt sich auch die Speisekarte und studiert sie.

Höm? Was soll das denn. Flirtet der? Oder macht er sich über mich lustig? Wohl Letzteres. Jessie vergräbt ihr Gesicht tiefer hinter der Speisekarte. *Na, das kann ja heiter werden.*

„Können Sie etwas empfehlen?“

Birgit gibt Jessie einen Schubs. „Der meint dich, glaub ich.“

Jessie schielt über den Kartenrand.

Herr Wagner sieht Jessie an und wiederholt seine Frage. „Können Sie etwas empfehlen?“

Oli sieht aus, als hätte ihm der Kunde eine Zitrone in den Hintern geschoben. Total verkniffen. Und wütend. *Ich hab gar nichts gemacht!?*

„Alles ist gut“, antwortet Jessie. *Sei nett, verdammt. Kultiviert.* „Die Lasagne ist aber besonders lecker“, schiebt sie bemüht freundlich hinterher. *Nett, aber nicht zu nett. Gut gelöst.*

„Aha“, brummt es zurück.

Das wird ein fröhlicher Abend. Jessie seufzt leise.

Der Kellner erscheint an ihrem Tisch, um die Bestellung aufzunehmen.

„Bin ich froh, dass wir nicht neben denen sitzen. Macho-Arsch und Grummel-Griesgram.“ Birgit kichert wieder leise. „Was nimmst du?“

„Die Tortellini.“

Herr Wagner klappt die Karte zusammen und reicht sie dem Kellner. „Ich hätte gerne die Spinat-Gnocchi und dazu ein Viertel von Ihrem Hauswein.“

Idiot. Das ist doch ein Idiot, brodelt es in Jessie. Der verarscht dich doch. Jessie rupft sich ein Stück Weißbrot ab und stopft es sich in den Mund. Hoffentlich ist das Theater hier bald vorbei.

„Und Sie?“ Der Kellner steht plötzlich neben Jessie und sieht sie erwartungsvoll an.

Wo kommt der denn so schnell her? „Ähm … ich hätte gern …“ Jessie verschluckt sich an dem trockenen Brot und hustet krampfhaft. „Ich …“, krächzt sie unbeholfen und der Kellner gießt ihr schnell ein Glas Wasser ein. Hastig setzt Jessie an, verschluckt sich prompt am Wasser und hustet jetzt noch verkrampfter. Der ganze Tisch starrt sie an, und sogar die Leute an den Nachbartischen sehen besorgt zu ihr herüber. Halb dem Erstickungstod nahe, versucht Jessie entwarnend abzuwinken. *Halb so wild. Alles gut. Ich komm zurecht. Keine Mund-zu-Mund-Beatmung nötig. Es gibt hier nichts zu sehen.* Birgit trommelt wild auf ihren Rücken.

Langsam beruhigt sie sich und nimmt erneut einen Schluck Wasser. Ihr Kopf ist puterrot und im ganzen Gesicht zeichnen sich hektische Flecken ab.

„Besser?“, fragt Herr Wagner und sieht dabei irgendwie belustigt aus.

Ich KANN diesen Menschen NICHT ausstehen!, schreit es durch Jessies Kopf. „Äh, ja. Danke.“

„Nun?“ Der Kellner blickt sie ungeduldig an.

Hallo? Ich bin gerade fast gestorben! Aufgefallen? Unsensibler Vollidiot. Aber gut, verlieren wir keine Zeit. Dann ist dieser beschissene Abend wenigstens schnell vorbei. „Tortellini, bitte …“ Jessie räuspert sich und nimmt erneut einen Schluck Wasser. Sie schaut automatisch zu Herrn Wagner hinüber, der sie seltsam mustert.

„Alles in Ordnung mit Ihnen?“

„Ja ja, alles wieder gut.“

Oli wirft ihr einen vernichtenden Blick zu. *Was? Ich hab ja nicht auf den Tisch gespuckt.*

„Können wir mal kurz unter vier Augen reden?“, Oli ist aufgestanden und raunt ihr ins Ohr.

„Aber das Essen kommt bestimmt gleich“, versucht sich Jessie herauszureden.

„Dauert nicht lang.“ Höflich in die Runde lächelnd, aber keine Widerrede duldend, nimmt er Jessies Arm und führt sie zu den Toiletten.

„Ich muss aber nicht …“, versucht Jessie es mit einem kleinen Spaß, aber Olis Gesicht sieht so gar nicht belustigt aus. Im Gang vor den Toiletten bleibt er stehen und funkelt Jessie an.

„Hör mal, Jess, wenn du jetzt mit aller Gewalt versuchst, Herrn Wagners Aufmerksamkeit zu erhaschen …“

„Ich hab das doch nicht mit Absicht gemacht!“, unterbricht sie ihn entrüstet.

„Läuft da was? Hm? Versuchst du mir jetzt den Deal abspenstig zu machen? Hm? Ist das deine Rache?“ Oli schäumt vor Wut.

„Sag mal, spinnst du?“

„Ich merk doch, dass da was im Busch ist. Ich bin doch nicht blind!“ Olis Stimme wird lauter.

„Aber blöd!“, entfährt es Jessie. „Lass mich doch in Ruhe, verdammt, und kriech deinem Herrn Wagner weiterhin in den Arsch. Bis du zum Hals wieder rauskommst!“, zischt sie wütend.

Das Geständnis

„Alles in Ordnung?“ Herr Wagner steht plötzlich neben ihnen und mustert beide mit einem seltsamen Blick.

„Ja, klar, kleine Meinungsverschiedenheit unter Kollegen.“ Oli lächelt verkrampft. „Sie entschuldigen mich?“ Mit hochrotem Kopf stürmt Oli in die Herrentoilette.

„Hab ich Ihnen und Ihrem Freund Unannehmlichkeiten bereitet?“ Mit undurchdringlichem Blick mustert er Jessie lange, ohne ein weiteres Wort zu sagen.

Unbehaglich räuspert sich Jessie. Aber sie versucht dem Blick standzuhalten. *Dunkle Augen. So dunkel. Wer zuerst wegschaut, hat verloren. Hm. Scheint das Spiel schon mal gespielt zu haben.* Jessie schluckt kaum merklich.

„Nein. Haben Sie nicht. Nur eine kleine Meinungsverschiedenheit unter Kollegen“, wiederholt sie ausweichend. „Ich geh mal zurück zu den anderen.“ Mit einem aufgesetzten Lächeln geht sie an ihm vorbei, zurück an den Tisch.

„Du hast ja ganz hektische Flecken! Was ist denn los?“ Besorgt legt Birgit die Hand auf Jessies.

„Oli ist und bleibt einfach ein Arsch!“, presst Jessie hervor und nimmt einen großen Schluck Wasser. „Er hat mir doch glatt unterstellt, ich würde mich an den Kunden ranschmeißen, um ihn aus dem Rennen zu drängen. Der hat sie doch nicht mehr alle!“

„Vergiss diesen Idioten.“ Birgit lehnt sich nach hinten. „Würden Sie uns bitte eine Flasche Ihres besten Hausweines bringen, danke.“ Der

Kellner nickt höflich und Birgit lächelt Jessie an. „Wir machen uns jetzt einen schönen Abend. Scheiß auf Oli."

Als Oli an den Tisch zurückkehrt, würdigt er Jessie keines Blickes. Er wirft nur einen verächtlichen Blick auf die Weinflasche und einen warnenden zu Birgit, die ihm, zuckersüß lächelnd, mit dem Weinglas zuprostet.

Auch die Stimmung des Kunden hat ihren Höhepunkt erreicht. Mit düsterem Blick starrt er auf sein Weinglas. *Macho-Arsch und Grummel-Griesgram – passt wie Faust auf Auge.*

Das Essen wird serviert, und viele am Tisch scheinen dankbar für die Ablenkung. *Eine fröhliche Runde.* „Wie ein Leichenschmaus", flüstert Jessie Birgit zu.

„Ja, furchtbar. Hoffentlich springt der Kunde nicht wieder ab! Obwohl der mit seiner Stimmung perfekt in diese Runde passt."

Jessie wirft einen verstohlenen Blick über den Tisch. Herr Wagner scheint seine Gnocchi auch eher schlachten als essen zu wollen. Und Oli scheint der Appetit komplett vergangen zu sein. Er schiebt das Essen nur von links nach rechts und wieder zurück. *Männer.*

Nach dem Essen stehen ein paar aus der Runde auf, um vor der Tür eine Zigarette zu rauchen. Da Oli dabei ist, entscheidet sich Jessie auszusetzen. „Nachher", sagt sie zu Birgit, die auch aufgestanden ist.

„Gut, dann geh ich später noch mal mit dir."

Satt lehnt sich Jessie ein Stück zurück und nimmt noch einen Schluck Wein. Genussvoll schließt sie die Augen. *Hmmm. Schön warm von innen.*

„Ihr Freund scheint wütend auf Sie zu sein, wollen Sie das nicht klären?", brummt es plötzlich direkt neben ihr. Herr Wagner hat sich einfach auf Birgits Platz gesetzt.

Jessie starrt ihn entrüstet an. *Was bildet sich der Kerl überhaupt ein? Der ist ja wirklich verrückt.* „Eigentlich geht Sie das gar nichts an, aber nein, ich will gar nichts klären. Und er ist auch nicht mein Freund!“, fährt Jessie ihn unfreundlich an.

Er lächelt kaum merklich.

Ohh? Lustig finden wir also das Ganze! „Hab ich einen Witz verpasst?“, giftet sie ihn an.

„Kein Freund also.“ Er lächelt breiter.

Jessies Mund wird ganz trocken. Wütend legt sie die Serviette auf den Tisch und steht auf. „Machen Sie sich über jemand anderen lustig. Danke für das Essen – ich wünsche Ihnen noch einen schönen Abend!“

„Es tut mir leid!“ Hektisch springt Herr Wagner auf und sieht Jessie flehend an. „Ich … ich wollte mich nicht über Sie lustig machen. Verzeihen Sie mir. Bitte bleiben Sie. Bitte. Das war … unhöflich. Unangebracht.“

So verlegen und bedröppelt wie er nun aus der Wäsche guckt, tut er ihr schon fast wieder leid. Er kann wahrscheinlich nicht mal was dafür. *Wer weiß, was Oli ihm erzählt hat.*

Seufzend nimmt Jessie wieder Platz, und Herr Wagner setzt sich erleichtert neben sie. Das breite Lächeln ist verschwunden. Jessie nimmt einen großen Schluck *Wein. Der schmeckt aber auch gut. Und ist umsonst.*

„Wissen Sie, auch wenn es Sie nichts angeht, irgendwie habe ich doch einen Freund.“

Herr Wagner sieht Jessie verständnislos an. Niedlich sieht er aus. So verloren. *Ja, jetzt kommst du nicht mehr mit. Ha. Gut, ich selbst auch nicht.*

„Es ist kompliziert.“ Jessie verdreht die Augen und blickt zur Decke.

„Ich mag komplizierte Dinge. Bitte erzählen Sie mir davon, dann können Sie den Abend beenden. Bitte. Ich werde weder aufdringlich, noch rede ich dazwischen. Versprochen.“

Irgendwie muss Jessie schmunzeln. Aufrichtige Reue. Erwartungsvoll sieht er Jessie an.

Hm. *Jetzt erwartet er eine Wahnsinnsgeschichte.* Jessie nimmt einen weiteren großen Schluck Wein. „Wissen Sie, das ist wirklich kompliziert“, versucht sie sich zu rechtfertigen, aber Herr Wagner scheint wirklich Willens zu sein, sich das alles anzuhören. *Gut, du hast es nicht anders gewollt.* „Ich habe mal aus Versehen eine Telefonnummer gewählt …“ *Hat ja keiner gesagt, dass die Geschichte lückenlos und komplett ehrlich erzählt werden muss.* „… und da war ein Mann am Telefon.“ *Uh, das klingt ja jetzt schon blöd.* Jessie schüttelt den Kopf. „Und dann haben wir geredet. Stundenlang.“ *Also ich. stundenlang.* „Über dies und das.“ *Über Probleme. MEINE Probleme.*

„Mit einem fremden Mann?“, hakt Herr Wagner nun doch verwundert nach.

„Na ja, ich hatte ein wenig getrunken.“ *Ein wenig? Haha. Viel. Zu viel.* „Und er war echt nett!“ *War er das? Eher grummelig.* „Und dann haben wir immer wieder telefoniert.“ *Ich hab ihn angerufen. Wieder und wieder und hab mich ausgeheult.* „Und irgendwie hat sich da etwas entwickelt, da war etwas, ja, eine Verbindung.“ *Ja, eine telefonische, du Dummkuh. Gott, Jessie, hörst du dich eigentlich selbst?*

„Und dann?“

„Da ich immer nur ihn mit Wahlwiederholung und Rufnummernunterdrückung …“ *Stell keine Fragen.* „… angerufen habe und mir ein verpickelter Teenie das Handy geklaut hat, konnte ich ihn nicht mehr erreichen“, schließt Jessie schnell die Geschichte ab. *Ha, ist doch gar nicht so kompliziert.*

„Ja, aber Sie hätten doch die Auskunft anrufen können?“

Aaaach, hätte ich das? Danke für den Tipp! Also dass ich da nicht selbst drauf gekommen bin, ich Huhn. „Ich weiß nicht, wie er heißt“, nuschelt Jessie verlegen und starrt auf ihre Hände.

„Sie haben ihn nie nach dem Namen gefragt?“

„Nein. Hat sich nicht … ähm … ergeben.“ *Ich hab ihn Frank genannt. Das hat mir gereicht. Du bist so egoistisch, Jessie.*

„Aha. Und warum haben Sie nicht versucht, über den Einzelgesprächsnachweis seine Nummer herauszufinden?“

Oh, Mister Oberschlau. „Das habe ich doch versucht! Aber ich hatte das bei meinem Vertrag nicht angewählt, und die blöden Telefonschicksen wollten mir keine Auskunft geben! Ich hab dort tausendmal angerufen!“ Wütend blickt Jessie auf und sieht, dass Herr Wagner wieder lächelt. *Der macht sich doch über mich lustig! Gut, die Geschichte war auch selten dämlich, aber das, das ist gemein.* Jessie steigen prompt die Tränen in die Augen. „Ich verlange nicht, dass Sie das verstehen. Ich versteh mich ja selbst nicht. Aber Sie müssen sich nicht über mich lustig machen.“ Langsam steht Jessie auf. „Ich werde diesen Mann nie kennenlernen. Und trotzdem ist er irgendwie, irgendwie mein Freund. Also für mich. Aber ich werde es ihm nie sagen können …“ Jessies Stimme bricht. „Das verstehen Sie nicht. Ich ja auch nicht.“ Müde lächelnd zuckt sie mit den Schultern und wendet sich ab. „Einen schönen Abend noch. Ich sagte ja, ist kompliziert.“

Am Kleiderständer sucht Jessie verzweifelt ihren Mantel. Warum tragen im Winter alle Menschen schwarze Mäntel? Mit verschwommenem Blick tastet Jessie die Mäntel ab.

„Dann erklär es mir.“ Eine leise Stimme. Direkt hinter ihr. Erschrocken fährt Jessie herum. Warum lässt er sie nicht in Ruhe? „Bitte, ich möchte jetzt einfach nur nach Hause.“ Jessies Lippe bebt. „Ich kann nur meinen Mantel nicht finden.“ Verzweifelt hebt sie Mäntel an, hängt Jacken um. *Wo ist mein verdammter Mantel!*

„Ich hab mir solche Sorgen um dich gemacht!“

Wie bitte? Mitten zwischen den Mänteln steckend, hält Jessie inne. *Was faselt der da? Sorgen?*

„Du hast dich nicht mehr gemeldet, dein Telefon war aus! Dieses letzte Telefonat! Ich dachte, du hättest dir was angetan!“ Wütend fährt sich Herr Wagner durch die Haare und tigert vor der Garderobe auf und ab. „Und dann wusste ich ja nicht, was die letzten Wochen so passiert ist. Mit dir. Und was ich hier überhaupt mache! Ob ich mich nicht wie ein kompletter Vollidiot benehme!“ Er bleibt stehen und sieht Jessie hilflos an. „Aber ich musste dich sehen. Ich …“

„Frank?“, flüstert Jessie entgeistert, eingeklemmt zwischen Wintermänteln. Ungläubig starrt sie ihn an. „Frank?“, flüstert sie erneut.

„Eigentlich Tobias, aber ja, für dich Frank.“ Er lächelt vorsichtig.

„Wie …?“, stammelt Jessie vor sich hin.

„Na ja, du hast ja dann doch einiges über dich erzählt …“, er lächelt sie verlegen an, „… und mit ein bisschen Recherche war es gar nicht so schwer, deine Agentur zu finden. Und somit dich.“

„Warum hast du nichts gesagt?“ Jessie flüstert immer noch.

„Die Geschichte ist doch ein klein wenig zu verrückt. Also für mich.“ Er lacht verlegen. „Ich neige nicht zu spontanen, bauchgesteuerten Handlungen. Gar nicht.“ Jetzt ist sein Blick wieder vollkommen ernst. „Praktisch war so gesehen, dass ich aktuell wirklich eine neue Agentur suche. Und so konnte ich dich auch erst mal inkognito kennenlernen. Die Lage sondieren, wenn du so willst.“

„Aha.“ Jessie schluckt. „Du wolltest sehen, ob ich einen an der Klatsche habe. Oder eine 200 Kilogramm schwere Alkoholikerin mit fünf Kindern bin. Oder ob …“

„… ob du wieder mit diesem Vollidioten zusammen bist“, unterbricht sie Tobias unwirsch und presst den Kiefer aufeinander. Stille. „Kommst du mal raus?“, bittet Tobias Jessie und lächelt dann höflich in den Gastraum. „Die Leute schauen schon komisch, weil ich mit den Jacken spreche.“

„Tun sie das?“ Jessie starrt ihn immer noch ungläubig an. Über ihrem Kopf hängt der Ärmel eines Mantels.

Tobias lacht belustigt auf. Das tiefe, ansteckende Lachen. „Du siehst bezaubernd aus …“ Er sieht sie lange an. Liebevoll schiebt er den Ärmel zur Seite und legt seine Hände auf Jessies Wangen, beugt sich zu ihr und gibt ihr einen sanften Kuss.

„Jessie? Was tust du da?“ Da steht eine stammelnde Birgit, die sie mit offenem Mund anstarrt, und ein Oli, mit einem Hab-ich’s-doch-gewusst-Blick.

Jessie lächelt breit. „Birgit, darf ich vorstellen: Frank.“

Epilog

„Ist das eigentlich wirklich in Ordnung für dich?“

„Was meinst du?“

„Au Mann Jessie, jetzt tu doch nicht so! Du weißt genau was ich meine.“ Genervt legt Birgit das Besteck zur Seite und lehnt sich zurück.

„Du meinst, weil du jetzt meine Chefin bist, mir Anweisungen gibst und mich jederzeit kündigen könntest?“ Jessie legt den Kopf schief und kneift ein Auge zu. „Lass mich überlegen... hm... nein.“ Sie grinst. „Vor ein paar Monaten noch wäre es wohl mein Todesurteil gewesen, aber jetzt?“ Sie prostet Birgit zu, die erleichtert zurücklächelt. „Und außerdem hast du das mehr als verdient. Seit Jahren ackerst du dir den Arsch für die Agentur ab und endlich wurde das honoriert. Ich hab echt überhaupt kein Problem damit, im Gegenteil? Ich freu mich für dich!“

Birgit schluckt. „Danke. Du bist lieb. Und ich bin so froh, dass du jetzt meine Freundin bist.“ Langsam dreht sie das Glas zwischen ihren Händen hin und her. „Gerade jetzt kann ich eine Freundin echt gut brauchen. Bei dem Gegenwind.“ Sie atmet laut aus und nimmt einen großen Schluck Wein.

„Was hast du denn erwartet? Du sitzt jetzt auf SEINEM Platz. Dass Oli nicht gerade Luftsprünge macht, war doch vorauszusehen. Ich meine, wer sich so wenig mit einem Projekt beschäftigt, das aber als seine eigene Arbeit ausgibt, der muss damit rechnen, dass er auffliegt. Das hat er sich selbst eingebrockt! Naja, und Benedikt hat seinen

Buddy verloren. Auch der ist nicht begeistert, dass er sich jetzt mit dir abstimmen muss."

Birgit nickt langsam. „Schon. Mir war irgendwie klar, dass das schwierig werden würde. Aber es ist ganz schön anstrengend, wenn man andauernd angefeindet wird." Jetzt werden Birgits Augen glasig.

„Komm schon. Das wird besser werden. Oli muss sich eben daran gewöhnen, und die anderen auch. Du machst das großartig!" Jessie legt ihre Hand auf Birgits und drückt sie sanft. „Und außerdem...", sie grinst schelmisch, ... „dieses Gesicht, wenn du Oli sagst, was er wann erledigen muss, das macht doch den ganzen Ärger wett." Jessie kichert und Birgit grinst zurück. „Ja, du hast Recht. Das Gesicht ist immer wieder aufs Neue eine Belohnung."

„Als ob er gleich in die Tischkante beißt!" Jessie fängt an zu lachen. *„Ja. Aber natürlich. Mach ich."* Nach Luft japsend imitiert sie Olis patzige Antworten. *„Kein Problem. Wird erledigt." „Brauchst du sonst noch irgendwas?"*

Die beiden lachen so laut, bis sie ermahnende Blicke der anderen Gäste im Restaurant kassieren. „Psssst, wir fallen unangenehm auf." Kichernd wischt sich Jessie die Tränen unter den Augen ab.

„Pssst." Birgit gluckst leise. „Das wollen wir ja nicht." Auch sie reibt die verlaufene Schminke mit den Zeigefingern unter den Augen weg und atmet ein paar Mal tief durch. „Hast du eigentlich gehört, dass er und Suse...?" Schlagartig verstummt sie und räuspert sich. „Entschuldigung. Das willst du wahrscheinlich gar nicht hören. Ist mir so rausgerutscht."

„Das ist schon ok. Mir macht das nichts mehr aus, damit habe ich komplett abgeschlossen. Ich hoffe du auch?" Prüfend mustert sie ihre Freundin.

„Jaja, das ist durch. Ich wusste nur nicht, ob es dich noch irgendwie stört?"

„Nein, tut es nicht. Oli kann mit der ganzen Frauenwelt Klosport betreiben, so lange ich kein Bild mehr davon sehen muss." Jessie verdreht die Augen.

Birgit errötet kurz und seufzt. „Ich war so eine Zicke. Entschuldige. Nein, bloß keine Bilder mehr."

„Darauf wollte ich gar nicht anspielen, aber ja, warst du. Und die Betonung liegt auf WARST. Alles gut. Jetzt erzähl. Was ist mit Oli und Suse?" Jessie nippt an ihrem Weinglas.

Birgit beugt sich geheimnistuerisch nach vorn und flüstert. „Die sollen jetzt ein Paar sein. So richtig offiziell." Sie lehnt sich wieder zurück. „Also ich glaube ja, dass das verletzter Männerstolz ist. Wenn es schon in der Arbeit nicht läuft, dann braucht man wenigstens eine Frau mit großen Titten an seiner Seite. Für's Ego."

„Da haben sich zwei gefunden." Jessie schüttelt den Kopf. „Männer."

„Apropos Männer – wie geht es mit Frank?" Birgit wippt mit den Augenbrauen.

„Mit TOBI geht es gut." Jessie lächelt verlegen. „Zu gut. Unheimlich irgendwie. Manchmal ertapp ich mich dabei, dass ich nur darauf warte, dass er sich umdreht und geht." Sie zuckt mit den Schultern. „Er ist toll, weißt du? Er ist erfolgreich, er sieht gut aus und – er ist mit mir zusammen. Suche den Fehler!"

„Du bist unmöglich!" Entrüstet reißt Birgit die Augen auf. „Da gibt es keinen Fehler! Warum denkst du, dass du nicht gut genug für ihn wärst? Du hast so ein großes Herz! Du bist so witzig. Ich habe noch nie so viel mit jemandem gelacht, wie mit dir."

„Du meinst „über mich", brummelt Jessie zurück.

„Nein, ich meine mit dir! Gut, manchmal auch über dich. Aber nur, wenn du auch lachst", schiebt Birgit schnell hinterher. Sie schüttelt den Kopf. „Es gibt aber auch wenige Menschen auf dieser Welt, die so zielstrebig jede Peinlichkeit mitnehmen." Ihr Blick wird weich. „Aber genau das macht dich doch so liebenswert."

„Ich weiß nicht. Andauernd passiert mir so was. Gestern zum Beispiel...", Jessie schließt die Augen. „Gestern wollte ich sexy sein. Also hab ich mir vorgenommen, für ihn zu strippen. Ja... und dann, dann, ... ich hatte die beige Hose an, du weißt schon, die, die unten so verdammt eng ist!“ Sie seufzt resignierend. „Ich hab diese blöde Hose nicht über die Ferse bekommen. Ich bin wie ein Vollidiot im Zimmer auf und ab gehüpft, während ich versucht habe, sie auszuziehen. Ja, und dann bin ich hängengeblieben und umgefallen.“ Jessie starrt auf die Tischplatte.

Stille.

„Und Tobi?“ Birgits Stimme klingt gepresst.

„Der ist gleich aus dem Bett gesprungen um mir aufzuhelfen und hat gefragt, ob ich mir wehgetan hab. Toll. Das nächste Mal klebt er mir vielleicht noch ein Tierpflaster aufs Knie.“ Sie leert ihr Glas und blickt sich suchend nach dem Kellner um. „Das war´s dann natürlich. Die Kurve habe ich nicht mehr gekriegt.“ Jessie erspäht den Kellner, zeigt auf ihr leeres Glas und hebt zwei Finger. Der nickt und eilt davon.

„Genau deswegen liebt er dich. Und ich dich auch.“, versucht Birgit sie aufzumuntern. „Das kann doch jedem passieren.“

„Ja aber es passiert nicht jedem, sondern immer mir!“, wirft Jessie verzweifelt ein. „Warum kann nicht einfach mal irgendwas gut gehen? Wie bei anderen. Hm?“

„Weil es dann langweilig wäre. Und das wärst nicht du.“ Bekräftigend nickt Birgit ein paar Mal. „Dankeschön.“ Sie lächelt den Kellner an, der gerade die zwei Wein am Tisch abgestellt hat. „Morgen fährt Tobi wieder, oder?“

„Hmmm.“, brummt Jessie gedankenverloren.

„Und da sitzt du hier mit mir, statt dich mit diesem attraktiven Mann im Bett zu tummeln?“ Gespielt entsetzt schlägt sie sich die Hand vor den Mund. „Und er hat gar nicht gemeckert, weil du dich heute mit mir triffst?“

„Er muss eh arbeiten.“ Jessie grinst verlegen. „Home-Office.“

„Und wann seht ihr euch wieder?“

„Na nächstes Wochenende.“

„Hm. Aber das ist doch auch kein Dauerzustand, oder? Immer nur am Wochenende sehen, die lange Fahrt...“ Birgit wippt nachdenklich mit dem Kopf. „Hast du schon mal darüber nachgedacht, zu ihm zu ziehen?“

„Er hat mich schon mal gefragt, ja. Aber das kommt momentan nicht in Frage.“ Sie schüttelt den Kopf.

„Bist du irre?“ Mit großen Augen starrt Birgit sie an. „Abgesehen davon, dass ich dich lieber hier habe, aber dieser attraktive, unglaublich charmante und nicht zu vergessen, reiche Mann fragt dich, ob du bei ihm einziehen willst und du lehnst ab?“ Ihr Mund steht offen.

„Hallo? Hast du vergessen, was mir das letzte Mal passiert ist, als ich alles wegen einem Mann hingeschmissen hab? Ich will die beiden nicht vergleichen, aber DEN Fehler mach ich nicht zweimal!“ Wütend nimmt Jessie einen großen Schluck Wein und stellt das Glas so schwungvoll ab, dass es scheppert. „Ich lass bestimmt nicht wieder alles stehen und liegen, um dann wieder bei Null anzufangen.“

„Entschuldige. Du hast ja Recht. Ihr habt alle Zeit der Welt und du musst nichts überstürzen.“ Beschwichtigend hält sie Jessie ihr Glas entgegen. „Versprich mir nur eins.“

„Was?“, brummelt Jessie widerwillig und hebt auch ihr Glas.

„Dass du ihn nicht für Olis Fehler bestrafst. Er ist anders, Jessie. Er ist kein Oli.“

Jessie schluckt. „Ok“, murmelt sie leise, „ich versuch’s.“

„Und jetzt auf ex.“ Birgit lächelt verschwörerisch und stößt an. „Und dann machst du, dass du nach Hause kommst und vernaschst gefälligst diesen Mann!“

Zufrieden mit sich und der Welt, kuschelt sich Jessie auf Tobis Brust und spielt mit seinen Haaren.

„Stören sie dich?“, brummt er leise und der Brustkorb vibriert. „Ich kann sie auch rasieren?“

„Nein, ich mag sie.“ Grinsend pustet Jessie gegen die Härchen und lässt sie flattern. Plötzlich wird es ungemütlich. Jessies Kopf hüpft auf und ab.

„Was ist so lustig?“ Irritiert setzt sie sich auf.

„Ich, ich musste gerade an diese eine Geschichte denken.“ Er lacht immer noch.

„Welche?“ Jessie legt den Kopf schief. *Es gibt so viele.*

„Die mit dem Klebeband.“ Er gluckst. „Ich hätte dich zu gern gesehen. Das ...“ Jetzt lacht er so heftig, dass das Bett wackelt.

Jessie verschränkt die Arme und beobachtet ihn. „Das hättest du also lustig gefunden, hm?“

Er japst nach Luft und nickt.

„Gut, dann...“ Jessie steht auf und verlässt das Zimmer. „Du musst die Augen zumachen!“, ruft sie aus der Küche.

„Was machst du denn?“, fragt Tobi laut, immer noch kichernd.

„Augen zu!“, befiehlt Jessie. „Sind sie zu?“, hakt sie nach.

„Keine Ahnung was du vorhast, aber ja, sie sind zu.“

Jessie lugt um die Ecke und vergewissert sich, dass Tobi nicht schummelt. Der liegt mit zusammengekniffenen Augen im Bett und gluckst vor sich hin. Sie geht zum Bett und setzt sich rittlings auf Tobis Bauch. „Zu lassen!“

„Was machst du denn?“, fragt Tobi neugierig, lässt aber brav die Augen geschlossen.

„Ich finde, es ist Zeit, gewisse Dinge zu teilen“, antwortet Jessie geheimnisvoll. „Die Guten wie die Schlechten.“ Sie gibt ihm einen zarten Kuss auf den Mund und löst einen Streifen vom Klebeband.

In dem Moment, in dem sie den Streifen über Tobis Brust klebt, öffnet dieser erschrocken die Augen. „Was wird denn das?“, stottert er perplex. Jetzt lacht er nicht mehr.

„Wir kommen uns näher! Willkommen in meiner Welt, die ich jetzt übrigens gerne mit dir teile.“ Sie wippt grinsend mit den Augenbrauen. „Ich liebe dich, Schatz.“

Rrrrraaaaaaatsch.

Eine kleine Bitte zum Schluss

Wir hoffen, Ihnen hat dieses Buch um die Geschichte von Jessie und Frank – äh Tobias – gefallen …

Der schnellste Weg, andere Leser da draußen an Ihren Erfahrungen mit diesem Buch teilhaben zu lassen, ist eine Rezension im Online-Buch-Shop. Ihr Feedback hilft nicht nur anderen Lesern, Neues zu entdecken, sondern auch dem Autor, zu verstehen, was aus Lesersicht in diesem Buch gut und weniger gut ist. Nur so kann sich der Autor weiterentwickeln und Ihnen sowie anderen Lesern in Zukunft noch schönere Geschichten präsentieren. Außerdem sind Ihre Erfahrungen, Erkenntnisse und Eindrücke als ehrliches Leser-Feedback eine enorme Wertschätzung vieler liebevoller Arbeitsstunden, die in dieses Buch geflossen sind.

Danke also schon im Voraus, wenn Sie sich zwei bis drei Minuten Zeit nehmen und eine kleine Bewertung zum Buch veröffentlichen.

Weitere Bücher des Verlages:

Wie ich aus Versehen eine Bank ausraubte

Simon Bartsch

ISBN: 978-3-945362-06-8

Jan ist verliebt in Laura. Ein Teufelsweib! Sie macht die lustigsten Grimassen, schreit die tollsten Ausdrücke und mit ihr kann man einfach Pferde stehlen gehen. Und Geld. Denn mit der jungen Frau raubt Jan „unfreiwillig“ eine Bank aus. Unfreiwillig, weil Laura unter dem Tourette-Syndrom leidet und manchmal Worte ausstößt, die sie weder so meint noch kontrollieren kann. Doch der manchmal leicht begriffsstutzige Jan liebt sie gerade dafür.

Keine Angst, es ist nur Liebe.

Marlies Zebinger

ISBN: 978-3-945362-04-4

Anna hat Angst vor so ziemlich allem, besonders vor der Liebe. Dieser hat sie eigentlich bereits abgeschworen – sie hält nichts mehr von rosaroten Brillen, Bauchkribbeln oder schmachtenden Blicken. Bloß nicht! Doch plötzlich ist da Matts. Er vertraut auf sein Gefühl und bittet Anna, sieben erstaunliche Angstbewältigungsaufgaben zu lösen. Denn er vermutet, dass es nur die Angst ist, die ihr im Wege steht. Überraschenderweise ist Anna einverstanden und begibt sich mit kleinen Schritten, die von ganz alleine immer größer werden, auf die befreiende Suche nach sich selbst – und damit auch auf die Suche nach der Liebe ihres Lebens ...